MORT SANS ATOUT

DU MÊME AUTEUR

Pourquoi tuer un maître d'hôtel ?, Champs-Élysées, 1983, (Le Masque — Les Maîtres du roman policier).
Noël tragique à Lexham Manor, Champs-Élysées, 1984, (Le Masque — Les Maîtres du roman policier).
Meurtre d'anniversaire, Fayard, 1989.
Un rayon de lune sur le pilori, Fayard, 1990.
La mort donne le la, Fayard, 1991.
Tiens, voilà du poison ! Fayard, 1991.

Georgette Heyer

MORT SANS ATOUT

roman

traduit de l'anglais par
Denise Meunier

Fayard

Cet ouvrage est la traduction intégrale, publiée pour la première fois en France, du livre de langue anglaise :

DUPLICATE DEATH
édité par William Heinemann Ltd.

Ce livre ayant été écrit pour répondre aux représentations de certains membres de la magistrature et du barreau, il leur est donc dédié en respectueux hommage par l'auteur.

[illegible]
[illegible]
[illegible]
[illegible]

CHAPITRE PREMIER

Il y avait plusieurs lettres d'aspect prometteur dans la pile déposée sur l'assiette du petit déjeuner de Mrs James Kane, ce lundi matin, mais après avoir trié les enveloppes avec l'air de quelqu'un qui s'attend à découvrir un trésor, elle en mit deux à part dont les adresses étaient visiblement symptômes soit d'illettrisme soit d'une extrême jeunesse. L'une était artistement libellée à l'encre rouge, l'autre semblait avoir été écrite avec une plume cassée, traînant un cheveu. Toutes deux étaient destinées à Mr et Mrs James Kane, mais très judicieusement, cette dernière ne tint aucun compte de l'adjonction de son époux. Sans doute, les deux missives commenceraient-elles par la formule *Chère Maman et cher Papa,* mais les seuls éléments de leur contenu sur lesquels Mr James Kane pourrait revendiquer des droits seraient indiqués par les mots *Dis-le à Papa,* et les informations transmises par ce moyen, de nature sportive. Les besoins urgents, allant d'argent pour faire face à des dépenses aussi imprévisibles qu'inéluctables jusqu'à l'envoi immédiat de possessions exigeant une recherche intensive et épuisante de plusieurs jours, étaient, avec une rare prescience, adressés à Maman.

Il en était allé ainsi depuis le sombre jour du départ de Master Silas James Kane, âgé de huit ans, pour son école préparatoire dans l'Ouest, et il en allait ainsi en ce lundi de février, bien que Master Silas Kane commençât à envisager avec plus d'attention certaines mises à l'épreuve de ses connaissances telles que les examens d'entrée aux grandes écoles secondaires, cependant que son cadet, Master Adrian Timothy Kane, s'employait fort agréablement depuis plusieurs trimestres déjà à soutenir la tradition établie à St Cyprian : pratique véhémente des exercices physiques les plus violents, harcèlement des professeurs peu appréciés, et savant dosage du travail de manière à en faire aussi peu qu'il était compatible avec le confort physique. Si on le lui avait demandé, Mrs James Kane aurait pu fournir sur-le-champ une paraphrase très ressemblante des lettres de ses deux fils aînés, ce qui ne diminuait d'ailleurs en rien l'avidité avec laquelle elle triait le courrier du lundi matin, ni la satisfaction éprouvée en contemplant les deux documents qui rendaient mémorable ce jour de la semaine.

Ni l'un ni l'autre ne lui apportaient beaucoup d'indications sur le bien-être mental ou physique de ses rejetons. Une question inquiète posée à Master Adrian au sujet d'une douleur non identifiée, qui pouvait être, entre autres, un appendice irritable, restait sans réponse, de même qu'une injonction pressante à Master Silas : *Demande à Mr Kentmere la date du milieu de trimestre, de manière que Papa et moi puissions prendre des dispositions pour venir.* Ces deux jeunes espoirs auraient été amèrement déçus si leurs parents n'étaient pas venus à cette occasion, mais si tôt dans le trimestre leur esprit était occupé par des problèmes plus urgents et en premier lieu le remplacement de l'éponge d'un certain Bolton-Bagbey, qui, écrivait Master Adrian Kane, avait été « *balancée par la fenêtre du grand dortoir* ».

Régalé de ce passage, Mr James Kane rit et dit : « Sacré gamin ! Et Silas, qu'est-ce qu'il écrit ? »

Mrs James Kane lut la lettre de son premier-né avec des accents chargés de tendresse. Commencée par le pieux souhait qu'elle trouvât ses parents en bonne santé, elle adjurait ensuite de dire à Papa que l'école avait écrasé St Stephen's 25 à rien, coup dont le vaincu ne se relèverait sans doute pas, demandait l'envoi immédiat d'une enveloppe contenant ces échantillons de l'art du graveur désignés par le nom suggestif de « mes doubles », et informait sa mère qu'en raison des pratiques déshonnêtes de certaines personnes inconnues, une nouvelle paire de gants pour la balle au mur était devenue une nécessité pressante. Une parenthèse désarmante ajoutait *si vous pouvez les écosser* ; enfin un post-scriptum exprimait des encouragements fraternels aux benjamins, Susan et William.

« Bon ! *Donc,* ils vont bien », dit Mrs Kane en remettant ces deux intéressantes communications dans leurs enveloppes respectives.

Mr Kane ne lui demanda pas sur quelles bases elle fondait cette assurance. Comme son courrier contenait une demande du contrôleur des contributions que toute personne moins familiarisée avec ce corps de fonctionnaires aurait prise pour un essai malheureux d'humour noir, la demande de gants tomba dans une terre aride. Il condamna en termes énergiques l'habitude déplorable qu'avait son épouse de laisser croire aux enfants qu'il était millionnaire, tant et si bien que, quand elle en eut assez d'écouter cet air connu, elle déclara simplement : « Bon, je lui dirai qu'il ne peut pas les avoir ! »

A ces mots, Mr James, homme d'humeur égale s'il en fût, lança pourtant un regard haineux à sa moitié et soupira qu'une fois de plus, il faudrait qu'il s'occupe de ça lui-même. Puis il lui tendit sa tasse pour qu'elle lui redonnât du café, ajoutant non sans amertume que Silas ressemblait de plus en plus à son oncle Timothy.

« Tiens ! A propos de Timothy, dit Mrs Kane, revenant à une lettre qui comportait plusieurs feuillets, j'ai une longue lettre de ta mère.

— Ah ? » Mr Kane fut assez intéressé pour poser le journal qu'il était en train d'ouvrir. « Est-ce qu'elle dit comment va Adrian ?

— Non, elle ne le nomme pas. Ah, si, voilà : " *Dites à Jim que je compte sur lui pour m'aider à éviter toute inquiétude inutile à Adrian. Je le trouve bien fragile et cet affreux temps ne lui vaut rien* [1]. " »

Mr Kane avait une profonde affection pour son beau-père, mais sa réaction manqua d'enthousiasme : « Si Timothy recommence à faire des blagues, et que Mère espère me distribuer dans le rôle de redresseur de torts, rien à faire.

— Mon chéri, tu sais très bien que tu seras obligé d'intervenir s'il est vraiment empêtré avec une créature épouvantable. Je dois dire que ça a l'air assez inquiétant.

— Ma petite, Mère m'a déjà entretenu longuement de la blonde ravageuse, dit Mr Kane en ouvrant le *Times*. Elle n'aime ni son genre, ni son milieu, ni rien et je suppose qu'elle a tout à fait raison. Mais je ne

1. Voir *Meurtre d'anniversaire*, du même auteur.

comprendrai jamais pourquoi il faut qu'elle grimpe aux rideaux chaque fois que Timothy fait des avances à une fille bien roulée. » Il plia le journal à sa convenance et alluma sa pipe avant de s'adonner pendant dix minutes éminemment satisfaisantes à la compagnie de Notre Spécialiste de Golf. « Tu ne vaux pas mieux, ajouta-t-il sévère. A vous voir, l'une comme l'autre, on croirait bien que Timothy est un gamin en première année à Cambridge. Or, je le considère comme un spécimen plutôt coriace. De plus, il a vingt-sept ans et s'il n'est pas fichu de se protéger des blondes insinuantes maintenant, il ne le sera jamais.

— A t'entendre, on croirait bien que tu te moques de ce qui peut lui arriver, remarqua Mrs Kane. D'ailleurs, ça n'est pas la blonde. C'est une autre fille.

— Il ne perd pas de temps », fit observer Mr Kane.

Sans relever cette remarque, Mrs Kane poursuivit la lecture de la lettre, les sourcils de plus en plus froncés. A la fin, elle releva la tête et dit sérieusement : « Jim, ça n'est pas vraiment drôle. Il veut l'épouser.

— Timothy ? demanda Mr Kane, incrédule. Quelle blague !

— Il l'a dit lui-même à ta mère.

— Mais qui est-ce ?

— Justement... Ta mère dit qu'elle n'arrive pas à savoir qui elle est. Elle n'a pas l'air d'avoir la moindre famille, ni un entourage quelconque. Elle s'appelle — Mrs Kane consulta la lettre — Beulah Birtley. Ta mère dit qu'elle espère bien ne pas être snob. Oui, bon, inutile de faire ce genre de bruit ! Ça n'a rien de snob de tenir à savoir d'où sort la femme de votre fils ! D'ailleurs, elle dit que ça lui serait égal si seulement elle savait quoi que ce soit au sujet de cette fille, ou si elle la trouvait sympathique.

— Mère l'a rencontrée ?

— Oui, chez Timothy. Elle dit qu'elle se demande ce qu'il peut bien lui trouver parce qu'elle n'est pas du tout son type, elle n'a pas de manières et, de toute évidence, elle prépare un mauvais coup. En bref, on voit à dix pas que c'est une aventurière.

— Seigneur ! gémit Mr Kane. Mais enfin, ça ne tient pas debout. Il n'y a pas un mois Mère paniquait à cause de la beauté blonde et nous décrivait le supplice de Timothy aux prises avec Mrs Haddington ou Harrington en belle-mère. Quand est-ce qu'il a déniché ce nouvel oiseau ?

— Chez les Haddington, justement. Elle est secrétaire de Mrs Haddington. Ta mère dit qu'elle l'a trouvée carrément hostile ; elle est convaincue qu'il y a là une histoire très louche. Elle n'a pas soufflé mot de tout ça à Sir Adrian parce que la fille est du genre qu'il déteste le plus et elle ne veut pas qu'il soit inquiété. Apparemment, les fiançailles ne sont pas encore officielles. Tiens, si tu veux lire la lettre... »

Mr Kane posa son journal et parcourut les cinq pages écrites serré avec une lenteur que sa femme jugea exaspérante, puis il replia la lettre et la lui rendit.

« Eh bien ? demanda-t-elle, impatiente.

— Je ne peux pas dire que ce soit vraiment rassurant, répondit-il. Mais enfin, tu n'as que l'avis de Mère et si tu as jamais vu la demoiselle qu'elle juge digne de Timothy, moi pas.

— Non, mais tu ne trouves pas bizarre qu'une fille qui rencontre sa future belle-mère ne nomme même pas ses propres parents ?

— Timide, peut-être.

— Quelle bêtise ! Il y a quelque chose de louche dans cette histoire, Jim, et tu le sais très bien.

— Je ne sais rien du tout et même si je savais, qu'est-ce que tu veux que j'y fasse ? Je ne suis pas le gardien de Timothy !

— Non, mais tu as des années de plus que lui et tu sais bien qu'il t'a toujours adoré et admiré.

— Ma très chère, s'exclama Mr Kane, révolté, j'ai pu être un héros pour Timothy quand il était en culottes courtes — encore qu'il n'ait jamais présenté aucun symptôme de vénération à mon égard — mais c'était il y a bien longtemps.

— Je ne veux pas dire, évidemment, qu'il te considère toujours comme un demi-dieu, mais il t'aime énormément.

— Il faudrait bien tout ça pour qu'il accepte de me voir intervenir aussi lourdement dans ses affaires, dit Mr Kane, très sombre.

— Jim, tu dois essayer de faire quelque chose. Tu ne feras croire à personne que tu veux voir Timothy gâcher sa vie. Et puis, à quoi bon répéter qu'il est coriace et d'âge à se diriger tout seul : ce n'est pas d'avoir servi dans les commandos qui met un gamin à l'abri de tous les pièges du monde. Si tu t'en moques, moi pas. Bien sûr, il est en train de faire l'idiot, mais je n'oublierai jamais qu'il a été un ange avec moi pendant toute cette affreuse période de Dunkerque et qu'il a sacrifié deux jours de sa permission pour venir me voir dans cet endroit dégoûtant où j'avais emmené les enfants pendant que tu étais en Italie. Il a essayé aussi d'apprendre à Silas à attraper un ballon, ce qui était bien inutile parce que le pauvre minet était beaucoup trop petit. » Elle ajouta, extatique : « Il était *chou.*

— Hé là ! Hé là !

— Pas Timothy, Silas, bien sûr. De toute façon, tu es obligé de faire quelque chose, Jim. Il faut que tu essaies de te procurer des renseignements sur cette fille. Tu ne pourrais pas aller à Londres et les voir ?

— Je vais à Londres la semaine prochaine et il est probable que je ferai une petite visite à Timothy, mais pour ce qui est des investigations — je suppose que tu ne vas pas tarder à me demander de mettre une agence de détectives aux trousses de la malheureuse.

— Ma foi, si, à ton avis, il y a vraiment quelque chose de suspect... », dit Mrs Kane, dubitative.

A ce moment, et avant que Mr Kane ait pu exprimer son indignation en termes adéquats, ils furent interrompus par l'entrée de Miss Susan Kane, de Master William Kane et de l'autocrate qui régnait sur toute la famille.

« Bonjour, Petit Papa et Petite Maman, dit la dame, apparemment au nom du groupe. Nous voilà, pour faire un gros bisou à Petit Papa et à Petite Maman ! »

Ce disant, elle planta Master William Kane sur les genoux de sa maman, car elle n'était pas de celles qui rechignent à laisser aux parents une petite part de leurs enfants, et sourit avec indulgence à Miss Kane qui réclamait un canard. Puis elle balaya devant l'âtre, redressa un fauteuil et dit sans perdre une once de sa belle humeur :

« Nous avons une mauvaise nouvelle ce matin, Petite Maman, parce que j'ai dit à Winnie dès que je l'ai su : “ Pas question de tracasser Mrs Kane avant qu'elle ait déjeuné tranquillement et nous savons que Petit Papa aime prendre son breakfast en paix, n'est-ce pas ? ” » Sur ce, elle aperçut le *Times* que Mr Kane avait laissé glisser par terre, le ramassa, le replia et le mit soigneusement hors de sa portée.

Ce gentleman, très absorbé par sa tâche matinale, qui consistait à essayer d'apprendre à sa fille ravie la manière de faire tenir un sucre en équilibre sur son nez, s'interrompit pour lancer un coup d'œil éloquent à sa femme. Celle-ci lui répondit par un sourire apaisant — du moins l'espérait-elle — sachant qu'à la première occasion elle serait informée de la nécessité inéluctable de choisir entre *cette femme* et son tendre époux. Dans les moments de tension extrême, on avait même entendu Mr Kane menacer de prendre les choses en main, étant donné qu'il ne voyait vraiment pas pourquoi il devrait être traité, chez lui, comme un malheureux mélange de gâteux et d'enfant au maillot. Ajoutant que si cette infernale créature l'appelait une fois, une seule fois encore, Petit Papa, il ne répondrait pas des conséquences. Heureusement pour le fonctionnement de la maison, ou il craignait bien trop Nanny pour mettre ses menaces à exécution, ou il était trop conscient de ce que ses services avaient d'irremplaçable. En effet, roc souriant dans la tempête en temps de guerre, elle avait atteint de nouveaux sommets quand les horreurs de la paix avaient sapé le peu de vitalité restant à ses employeurs. Les Kane, revenus s'installer dans une aile de l'immense maison léguée à Mr James Kane par sa grand-mère, et empêchés par des impôts excessifs d'engager les huit ou neuf personnes nécessaires à son entretien, avaient trouvé dans la souveraine empesée et hautement qualifiée de leurs nurseries un Trésor dont l'optimisme blindé à triple blindage dominait triomphalement toutes les crises domestiques. Si la cuisinière donnait ses huit jours, ayant appris qu'elle pouvait gagner trois fois plus dans la capitale sans être obligée de préparer plus de deux dîners par semaine parce que les employeurs londoniens pouvaient aisément être amenés (par la terreur) à prendre la plupart de leurs repas dans des restaurants coûteux, Nanny partait d'un bon rire, annonçait comme une grande nouveauté qu'il fallait faire contre mauvaise fortune bon cœur et si Petite Maman voulait bien surveiller les enfants, elle-même pourrait s'arranger. Si Winnie, la bonne à tout faire (quelques cases en moins mais, selon Nanny, toujours roborative, ça ne se voyait pas tellement), était réduite à l'inaction du fait d'une de ses dents qu'elle refusait obstinément de se faire arracher, Nanny passait la nuit à soulager ses souffrances. Imperméable aux idées nouvelles, après avoir écouté d'une oreille distraite la doctrine progressiste du Maximum de Salaire pour le Minimum de Travail, elle l'écartait délibérément en déclarant que tout ça c'était bien joli, mais que causer ne risquait pas d'astiquer l'argenterie. La force de sa personnalité s'affirmait alors, car l'interprète de cette noble doctrine se contentait d'exprimer son mépris pour des idées aussi rétrogrades par un reniflement sonore, après quoi elle s'appliquait à faire briller cuillères et fourchettes.

Cette perfection extrêmement pénible dit alors, avec l'air de quelqu'un qui raconte une anecdote amusante : « Oui, Petite Maman. Cette Florrie n'est pas venue ce matin, ce qui ne m'étonne pas du tout, vu qu'elle est payée à la semaine et qu'il est lundi toute la journée. Pas une grande perte, parce que, vrai, si je vous disais certaines choses qu'elle a faites, mais moins on en dit et mieux ça vaut et ce qui est fait est fait. Alors j'ai pensé que j'allais juste mettre Bill dans sa voiture et descendre au village, voir si Mrs Formby veut bien venir pour nous rendre service, quoique le service, c'est bien à elle qu'on le rend, vrai, avec ce que vous la payez, mais ce que je dis, c'est qu'il ne faut pas contrarier la cuisinière et Susan sera bien contente d'aller jusqu'au village, hein, ma poupette ? Oh ! là, là, regardez-moi ces petites patoches toutes poisseuses, et dire qu'il faut faire bouillir chaque goutte d'eau, parce que Jackson a oublié de charger la chaudière avant de partir hier soir ! Vrai, on n'ose même pas se demander où on va. Oui, Petite Maman, c'est Mrs Formby, pas le choix, mais si j'étais vous, je mettrais une annonce dans le *Glasgow Herald* parce que, on peut dire ce qu'on veut, mais ces Écossaises sont *propres*, et on ne peut pas en dire autant de certaines personnes dont on ne donnera pas le nom, pas devant la compagnie présente, hein, ma poulette ? »

Incapable de supporter plus longtemps le discours de cette excellente créature, Mr James Kane se leva de table, avec la gêne légère propre à ceux qui ont laissé la plus grande partie de leur jambe gauche décemment enterrée en terre ennemie. Ce qu'il pensait à part lui de cette perte, il ne l'avait révélé à personne, sa seule déclaration enregistrée sur ce sujet étant une pieuse invocation pour remercier la Providence d'avoir une jambe artificielle pour le placer aux yeux de sa progéniture au-dessus des prétentions à la gloire de leur oncle Timothy. Mais Mrs James Kane, pour qui le spectacle de Papa mettant sa jambe n'était pas une réjouissance de premier ordre, ne voyait jamais cette petite boiterie sans un serrement de cœur, et elle dit alors très vite, sans aucune raison apparente :

« Ne t'inquiète pas pour Timothy ! Est-ce que tu es vraiment obligé d'aller à Londres la semaine prochaine ? »

Mr James Kane, qui avait parfaitement compris la cause de cette brusque volte-face, lui sourit affectueusement, fit le tour de la table pour poser un chaste baiser sur sa joue, lui dit : « Bécasse ! » d'une voix pleine de tendresse et s'en alla poursuivre ses occupations dans la métropole voisine. D'où Mrs Kane déduisit que la perte d'un membre ne lui causait aucun tourment ni psychique ni physique, qu'il était bien décidé à se rendre à Londres dans un avenir immédiat et qu'il s'emploierait à fond pour dissuader son jeune demi-frère de contracter une alliance indésirable. Elle se trouva donc très disponible pour se consacrer aux problèmes domestiques qui l'attendaient, car quoi que Jim pût en dire, il avait une grande influence sur Timothy et parviendrait certainement au moins à éviter un désastre.

Elle aurait peut-être eu raison de tirer ces réconfortantes conclusions si Lady Harte avait fait appel à elle un peu plus tôt, ou si Jim avait avancé son voyage à Londres. En l'occurrence, il arriva dans la capitale juste à temps pour participer à des événements dont, ainsi qu'il informa son épouse avec une regrettable vulgarité, il avait déjà eu une ventrée au cours d'une vie pratiquement sans reproche.

CHAPITRE II

« Prenez donc un éclair, proposa le jeune Mr Harte d'un ton encourageant. Sans doute fait avec des ersatz d'œufs, certainement rempli de crème synthétique, garanti propre à atrophier, plutôt qu'à empâter la silhouette. »

Sa compagne, qui était restée murée dans un silence boudeur pendant plusieurs minutes, leva les yeux, sourit et secoua la tête : « Non, merci. Je n'ai pas peur d'engraisser.

— Bon, eh bien, c'est déjà ça. Quelle répugnante boîte !

— Qu'est-ce que vous voulez dire ? demanda-t-elle très vite.

— Répugnant : ce qui répugne. Une table non seulement trop petite, mais dotée de pattes inégales, des chaises pliantes, c'est-à-dire du modèle le plus impropre à favoriser des échanges mondains aisés, une ambiance générale de féminité ringarde et...

— Non, pas ça. Pourquoi est-ce qu'il vous paraît important que je n'aie pas peur d'engraisser ?

— Oh, simplement, c'est la seule chose que j'ai découverte à ce jour dont vous n'ayez pas peur ! »

Pendant un instant, elle leva vers lui ses yeux gris sombre, l'air interloquée, puis elle les baissa de nouveau et dit d'une voix dure : « Ne soyez pas absurde !

— Je ne veux pas dire, bien entendu, que ce soit la seule chose dont vous n'ayez pas peur, dit Timothy, pour entretenir la conversation, mais seulement que je n'ai pas encore découvert les autres. Encore un peu de thé ?

— Je ne vous épouserai pas, dit Beulah abruptement.

— Des déclarations comme celle-là, dit Mr Harte, sans laisser paraître le moindre émoi, ne devraient jamais être faites dans des salons de thé bondés. D'ailleurs, ce n'est pas vrai.

— Si, c'est vrai. Je ne peux pas vous épouser. Impossible. J'aurais dû m'en apercevoir dès le départ.

— Pourquoi ? Vous avez un mari catholique qui n'admet pas le divorce, ou une petite chose comme ça ? demanda Timothy, intéressé.

— Non, bien sûr que non !

— Oh bien alors ! Nous n'avons pas à nous inquiéter.

— C'est vous qui le dites, lança crûment Beulah. Écoutez, je — c'est que... Il y a des choses dans ma vie dont vous ne connaissez rien.

— Grand Dieu, je l'espère bien ! répliqua Timothy. Je ne vous connais que depuis un mois.

— Et certaines ne vous plairaient pas du tout.

— Probablement. Tiens, à ce propos, je peux vous dire qu'une des choses qui ne me plaisent pas dans votre jeune vie, c'est Mr Daniel Seaton-Carew. »

Elle rougit. « Ce n'est pas une chose dans ma vie, ne vous inquiétez pas.

— Parfait. Déconseillez-lui donc alors de vous entourer de son bras et de vous appeler sa petite protégée. »

De plus en plus rouge, elle fixait son assiette. « Ce sont ses manières. Il pourrait être mon père.

— Oui, et c'est ce qui rend son attitude plus inacceptable encore. »

Elle se mordit les lèvres, mais dit d'une voix maussade : « De toute façon, ça ne vous regarde pas.

— Rien ne me regarde davantage au contraire. Vous ne m'avez pas donné votre foi, damoiselle ?

— Ce n'est pas la peine. Je ne peux pas vous épouser.

— Alors je vous intenterai un procès pour rupture d'engagement. Pourquoi, soit dit en passant, ce brusque revirement ?

— C'est impossible. Je devais être folle. Je ne peux pas comprendre pourquoi vous voulez m'épouser.

— Seigneur, je ne vous l'ai pas dit ? Je vous aime. »

Elle murmura : « Oui, vous me l'avez dit. C'est ce que je... ce que je ne comprends pas. Pourquoi ?

— Oh, je ne m'inquièterais pas de ça si j'étais vous, dit Timothy, obligeant. Bien sûr, si vous l'exigez, j'énumérerai les diverses choses qui m'ont attiré vers vous, mais elles ne jouent pas un grand rôle dans l'affaire. Pour être très vulgaire, ça a biché, non ? »

Son visage frémit, elle fit un petit signe de tête convulsif : « Oui, mais...

— Eh bien, où est la difficulté alors ? Pour une fille intelligente vous dites parfois des choses remarquablement stupides. Vous seriez bien chipée si je vous demandais pourquoi vous êtes tombée amoureuse de moi, n'est-ce pas ? »

Un éclair d'humour passa dans ses yeux. « Non, sûrement pas. N'importe qui peut comprendre au premier coup d'œil. Exactement ce qui ferait tomber amoureuses cinquante autres filles.

— Vous exagérez, dit Mr Harte, sans perdre son sang-froid. Pas beaucoup, mais un peu. Le chiffre exact est quarante-trois et il comprend ma nièce. Je crains qu'elle prenne mal notre mariage, à propos. Elle dit qu'elle va se marier avec moi, mais bien sûr, c'est impossible. Si nous avions vécu au Moyen Âge je pense que j'aurais pu avoir une dispense. Mais aujourd'hui...

— Que vous êtes bête ! interrompit Miss Birtley, riant malgré elle. D'ailleurs, je ne crois pas que votre nièce soit le seul membre de votre famille opposé à notre mariage.

— On ne sait pas. Il n'est pas inconcevable que votre famille ne m'apprécie pas.

— Je n'ai pas de famille, dit-elle durement.

— Comment, personne ?

— Un oncle et une tante. Je n'ai pas de rapports avec eux.

— Quelle veine pour moi ! J'étais un peu paniqué à l'idée d'être exhibé à une flopée de tantes et de cousins. Mon demi-frère dit que c'est l'enfer. Il y est passé. D'après lui, ses mains et ses pieds avaient l'air trop grands tout à coup et chaque fois qu'il avait trouvé une remarque vraiment fortiche à faire, il s'apercevait ensuite que c'était *la* chose qu'il n'aurait pas dû dire.

— Comme moi, avec votre mère.

— Pas le moins du monde. Je me rappelle très bien que vous lui avez dit “ Comment allez-vous ? ” et je crois que vous avez fait, de votre propre initiative, une remarque parfaitement anodine sur les inconvénients du progrès illustrés par les marteaux-piqueurs. Le reste de votre conversation a été monosyllabique. »

Il y eut un terrible silence : « Et voilà, vous y êtes ! lança Miss Birtley d'un air de défi. Je n'ai *pas* de conversation.

— Je ne voudrais pas paraître vantard, répliqua le jeune Mr Harte, mais tous ceux qui me connaissent le mieux ont dit depuis mon plus jeune âge que je causais pour deux et même plus.

— Votre mère, dit Miss Birtley le regardant bien en face, m'a cataloguée comme une aventurière, et c'est exactement ce que je suis. Maintenant, vous savez ! Mon but, c'est d'épouser un homme de la bonne société, et fortuné. C'est pour ça que je vous ai encouragé à me demander en mariage.

— Vraiment ? demanda Mr Harte. Alors pourquoi diable avez-vous perdu votre temps avec moi au lieu de viser le plus récent et le plus socialiste de nos lords ? »

L'air de gravité quelque peu belliqueuse adopté par Miss Birtley se trouva momentanément compromis. « Lance Guisborough, vous voulez dire ? Ma foi, si de loin en loin il se brossait les ongles et se faisait couper les cheveux...

— Ma chère petite, dit Mr Harte, sévère, si vous vous arrêtez à des détails de ce genre, vous n'arriverez jamais à rien. J'attendais mieux de vous. Quelle idée de perdre votre temps à me prendre au piège du conjugo, alors qu'il y avait un vrai baron tout vif qui attendait d'être pris ? Ou alors avez-vous été mal renseignée ? J'hériterai à une date que j'espère bien être fort lointaine, d'un titre de baron, mais quand vous parlez de fortune, vous êtes à côté de la plaque. Hommes de loi et clients étant ce qu'ils sont, je suis pour l'heure enchanté de comparaître dans le plus minable tribunal pour la modique somme de trois shillings, voire moins ; mon air d'opulence soignée est dû à la générosité de mon papa, qui me donne de confortables mensualités. Voilà ce qui arrive quand on juge d'après les apparences. Je ne dis pas que Guisborough est très riche, mais rappelez-vous qu'un tiens vaut mieux que deux tu l'auras et plus d'un communiste de grand avenir a été amené par l'influence d'une bonne épouse à se couper les cheveux et à proscrire les cravates fantaisie.

— Oh, Timothy, finissez, je vous en prie ! supplia Beulah. D'ailleurs, c'est un des admirateurs de Cynthia Haddington.

— Ma foi, si l'on pense au nombre de fois où vous m'avez reproché d'être moi aussi un de ses admirateurs, je ne vois pas le rapport que cela peut avoir avec le sujet qui nous occupe.

— Parfaitement, vous l'avez été, et si vous ne l'aviez pas poursuivie, nous ne nous serions jamais rencontrés. »

Mr Harte soupira : « Si danser trois fois avec une fille à qui on a été présenté lors d'une soirée chez des amis, puis accepter une invitation à un bal donné par sa mère en faisant suivre le tout d'une visite de politesse constitue une poursuite, je plaide coupable.

— De toute façon, dit Beulah, assez venimeuse, Mrs Haddington vous considère comme la fine fleur des partis ! Et si elle savait que je prends le thé avec vous en ce moment, elle me mettrait sans doute à la porte.

— Dans ce cas, filez tout droit à Charles Street, et dites-le-lui, ma choute, recommanda Mr Harte. Je prends juste le temps de payer ici et je fonce me procurer une autorisation spéciale pour que nous puissions nous marier demain. Vous charmerez nos longues soirées d'hiver en me narrant les circonstances qui vous ont amenée à prendre la situation de souffre-douleur chez cette crécelle bien conservée.

— Si vous voulez le savoir, c'est Dan Seaton-Carew qui me l'a procurée. Et maintenant, vous avez toujours envie de m'épouser ?

— Ébranlé mais constant. Sérieusement, comment cette femme est-elle arrivée à se frayer un chemin jusqu'à la lisière de la bonne société ?

— Je ne sais pas, mais je crois qu'elle a été plus ou moins chaperonnée par Lady Nest Poulton. Elles sont très liées, ça je le sais.

— Dans quels temps vivons-nous, ma pauvre dame ! Le vieux Greystoke a été obligé de vendre son hôtel, bien sûr, mais je n'aurais pas cru qu'une Ellerbeck serait tombée si bas.

— C'est une remarque très injuste, répliqua Beulah. Je ne connais rien à la situation de Lord Greystoke, mais tout le monde sait que le mari de Lady Nest est riche comme Crésus.

— Exactement ce que je pensais, convint Timothy. Alors, où est la collusion ?

— Pourquoi faudrait-il qu'il y en ait une ?

— Parce que, ma très chère, Lady Nest a beau être futile et stupide, elle ne prend pas comme amie une veuve oxygénée, arriviste et intrigante, sans raisons sérieuses.

— Et on dit que les femmes sont chipies ! s'exclama Beulah, méprisante. Est-ce que vous croyez aussi qu'il y a collusion entre elle et Seaton-Carew ? Elle est également très amie avec lui.

— Grand Dieu ! Je me demande s'il y a des cas de folie chez les Ellerbeck ?

— Seaton-Carew est en général jugé attirant.

— Qu'est-ce qu'il attire ? La population des marécages ?

— Lady Nest Poulton, semble-t-il... si vous la classez dans la population des marécages.

— Non, mais une instable. Le genre de femme qui allait à Limehouse dans les années folles pour se donner des frissons. C'est peut-être ça d'ailleurs, encore que le ramassis de Charles Street me fasse plutôt penser à une ménagerie.

— Vraiment, Timothy ! s'exclama-t-elle. Il vient des quantités de gens très bien à la maison.

— Je vous accorde un saupoudrage de types à peu près inoffensifs qui se disent sans doute que si Lady Nest connaît Mrs Haddington, celle-ci doit être fréquentable.

— Vous ne pensez tout de même pas que le colonel Cartmel ou Sir Roderick Vickerstown seraient influencés par ça ?

— Non, mon amour, sûrement pas. On sait fort bien que ces deux crocodiles préhistoriques prêtent le cachet de leur présence à presque n'importe quelle maison où la table est de première classe. Votre employeuse se fournit-elle exclusivement au marché noir ?

— Si je le savais, je ne vous le dirais pas. Après tout, elle me fait travailler !

— Ça oui, assurément ! Au fait, quelle est votre situation précise dans la maison ? Elle dit que vous êtes sa secrétaire, je sais, mais vous m'avez l'air de passer la moitié de votre temps à parcourir Londres en tous sens avec une liste d'achats.

— Eh bien, je fais mon travail de secrétariat, mais évidemment il n'y en a pas beaucoup ; alors, je fais aussi les courses et je m'assure que tout est au point quand elle donne une réception et... oh, tout ce qui se trouve.

— Et cela représente combien d'heures de présence ? demanda poliment Mr Harte.

— Ce n'est pas régulier. En principe je devrais partir à six heures, mais Mrs Haddington aime bien m'avoir sous la main.

— Vraiment ? Vous devez vous faire un fameux paquet. »

Beulah rit avec une certaine amertume. « Malheureusement, je ne suis pas syndiquée ! J'ai dix livres par semaine et beaucoup de repas. Avec la famille s'il y a besoin d'équilibrer une table, sinon sur un plateau dans la bibliothèque. Ce que je préfère. »

Levant la tête, elle rencontra les yeux très bleus de Mr Harte qui la fixaient avec une insistance gênante. « Pourquoi restez-vous là ? Votre employeuse, pour parler carrément, est une rosse, elle vous traite indignement et vous êtes à ses ordres du matin jusqu'à minuit ? Pourquoi supportez-vous ça ?

— Ça m'arrange, repondit-elle, évasive. Les situations ne sont pas si faciles à trouver aujourd'hui. » Puis, trop vite, elle changea de sujet : « Vous venez au bridge ?

— Oui, et vous ?

— Je serai là, bien sûr. Pas pour jouer.

— Ça va sans dire. Qui y aura-t-il ? La bande habituelle ?

— Je pense, oui. Onze tables plus une ou deux personnes qui viendront comme marqueurs, ou juste pour regarder. Ce sera une soirée mémorable parce que Lady Nest amène son mari. En général, il ne met pas les pieds Charles Street.

— Et qui l'en blâmerait ? Inutile de demander si le fringant Dan Seaton-Carew sera là ?

— Bien entendu. Dites-moi, Timothy, est-ce que vous êtes... est-ce que vous vous imaginez avoir la moindre raison d'en être jaloux ? Parce que dans ce cas, vous pouvez chasser cette idée. J'ai d'abord cru qu'il y avait une sorte de liaison entre lui et Mrs Haddington, mais apparemment je me suis trompée. C'est Cynthia qu'il veut.

— Satyres et Nymphes. Quelle idée répugnante ! Espérons que c'est une fantaisie passagère. Je ne le vois pas du tout en homme marié, ses goûts sont trop... hum, éclectiques. Mais si la Bête fait du charme à la Belle, voilà qui expliquerait la scène dont le jeune Sydney Butterwick a régalé l'assistance le soir où nous étions invités à écouter le quatuor à cordes Stalham, Charles Street.

— Vous êtes dégoûtant ! s'exclama Beulah.

— Ce n'est pas moi qui ai été dégoûtant, répliqua Timothy. Ce n'est d'ailleurs pas le qualificatif que j'aurais choisi pour cet intéressant événement. Je suis partisan sans réserve des distractions légères, et d'ailleurs j'ai l'esprit large.

— L'esprit large !

— Oui, mais pas assez pour accepter le ménage de Charles Street comme cadre pour la jeune fille que je vais épouser.

— Vous croyez vraiment que je suis une fleur d'innocence, n'est-ce pas ?

— Oui, et cela malgré tous vos efforts pour me convaincre que vous avez bourlingué depuis des années. »

Elle haussa les épaules. « Ce n'est pas ma faute si

vous persistez à vous bercer d'illusions. Je vous ai dit que vous ne saviez rien de moi.

— Oh, pas si peu que ça, dit Timothy allègrement. Je sais par exemple qu'à un moment ou un autre vous avez pris un mauvais coup qui vous a amenée à croire que l'univers entier était contre vous. Je sais aussi que vous êtes brouillée avec votre famille, et que sous votre air — assez peu convaincant — de fausse dure, vous avez très peur.

— Peur ? Pourquoi est-ce que j'aurais peur ? demanda-t-elle.

— Ça je ne sais pas, répondit-il et je n'ai pas l'intention de vous le demander. J'attendrai sans impatience jusqu'au jour où votre instinct féminin vous dira que je suis *la* personne à qui vous devez vous confier. »

Elle se leva brusquement, prit ses gants et son sac en disant : « Il faut que je me sauve. Je ne me doutais pas qu'il était si tard. Ne m'accompagnez pas. Je... je préfère ! »

CHAPITRE III

Extérieurement, la maison louée par Mrs Haddington dans Charles Street ne différait guère de ses voisines, mais selon le jeune Mr Harte, l'intérieur se distinguait par une telle absence de personnalité qu'elle en devenait aussitôt remarquable. Rien dans l'ameublement et le décor des vastes pièces ne trahissait une quelconque occupation. Depuis les fleurs coûteuses disposées avec soin dans des vases, jusqu'au choix des revues rangées en bon ordre sur une table basse devant la cheminée du salon, la maison faisait penser à un magasin de meubles haut de gamme. Divans et fauteuils de grand luxe étaient recouverts du même tissu que celui qui masquait les hautes fenêtres et leurs coussins, ornés de gros glands, étaient continuellement tapotés et remis à leur place exacte par le maître d'hôtel ou Mrs Haddington elle-même.

L'entrée et l'escalier étaient recouverts de moquette vert nil ; sous un miroir au cadre doré, une console Régence était flanquée de deux chaises Sheraton aux sièges recouverts d'un tissu vert exactement assorti à la moquette. A droite de ce large vestibule une porte s'ouvrait sur la salle à manger — acajou et brocart rouge — et, après celle qui donnait discrètement accès à l'escalier du sous-sol, une autre conduisait à une pièce construite sur le derrière de la maison et qui faisait office de bibliothèque. Deux hautes fenêtres munies de volets intérieurs et drapées d'un velours brun studieux ouvraient sur une cour transformée en jardin pavé avec cadran solaire et massifs garnis selon les saisons de jonquilles ou de géraniums. Des auteurs classiques richement reliés recouvraient les murs ; un bureau ministre massif portant un buvard couvert de cuir repoussé, une boîte à couteaux en acajou désormais convertie en classeur pour le papier et les enveloppes ainsi qu'un encrier en argent, était placé entre les deux fenêtres ; tous les fauteuils étaient recouverts de cuir. Au-dessus de cette pièce et donnant sur le palier du demi-étage entre rez-de-chaussée et premier, une autre, toute semblable, était consacrée à la maîtresse de maison ; c'était le boudoir pour tout le monde, sauf pour Miss Birtley qui persistait à l'appeler le petit salon. De mêmes proportions que la bibliothèque, elle était décorée dans un style tout différent. Des plis de nylon diaphane voilaient les deux fenêtres le jour, recouverts le soir par un opulent brocart lilas. Un coffret à cigarettes en albâtre et un cendrier assorti étaient posés sur une table basse en noyer, à côté d'une méridienne aux coussins de soie lilas et rose. Deux fauteuils étaient recouverts de satin lilas, plusieurs autres garnissaient les rares espaces libres le long des boiseries, et la moquette était violette ; dans l'angle entre la porte et la première des deux fenêtres, une table aux pieds fuselés supportait un téléphone (crème) et une lampe sommée d'un abat-jour de soie rose. Judicieusement placé à côté d'elle, un fauteuil bas, dossier et siège recouverts du même brocart délicatement lilas que les rideaux des fenêtres. La décoration florale était assurée par un bol d'albâtre sur un piédestal, garni l'été de roses ou d'œillets et l'hiver de monnaies du pape ou de statices.

Le premier étage était entièrement occupé par le salon (Empire) en forme de L, à l'origine deux pièces communiquant par une large baie. Au-dessus, les chambres de Mrs Haddington et de sa fille avec leurs salles de bains, et au-dessus encore une vaste *terra incognita* peuplée par le personnel.

Miss Beulah Birtley, qui avait été chargée en cet après-midi de février de découvrir s'il existait à Londres un magasin acceptant de fournir du caviar frais à prix réduit pour une cinquantaine de personnes, revint Charles Street pour trouver son employeuse dans le salon, subissant une visite de sa sœur unique et célibataire, Miss Violet Pickhill.

Il y avait bien une certaine ressemblance physique entre ces deux dames, l'une comme l'autre minces et de faciès aquilin, mais on aurait eu peine à trouver une paire plus mal assortie : Mrs Haddington, aussi soignée de sa personne que dans sa mise, très grande et élancée, était toujours complimentée par les couturiers qui s'extasiaient sur sa ligne parfaite. Pas un fil gris dans ses cheveux superbement ondulés, aux reflets cuivrés — s'ils semblaient parfois un peu plus foncés à la racine, c'était un léger inconvénient auquel il était facile de remédier. Le bleu de ses yeux était trop froid pour être beau, mais ses traits avaient une grande régularité, et si ses lèvres peintes trahissaient une certaine cruauté, celle-ci était en général masquée par un sourire mondain devenu si mécanique qu'elle le déclenchait souvent pour des personnes, comme sa secrétaire, qu'elle n'avait nul besoin de charmer.

Miss Pickhill, de quelques années plus âgée, n'usait d'aucune grâce artificielle. Plus petite et plus maigre que sa sœur, elle avait un teint et une chevelure bien à elle. L'un était inexistant et l'autre avait passé de l'or à un jaune paille poussiéreux, zébré çà et là de gris. Habillée de vêtements de bonne qualité mais sans trace de goût, elle habitait la maison sinistre que son père lui avait léguée vers Putney Hill ; là, elle s'intéressait aux œuvres paroissiales, aux Éclaireuses, à l'Association des femmes conservatrices ainsi qu'à diverses autres activités irréprochables. Nul n'aurait pu dire ce qui l'attirait vers la maison de Charles Street, car elle désapprouvait visiblement tout ce qu'elle y voyait et ne recevait aucun encouragement à poursuivre ses visites. La vérité, c'est qu'elle n'était pas attirée du tout mais, élevée dans la religion du devoir, elle se croyait obligée de garder un œil sur sa sœur, de même, semblait-il, que de proférer les critiques les plus cinglantes sur les manières, la morale et les ambitions de Mrs Haddington, et de prophétiser une rapide descente dans le ruisseau pour sa nièce, habituée, selon elle, à ne penser qu'à se peindre la figure et à courir après les jeunes gens.

Elle était bien lancée sur ce sujet riche de possibilités et elle venait d'informer Mrs Haddington (qu'elle persistait à appeler Lily malgré les efforts désespérés faits par l'intéressée pour qu'elle substituât Lilias à ce prénom si ordinaire) qu'elle se repentirait un jour d'avoir envoyé sa fille dans une école en Suisse au lieu de l'élever de manière à en faire un membre utile de la société, quand Beulah, revenant de son thé avec Mr Harte, entra dans la pièce.

Mrs Haddington ne manifesta aucun plaisir à la vue de sa secrétaire. « Eh bien ? dit-elle sèchement. Qu'est-ce que c'est ?

— Désolée de vous interrompre, dit Beulah, en posant un échantillon de soie sur le bras du fauteuil, mais je n'ai rien trouvé de plus approchant pour le tissu que vous m'aviez demandé d'assortir.

— Ça ne peut pas aller. » Mrs Haddington griffa dédaigneusement le petit morceau d'étoffe avec un ongle rouge sang. « Vraiment, j'aurais pensé que vous vous en seriez aperçue toute seule.

— Je l'ai bien vu en effet, mais j'ai pensé qu'il valait mieux vous en apporter un échantillon. Et le caviar est au même prix partout.

— Je me demande parfois pourquoi je vous paie », remarqua la dame.

Beulah rougit et serra les lèvres.

« C'est exactement ce que j'ai toujours dit, lança Miss Pickhill. Je n'ai jamais compris pourquoi une femme de ton âge et en bonne santé avait besoin pour faire ses courses d'une secrétaire, si c'est le nom que se donne Miss Birtley. Du caviar, je te demande un peu ! Encore une de tes réceptions à tout casser, je suppose. Notre pauvre père doit se retourner dans sa tombe.

— Vous pouvez disposer », dit Mrs Haddington à Beulah qui lui demanda : « Aurez-vous encore besoin de moi, aujourd'hui ? »

Mrs Haddington hésita. Elle allait avec un groupe d'amis à une soirée au théâtre suivie d'un dîner dans le restaurant le plus nouveau et le plus chic de Londres, donc rien à faire pour sa secrétaire. « Non, vous pouvez partir, dit-elle enfin. Et surtout, ne soyez pas en retard demain matin.

— Ça ne m'arrive jamais, répondit Beulah. Bonsoir.

— Cette fille a une attitude bien insolente, déclara Miss Pickhill dès que la porte se fut refermée. D'ailleurs, c'est toi qui la provoques avec tes façons de négrier. Je suppose qu'elle ne va pas tarder à donner ses huit jours.

— Oh, non, sûrement pas ! assura Miss Haddington avec un petit rire.

— Tu crois ça, mais aujourd'hui le personnel ne supporte pas la façon dont tu le traites, je t'avertis.

— Ne t'inquiète pas. Je sais trop de choses sur Miss Beulah Birtley pour qu'elle puisse me quitter brutalement. Maintenant, si tu permets, je vais monter me changer. Il est grand temps. Je vais au théâtre. »

Miss Pickhill se fit plus sévère encore : « Des théâtres, des bals ! Tu n'as pas l'air de penser à autre chose. Je me demande bien où tu trouves l'argent pour toutes ces extravagances. Inutile de me raconter que Hubert t'a laissé une grosse fortune, ce n'est pas vrai, et d'ailleurs même s'il l'avait fait, le gouvernement te l'aurait prise. Je reste parfois des heures éveillée la nuit à me tourmenter pour toi et ta façon de vivre, Lily ; je m'attends toujours à découvrir dans le journal que tu as été arrêtée soit parce que tu fraudais le fisc, soit parce que tu tenais un tripot.

— Un tripot ! Vraiment, Violet !

— Tu en serais bien capable. » Miss Pickhill était très sombre. « Tu peux peut-être duper tous ces amis opulents que tu as, mais pas moi ! C'est que rien ne t'arrête, Lily. Tu as toujours été comme ça : tu veux arriver à tes fins, et par n'importe quel moyen. Je n'oublierai jamais la façon dont tu as laissé tomber le pauvre Charlie Thirsk quand Hubert s'est présenté avec deux fois plus de revenus. Je ne veux pas médire des morts, certes, mais je n'ai jamais aimé cet homme-là, et Père non plus. Il disait toujours qu'il avait quelque chose de douteux, de pas très droit ; quant aux gens qu'il fréquentait... ma foi, il n'y a qu'un terme pour les qualifier et c'est rasta ! Comme ce Seaton-Carew que je rencontre toujours ici.

— Il y a un remède bien simple à ça, riposta aussitôt sa sœur. Ne viens pas.

— Oh, je sais très bien que je gêne ici, dit Miss Pickhill, nullement démontée. Mais la voix du sang, ça existe et je connais mon devoir, Lily ! »

Sur ce, elle présenta sa joue à Mrs Haddington, politesse à laquelle celle-ci répondit en l'effleurant de la sienne, déclara qu'il était inutile de sonner le maître d'hôtel parce qu'elle était parfaitement capable de retrouver son chemin et s'en alla. Mrs Haddington était sur le point de monter dans sa chambre quand la porte se rouvrit et sa fille entra.

A dix-neuf ans, Cynthia était d'une beauté remarquable, avec sa blondeur éblouissante, de grands yeux bleu porcelaine, une silhouette exquise et une carnation de rêve ; évidemment habillée à la perfection, elle faisait sur les cils et les sourcils un usage discret du mascara qui donnait l'accent ultime à l'ensemble. La coûteuse école suisse, si elle avait fort peu ajouté à ses connaissances, lui avait enseigné à bouger avec plus de grâce que la plupart de ses contemporaines ; elle dansait bien, patinait bien, jouait convenablement au tennis et se tenait assez bien à cheval pour paraître à son avantage sur le Row, sinon à la chasse. D'humeur changeante, elle ne donnait pas l'impression d'être robuste et pendant sa première saison, elle avait eu d'assez fréquents passages à vide. Mais elle semblait s'habituer aux heures tardives comme au surmenage mondain et commençait même à récupérer avec une étonnante rapidité. Quand elle faisait ce qui lui plaisait, elle était gaie et de belle humeur, mais la moindre contrariété risquait de provoquer ce que sa mère appelait un choc nerveux, et toutes les autres personnes, un caprice affreux. Ceux qui la connaissaient, la disaient totalement dépourvue d'intelligence, ce qui était injuste : chaque fois qu'elle avait quelques minutes libres entre ses divers engagements, elle feuilletait les revues à la mode, allant jusqu'à lire les légendes sous les illustrations, et elle n'entrait jamais dans une pièce sans tourner le bouton de la radio.

Elle entra donc, l'air fatigué, mais extrêmement élégante en bleu marine avec un chapeau minuscule sur la tête et de très hauts talons à ses souliers, en disant de la voix légèrement nasale acquise grâce à l'étude assidue de ses présentateurs favoris : « Oh, Maman ! Trop glauque ! J'ai rencontré Tante Violet sur le perron. Vraiment, une tache, de plus en plus, je trouve ! Pourquoi est-ce que vous la laissez *infester* absolument cette maison ?

— Parce que je ne peux pas faire autrement. » Les yeux de Mrs Haddington caressèrent la charmante silhouette et s'adoucirent : « Cette robe te va très bien. Au début je n'étais pas sûre, mais c'est exactement ce qu'il te faut. Où es-tu allée, ma chérie ?

— Oh, cinoche avec Lance et puis thé, répondit la jeune personne en s'enfonçant dans un fauteuil. Assez blême en fait, avec des sous-titres et des trucs parce que c'était en italien. Lance a trouvé ça *trop* terrifiant...

— Ah, Lance... Enfin, c'est bien, je suppose. Je ne peux pas dire que j'aime beaucoup ce garçon et à certains égards, j'aimerais autant te savoir avec Timothy Harte.

— Je trouve Timothy flashant, déclara sa fille avec

un enthousiasme sans détours. Je veux dire, il est beaucoup plus beau que Lance et j'ai un super-feeling avec ce genre d'yeux bleus qui vont avec les cheveux noirs, pas vous ? Parfois je voudrais que le pair ce soit lui, et pas Lance. »

Mrs Haddington ne trouva rien à redire à ces propos naïfs ; pour l'essentiel, elle les approuvait. Ce qui ne l'empêcha pas de dire que la pairie n'était pas tout. « Je n'aime pas la façon dont vit Guisborough, ni les idées ridicules qu'il a. S'il n'avait pas hérité du titre... » Elle s'arrêta. « Enfin, il *est* Lord Guisborough, mais il n'a pas été élevé pour cela. D'après tout ce que je peux savoir, sa mère était une personne très commune, sans compter que... Enfin, laissons cela.

— Vous voulez dire qu'elle avait été collée avec le père de Lance avant qu'il l'épouse ? demanda la jeune fille. Je sais tout ça. Trixie en est terriblement fière parce qu'elle est d'avis de supprimer les liens du mariage du fait qu'elle est communiste.

— Venant de Béatrice Guisborough je peux croire n'importe quoi, mais je n'ai jamais entendu dire que la suppression du mariage avait un rapport quelconque avec le communisme.

— Ah, non ? Je me suis peut-être trompée. Simplement, elle regrette beaucoup que son père ait épousé sa mère, je le sais, parce que sans ça Lance ne serait pas Lord Guisborough et elle a horreur de ce titre. Elle-même, elle ne veut pas être une Honorable et elle essaie toujours de pousser Lance à rester simplement Mr Guisborough. En fait, je ne crois pas que Lance soit de cet avis, pauvre chou. Moi, je pense que l'idée d'être un lord l'excite beaucoup.

— Alors je voudrais bien qu'il apprenne à se

comporter comme un lord, dit Mrs Haddington, très acide.

— Oui, moi aussi.

— D'une certaine façon, j'aimerais mieux le jeune Harte pour toi.

— Oui, mais il ne sera jamais lord.

— Non, mais il sera baronnet. Il est d'une très bonne famille, il est riche et il évolue dans le cadre que je veux pour toi, ma bichette. Pour Guisborough, je ne suis pas trop sûre. Ses fréquentations et ses opinions politiques et le fait qu'il n'a pas été élevé dans un bon milieu… je me demande parfois s'il sera reçu à la Cour — titre ou pas titre. Son père semble avoir été un bon à rien et, bien entendu, il a été plus ou moins laissé sur la touche après ce désastreux mariage.

— Comment avez-vous déniché tout ça ?

— J'ai fait ce qu'il fallait pour y arriver, répondit brièvement Mrs Haddington. Je ne vais pas te laisser commettre une erreur qui pourrait gâcher ta vie. Je n'ai que toi et je ne me soucie que de toi, Cynthia. Je suis bien décidée à ce que tu aies ce qu'il y a de mieux. »

Sa fille bâilla. « En fait, j'épouserai qui je veux. Il me semble que j'aimerais assez que ce soit Lance parce qu'il n'y a rien, absolument rien qu'il ne ferait pas pour moi et en plus il est Lord Guisborough. Bien sûr, il n'est pas totalement bouleversant comme… oh, comme n'importe qui. Enfin, je n'ai encore rien décidé et tout ça est *trop*. »

Mrs Haddington regarda attentivement le visage en fleur, durci alors par la fatigue et le mécontentement. « Tu es lasse. Il faudrait que tu ailles tout droit au lit, mais nous allons à cette première.

— Oh, je serai très bien, murmura la jeune fille, dont les paupières se refermaient.

— Tu n'aurais pas dû laisser Guisborough t'emmener au cinéma cet après-midi.

— Oh, Maman, ne soyez pas ridicule ! Qu'est-ce que je pouvais faire d'autre ? Rester ici et lire un livre ? »

Mrs Haddington parut sentir la force de l'argument, car elle resta un moment silencieuse. Le carillon délicat d'une pendulette sur la cheminée lui fit lever les yeux et elle s'exclama aussitôt : « Vite, nous allons être en retard. Cynthia, ma chérie, dis-moi... tu n'as pas rencontré Dan à mon insu, n'est-ce pas ? »

En entendant cela, Cynthia ouvrit les yeux très grands.

« Dan ? Qu'est-ce que vous voulez dire ? »

Mrs Haddington s'assit sur l'accoudoir du fauteuil de sa fille et caressa tendrement le casque d'or filé de la jolie tête : « Écoute, mon trésor ! Je sais que Dan est séduisant, mais ce n'est pas l'homme qu'il te faut. C'est un... vieil ami à moi, mais si je pouvais penser que tu...

— Ma *chère* Maman, ne soyez pas si mérovingienne, supplia Cynthia. Je n'ai pas la moindre envie de vous faucher Dan ! »

Mrs Haddington ne vit pas la nécessité de réprimander sa descendante pour ce discours. Elle se contenta de dire : « C'est bien. Mais ne crois pas que je ne voie pas qu'il fait l'impossible pour te rendre amoureuse de lui. Et bien entendu, les hommes de son âge...

— *Trop* victorien, interrompit Cynthia. Vraiment, Maman. Mon Dieu, déjà six heures ? Il faut que je file. »

Elle arracha son corps mince au fauteuil et se pencha pour ramasser son chapeau. Mrs Haddington lui dit : « Tu as le temps de prendre un bain bien chaud. Ça te remettra sur pied.

— Oh, je serai au top, assura la jeune fille. Qui vient avec nous ?

— Roddy Vickerstown, les Kenelm Guisborough, et Freddy Atherstone.

— Seigneur !

— Oui, je sais, ma chérie, mais les Kenelm Guisborough connaissent l'univers entier et je tiens particulièrement à ce que Mrs Atherstone t'invite à sa soirée dansante. Ce sera une de ces choses *intimes*...

— Ça a l'air mortel, observa Cynthia. Et Kenelm Guisborough est si rasoir qu'il me rend pratiquement malade à vomir ; en plus, il a une femme canulante et il ne peut pas encaisser Lance parce qu'il est l'héritier. Je parie que ce sera une pièce qui pèsera une tonne, aussi, avec un message ou quelque chose qui vous donne envie de pleurer d'ennui. »

Mrs Haddington la regarda, assez inquiète.

« Ma chérie, si tu es vraiment trop fatiguée, je vais appeler Nest pour lui demander si elle peut...

— Oh, Maman, arrêtez les frais, coupa Cynthia impatiente. Je serai en pleine forme quand j'aurai pris un bain. »

Mrs Haddington ne parut pas très convaincue, mais quand elle revit sa fille, elle constata que le bain chaud avait des vertus roboratives tout à fait inattendues. Une vision dans de délicats dégradés de mousseline jaune fluide apparut trois quarts d'heure plus tard aux invités rassemblés autour des sandwiches et des boissons dans la bibliothèque, des excuses pour son retard sur ses lèvres souriantes et un tel éclat dans les yeux que Mr Freddy Atherstone, à l'extrême bord d'un mariage avec une autre, éprouva un sérieux choc cardiaque. Seule Mrs Haddington, les yeux un instant fixes, ne parut prendre aucun plaisir à cette radieuse beauté et, bien que Mrs Guisborough eût ensuite fait remarquer à son mari que Lilias avait regardé Cynthia d'une façon vraiment extraordinaire, l'instant de la révélation avait été si court que Kenelm put affirmer qu'il n'avait rien vu et que sa femme s'imaginait toujours des choses.

CHAPITRE IV

Lorsque les joueurs de bridge invités par Mrs Haddington se réunirent à neuf heures, le mardi soir, plusieurs personnes avaient les nerfs à vif et Miss Beulah Birtley avait dû avaler un cachet d'aspirine pour lutter contre une migraine menaçante.

La journée avait mal commencé quand (inévitablement) l'un des joueurs avait découvert que des circonstances indépendantes de sa volonté l'empêcheraient de faire honneur à ses engagements. Ayant assuré le lâcheur de sa voix la plus suave que cela n'avait aucune importance, Mrs Haddington reposa brutalement le combiné et ordonna à sa femme de chambre qui venait de lui monter le plateau du petit déjeuner de lui envoyer immédiatement Miss Birtley et de lui dire de prendre son livre d'adresses. Comme on lui faisait remarquer que celle-ci ne devait arriver qu'un quart d'heure plus tard, elle lança sur l'inefficacité et la paresse des membres de son personnel sans exception quelques remarques venimeuses qui ne firent rien pour lui concilier les bonnes grâces de la représentante qu'elle avait devant elle. Cette vierge austère ne perdit pas de temps pour annoncer en termes laborieusement choisis qu'elle demandait son congé.

« Ne soyez pas stupide ! Pourquoi voulez-vous partir, *vous ?* » demanda Mrs Haddington.

Ayant déclaré qu'elle préférait n'en rien dire, Miss Mapperley se mit aussitôt en devoir de contredire cette affirmation et entama la liste des raisons diverses et nombreuses qui la poussaient à ne pas souhaiter s'attarder sous le toit de Mrs Haddington. La principale semblait être la nécessité de servir deux personnes. Elle n'était pas du genre à se plaindre, ça non, mais servir Miss Cynthia était une occupation à plein temps et une occupation qui n'avait pas été prévue quand on l'avait engagée.

Comme la maîtresse de maison avait eu l'intention de lui faire rectifier la robe achetée pour Cynthia, qui devait la mettre le soir même et qu'un couturier sans conscience avait livrée la veille dans un état fort éloigné de la perfection, ces funestes paroles lui firent sentir que certains des projets pour la journée au moins allaient devoir être modifiés. Mais n'étant pas femme à discuter avec quelqu'un qui claquerait sans doute la porte au moindre prétexte, elle se contenta de la renvoyer à ses occupations et se passa ensuite les nerfs sur sa secrétaire.

Cette dernière n'arriva qu'à dix heures, ce qui fournit une excellente excuse à Mrs Haddington pour l'accabler. Elle avait elle-même ordonné à Beulah d'aller ce matin-là acheter des fleurs au marché de Covent Garden pour la soirée, mais elle s'en tira en déclarant avec aigreur que la jeune fille avait bien eu le temps de faire deux fois le trajet.

« Et puis ne restez pas là à chercher des excuses. Descendez prendre mon carnet d'adresses ! Il me manque un joueur pour ce soir ! Et ensuite, il faudra que vous alliez à Fulham, dire à Miss Spennymoor de venir aujourd'hui sans faute rectifier la robe de Miss Haddington. Je ne comprendrai jamais pourquoi cette misérable créature n'a pas le téléphone. Elle ne mérite vraiment pas qu'on l'emploie, alors qu'elle accumule les difficultés. Vous vous occuperez des fleurs en revenant. »

Quand Beulah revint, Mrs Haddington, forcée dans ses derniers retranchements, avait dû se rabattre, pour remplacer le bridgeur défaillant, sur *la* personne qu'elle s'était juré de ne plus jamais inviter. Plutôt que de jouer elle-même, ce qu'elle jugeait incompatible avec le bon déroulement de la soirée, puisque selon elle, la maîtresse de maison devait avoir l'œil à tout, elle avait fait grâce à Mr Sydney Butterwick, providentiellement libre ce soir-là. En recomposant ses tables de façon qu'il joue dans une autre pièce que Seaton-Carew aussi longtemps que possible, elle espérait éviter qu'il laisse éclater la jalousie dont il souffrait chaque fois que ce gentleman accordait ses faveurs ailleurs. Mrs Haddington avait l'esprit plus large encore que Mr Harte, mais elle détestait les scènes vociférantes lors de ses soirées les plus sélectes.

Quand Beulah lui annonça que Miss Spennymoor ferait de son mieux pour « caser », selon sa formule, Mrs Haddington dans l'après-midi, la nouvelle produisit une légère détente, mais elle fut de courte durée : le chef lui fit savoir en effet que pas une langouste n'était encore arrivée à Londres et qu'aucun des poissonniers qu'il avait personnellement appelés n'avait pu lui donner l'assurance que ces crustacés dilatoires pourraient figurer dans les buffets de la soirée. Il demandait donc quel produit de substitution était envisagé pour remplir une centaine de croûtes. Mrs Haddington avait à peine résolu cette difficulté que son attention fut sollicitée par Thrimby, le maître d'hôtel toujours extrêmement pincé. Comme elle le payait très bien et le soutenait chaque fois qu'il se heurtait à un autre membre du personnel, il était resté à son service plus longtemps que n'importe lequel de ses collègues, puisqu'elle l'avait engagé dès son emménagement Charles Street, dix-huit mois auparavant. Toujours très poli, car c'était une chose qu'il se devait à lui-même, il la méprisait profondément et régalait souvent ceux des domestiques qu'il honorait de sa bienveillance avec des comparaisons odieuses entre elle et ses précédents employeurs. Les économies pratiquées en coulisse et trop souvent aux dépens du personnel par Mrs Haddington ne manquaient jamais de le mortifier parce qu'il n'avait pas été habitué à « ces manières-là », comme il disait. Dans le cas présent, il était ulcéré parce que sa maîtresse avait refusé d'embaucher des extra pour l'aider et un petit salut fort raide, sourcils haussés, avait déjà fait clairement comprendre son opinion sur ceux qui s'accommodaient de laisser la moitié au moins de leurs invités aux mains inexpertes d'une secrétaire et d'une bonne. Cet affront à sa dignité l'avait amené à se montrer peu coopératif et à faire connaître à Mrs Haddington nombre de difficultés et d'obstacles qu'il aurait surmontés sans bruit dans d'autres maisons. Il était mécontent aussi parce que Beulah, qu'il n'aimait pas même dans les circonstances les plus favorables, avait jeté une brassée de feuillage dans le lavabo des toilettes et laissé plusieurs cagettes de fleurs dans le hall en lui recommandant de ne pas les toucher ; il conclut donc son discours à Mrs Haddington en lui demandant sur un ton de patience durement éprouvée si Miss Birtley en aurait fini avec les fleurs avant le déjeuner. Il ajouta que si elle avait l'intention de garnir les vases dans les toilettes, c'était un peu dommage qu'il n'en ait pas été averti plus tôt parce que la pièce avait déjà été faite et que désormais il faudrait recommencer.

Ce qui donna à Mrs Haddington l'occasion de dire que le problème des fleurs aurait dû être réglé depuis des heures, sur quoi Beulah perdit son sang-froid et répliqua qu'il l'aurait été si elle n'avait pas été obligée d'aller à Fulham. Elle se retira furieuse et bien résolue à faire tomber le plus de feuilles, de queues et de morceaux d'écorce possible sur le sol des toilettes, après quoi la paix régna jusqu'à ce que Cynthia, qui ne se levait jamais de bonne heure, jaillît de sa chambre en exigeant à tue-tête que chacun laissât ce qu'il était en train de faire pour se mettre à la recherche de son poudrier favori qu'elle avait égaré. Il semblait que cette perte effroyable risquât d'assombrir le reste de ses jours, et à coup sûr l'atmosphère de la maison devint irrespirable. Son humeur, toujours incertaine le matin, se fit de plus en plus impossible et, après avoir exaspéré tout le monde en réclamant des recherches dans les coins les plus invraisemblables, répété avec passion qu'elle l'avait quand elle s'était couchée la veille, elle le *savait*, elle faillit provoquer une crise de politique intérieure en se déclarant convaincue que quelqu'un l'avait volé.

Mrs Haddington, qui n'avait pas accordé grand intérêt au désastre jusqu'alors, intervint avec une certaine hâte pour prier sa fille de ne pas dire d'inepties et lui rappeler qu'elle avait au moins quatre autres poudriers à sa disposition.

« Mais celui-là, c'est mon *favori*, gémit la demoiselle. Je ne pourrais pas *supporter* qu'il soit perdu. C'est le rond, recouvert de petit-point, avec...

— Oui, ma chérie, interrompit Mrs Haddington avec une louable retenue. Nous savons tous à quoi il ressemble. C'est celui que Dan t'a donné pour Noël, n'est-ce pas ? On le retrouvera bien, ne t'agite donc pas tant. »

Mais le conseil tomba dans des oreilles qui ne voulaient pas l'entendre. Cynthia continua à errer d'une pièce à l'autre en laissant le chaos derrière elle, accompagné par un flot ininterrompu de doléances et de conjectures, jusqu'au moment où elle fut obligée d'interrompre ses recherches : il était une heure et elle aurait dû se trouver au Claridge pour déjeuner avec des amis.

Mrs Haddington avait elle aussi un déjeuner en ville, mais elle trouva le temps de dire à Miss Birtley que ses arrangements de fleurs ne ressemblaient à rien.

« Je sais bien, ils ne sont pas réussis, soupira celle-ci, mais c'est assez difficile avec si peu de choix, et les œillets ne tiennent pas du tout.

— Nimporte qui avec une once de bon sens aurait pris du fil de fer pour les maintenir. Il faut que je pense à tout, décidément. Tous ces vases sont à refaire et je vous en prie, servez-vous de votre intelligence.

— Je n'en ai pas ; alors voulez-vous me dire aussi quelle sorte de fil de fer et où j'en trouverai ? » lança Beulah, très âcre.

Mrs Haddington ferma les yeux à demi. « Ma petite, si vous me parlez encore sur ce ton, vous aurez sujet de le regretter, je vous le promets. Demandez de la corde à tableaux à Thrimby et s'il n'en a pas vous avez tout le temps d'aller en acheter. »

Elle s'en alla et Beulah, sachant que le maître d'hôtel

prendrait un malin plaisir à lui assurer qu'il ignorait totalement la présence de corde à tableaux dans la maison, sortit une fois de plus pour faire une course peu intéressante.

Les nouveaux arrangements de fleurs accompagnés par beaucoup d'allées et venues avec divers vases et coupes la laissèrent carrément vannée, et l'emploi de la corde à tableaux épaisse et rugueuse n'allait pas sans difficultés. Mais enfin les vases furent remis en place, les restes de corde, soigneusement enroulés puis mis sur une étagère, et le sol des toilettes retrouva sa netteté. Beulah était en train de se demander si elle allait oser prendre une demi-heure de repos quand la sonnette de la grande porte retentit et Thrimby vint l'avertir que la couturière était arrivée et demandait ce qu'elle pourrait faire en attendant que Miss Cynthia revienne de son déjeuner.

Sachant que Mrs Haddington ne tolérerait pas que Miss Spennymoor restât une minute sans rien faire pendant qu'elle était sous son toit, Beulah grimpa de nouveau l'escalier, cette fois pour aller dans la chambre de Cynthia. Cette pièce, située sur le derrière de la maison au second étage, était un triomphe de l'art du décorateur et on aurait pu l'appeler une Symphonie en Satin. Dans un ravissant ton pêche, ce tissu habillait la fenêtre, tous les sièges, la coiffeuse en forme de rognon, voire la tête et le pied du lit, qui étaient matelassés. Quelques poupées un peu fanées étaient écroulées sur divers meubles et l'une d'elles recouvrait le téléphone émaillé de rose à côté du lit. Le désordre habituel régnait, les efforts combinés d'une femme de chambre personnelle et de deux bonnes étant insuffisants pour pallier l'habitude qu'avait la jeune fille de jeter par terre les vêtements qu'elle quittait et de joncher la coiffeuse de poudre, de démêlures et de Kleenex sales. Sans accorder plus qu'un regard dégoûté à ce spectacle peu appétissant, Beulah ouvrit un tiroir dans une grosse commode et en sortit un enchevêtrement de bas. On pouvait sans crainte de se tromper supposer qu'ils avaient tous besoin de réparations, aussi les serra-t-elle sous son bras pour monter un étage encore jusqu'à une petite pièce réservée à la couturière ; il y avait là une chaise, une table, une machine à coudre, un fer électrique, deux planches à repasser et un vieux radiateur à gaz qui compensait par des vapeurs et des sifflements ce qui lui manquait en pouvoir calorifique.

Miss Spennymoor était une vieille fille toute menue qui trottinait gaiement à travers Londres pour gagner une vie précaire en cousant à domicile. Elle se baptisait couturière, mais en fait, seules ses clientes les moins exigeantes l'employaient en cette qualité. Elle cousait très bien, mais reconnaissait la première que sa coupe laissait à désirer ; cependant, ses reprises étaient parfaites et surtout — vertu fort louangée par ses clientes — elle prenait des prix très doux. « Parce que, soulignait-elle fréquemment, j'ai en général mon déjeuner ; il faut en tenir compte, c'est une belle économie. Bien sûr, quelquefois je n'ai pas de chance ; certaines de mes dames ne font pas ce que j'appellerais un vrai repas à midi, mais il faut prendre les choses comme elles viennent, hein, ma jolie ? Et souvent il y a une tasse de thé le matin, et ça, je dois dire, j'apprécie — sans compter dessus, si vous voyez ce que je veux dire. »

On aurait pu trouver la vie de Miss Spennymoor aussi terne que solitaire, mais une telle erreur d'appréciation l'aurait beaucoup étonnée. Non seulement la vie de ses clientes était une source d'intérêt constante, mais la sienne n'avait pas été dénuée de romanesque. Beaucoup plus jeune, elle avait exercé son métier dans un théâtre, et même si elle ne s'était pas élevée au-dessus des loges peuplées par les girls, elle se remémorait toujours cette période de sa carrière avec autant de fierté que de plaisir ; son album, avec les portraits fanés de beautés oubliées, était une consolation qui ne lui manquait jamais.

Elle prit les bas avec sa gentillesse habituelle, car elle eût trouvé aussi choquant que Mrs Haddington de rester sans rien faire. « Ça ne serait pas bien, n'est-ce pas ? Elle me paie mon temps et c'est bien naturel que je travaille pendant que je suis ici. C'est une chance que vous m'ayez trouvée ce matin, Miss Birtley, je m'habillais justement pour aller chez une de mes dames qui habite Hampstead. Oh ! là là ! Quel vilain trou dans ce joli bas ! C'est bien dommage, il est tout neuf, on dirait. Je trouve qu'un bas reprisé, c'est jamais la même chose, vous ne trouvez pas ? Je vais le mettre de côté pour mon jour la semaine prochaine, parce que je pense bien que Miss Cynthia va arriver et je ne voudrais pas le laisser avec l'aiguille piquée dedans comme je serais obligée de le faire ; ça ne serait pas raisonnable, n'est-ce pas, de penser que Miss Cynthia attendrait. Elle serait bien étonnée que je suggère une chose pareille, ce que, bien sûr, je n'imaginerais pas, pas un instant, oh non ! Je vais boucher ce petit trou dans le talon. C'est un gros travail que Mrs Haddington veut me faire faire pour Miss Cynthia ?

— Je ne crois pas. Apparemment, André a livré la robe qu'elle veut mettre ce soir avec une grimace dans le dos.

— Tsst, tsst, comme c'est mal ! dit Miss Spennymoor en secouant sa tête grise. Une maison comme ça ! Vraiment, on a peine à le croire, mais depuis la guerre, je ne sais pas pourquoi, personne n'a l'air de s'inquiéter de la façon dont le travail est fait, du moment que la paie tombe. Et les prix ! C'est une grande réunion ce soir, ma jolie ?

— A peu près comme d'habitude, je pense, répondit Beulah, perchée sur le bord d'une table en allumant une cigarette. Inutile de vous en offrir une, n'est-ce pas ?

— Non, ma jolie, merci. Je ne sais pas comment ça se fait, mais je n'y ai jamais pris goût. Pas une affaire de scrupules, parce que j'ai l'esprit très large, mais je suis sûre que mon pauvre vieux père m'aurait chassée de la maison s'il m'avait vu fumer. Il était très strict, mon père. Il ne voulait pas entendre raconter une histoire, ce qu'on pourrait dire risquée, et la vie qu'il a menée quand les jupes courtes sont arrivées, vous ne croiriez pas ! Oui, c'était un homme bien, sauf question boisson, et là, je suis obligée de dire que ma mère a eu pas mal de petits ennuis avec lui, parce que dès qu'il avait touché sa paie, elle était obligée d'aller le chercher dans les bistrots et souvent il n'était pas du tout d'avis de rentrer à la maison avec elle, pas du tout. Mais comme je dis bien souvent, il faut de tout pour faire un monde et on le respectait beaucoup, à cause de ses principes. C'est un bal, ce soir ?

— Non, simplement un bridge.

— Jamais joué au bridge, je dois dire et pourtant j'aimais bien une petite partie de whist. Il y aura des tas de célébrités, je parie ? insinua Miss Spennymoor, pleine d'espoir.

— Oh oui ! Beaucoup. » Beulah savait que la petite couturière employait ce terme pour désigner toutes les personnes titrées et, s'apercevant qu'on attendait davantage d'elle, enchaîna : « Lady Floddan... vous connaissez ? »

Miss Spennymoor secoua la tête : « Je ne crois pas qu'elle a jamais eu son nom dans les journaux », dit-elle simplement.

Beulah, se rendant compte qu'elle n'avait pas donné satisfaction, essaya de nouveau : « Bon, et Sir Roderick Vickerstown ?

— Alors, *lui,* je le connais. » Miss Spennymoor était ravie. « Il était aux courses — je ne me rappelle plus au juste lesquelles pour le moment, avec le marquis de Chetwynd et Lady Caroline Ramsbury en train de fumer un cigare.

— Ça paraît très probable. Et Lady Nest Poulton ?

— Ah, alors *elle,* ce qu'elle était jolie quand elle était jeune fille. On la voyait dans tous les journaux. " Une des Débutantes de la Saison " et puis ensuite " Une des Reines de la Jeunesse Dorée ", bien sûr. Ravissante et puis des robes ! Je me rappelle quand elle s'est mariée, elle avait une robe en drap d'or, elle avait fait sensation à l'époque, je vous promets, parce que c'était une innovation comme on dit. Et puis qui encore ?

— Je crois que c'est tout. A part Lord Guisborough.

— Oui, je pensais bien qu'il viendrait, parce qu'il fait les yeux doux à Miss Cynthia, mais c'est pas ce que j'appellerais une célébrité, ma jolie, si vous voyez ce que je veux dire. Vous savez, j'ai connu sa mère, ah, oui, eh bien ! »

Comme ce n'était pas la première fois que Beulah avait reçu cette confidence, sa réponse fut un peu machinale : « Vraiment ?

— Premier rang, dit Miss Spennymoor énigmatique. Ah, c'était un numéro ! Pas froid aux yeux. Vous croiriez pas. Jamais jusqu'à mon heure dernière j'oublierai le soir où elle est partie pour une fête quelconque avec juste de quoi payer le taxi dans son sac et la robe qu'elle portait comme Invitée à la Réception du Grand-Duc. Comment diable s'appelait-il, ce spectacle-là ? Ça me reviendra. Bien sûr, j'aurais eu des ennuis si jamais on s'en était aperçu, mais moi j'étais au courant de rien, elle avait fait ça pendant que j'avais le dos tourné, pas besoin de dire. Toutes les autres filles se moquaient d'elle, de la manière qu'elle s'était collée avec Hilary Guisborough. Hilary ! Moi-même, je pouvais pas m'empêcher de rire. En voilà un nom. Le plus drôle, c'est que c'était bien la dernière qu'on aurait cru aussi niaise, mais c'était comme ça et ce que j'ai souvent dit, rira bien qui rira le dernier puisqu'il l'a épousée. Jamais personne aurait cru qu'il le ferait, mais il a dit qu'il voulait pas que les gens appellent ses gosses des bâtards, si vous voulez bien excuser l'expression, ce qui prouve que c'était vraiment un vrai gentleman, hein ? Malheureusement, ça n'a pas changé grand-chose pour elle, parce que voilà-t-il pas que son Hilary a rien trouvé de mieux que d'attraper froid et de mourir de pneumonie ; les jumeaux avaient tout de suite six ans, peut-être même pas. Oh ! d'ailleurs, il avait jamais été bon à grand-chose, malgré sa famille super, mais on a beau dire, faute de grives on mange des merles et elle est restée là avec ses deux mômes et rien que des tas de factures à payer, mais elle a jamais baissé les bras et elle aimait toujours blaguer. Je me dis quelquefois qu'elle rirait large si elle savait que son Lance a hérité du titre. »

Elle-même rit un peu à cette idée, mais son hilarité fut coupée net par l'arrivée de Mrs Haddington, qui fit irruption dans la pièce, toisa sa secrétaire et lui dit : « Alors, c'est ici que vous êtes ?

— Vous avez besoin de moi ? demanda Beulah.

— Veuillez descendre voir si les carnets sont prêts et les crayons bien taillés. Miss Spennymoor, venez chez ma fille, s'il vous plaît. J'aurais cru que vous pouviez trouver quelque chose de mieux à faire toutes les deux, que de rester là à bavarder.

— Oui, Mrs Haddington, dit la petite couturière, qui se faisait plus petite encore. C'est rien que ma faute et pas du tout celle de Miss Birtley, je dois dire, parce que je lui racontais que j'avais bien connu la pauvre mère de Lord Guisborough, et de fil en aiguille...

— La mère de Lord Guisborough ? répéta Lady Haddington. Vraiment ? »

Cette interjection glaciale couvrit bien entendu Miss Spennymoor de confusion. Elle fourra précipitamment ciseaux et dé dans son sac à ouvrages et le prit en disant d'une voix éteinte : « Voilà, je suis prête, Mrs Haddington.

— Alors, descendez, s'il vous plaît », dit celle-ci.

CHAPITRE V

A huit heures, réconfortée par le comprimé d'aspirine qu'elle avait avalé lors de son retour précipité chez elle, où elle s'était jetée dans sa seule robe de dîner, Beulah se joignit au petit groupe réuni dans le salon. A l'origine, Dan Seaton-Carew avait été le seul invité, mais Cynthia, rencontrant Lord Guisborough et Mr Harte à son déjeuner ce jour-là, les avait priés à dîner tous les deux avant l'arrivée des autres bridgeurs. Comme Beatrice Guisborough, qui partageait un studio avec son frère, ne s'était pas trouvée là, il avait été facile d'oublier de l'inclure dans l'invitation et, comme Lord Guisborough se moquait des convenances autant que de l'agrément des autres, il avait accepté l'invitation sans hésiter, laissant Beatrice rallier le gros des bridgeurs par ses propres moyens.

Informée au milieu de l'après-midi de ce changement dans ses plans, Mrs Haddington avait presque perdu son sang-froid, allant jusqu'à dire à sa fille idolâtrée qu'elle s'était montrée bien mal avisée. Son chef, lui, s'était carrément emporté et seule l'idée que l'incident judicieusement exploité lui fournirait un prétexte incontournable pour demander une augmentation l'empêcha de sortir sur-le-champ de la vie de Mrs Haddington.

« Ma minette, si tu avais invité *une* personne, c'était bien, susurra la dame de cette voix mielleuse que seule sa fille avait le privilège d'entendre. Mais maintenant, la table est complètement déséquilibrée.

— Oh, Maman, qu'est-ce que ça peut faire ? D'ailleurs, elle l'était déjà.

— Quelle bêtise ! Je ne compte pas Dan comme *invité*. Je suppose que je vais être obligée de dire à cette Birtley qu'elle peut dîner avec nous. »

Sur ce, elle se souvint que la bibliothèque où Beulah prenait en général les repas qu'on lui apportait sur un plateau était déjà toute prête, avec fleurs et tables à jouer, que les domestiques seraient vraiment furieux d'être obligés de servir deux repas séparés ce soir-là, et elle retrouva une certaine sérénité. Beulah reçut avec apathie l'avis du reste fort sec qu'elle devrait dîner avec son employeuse, et l'image que lui renvoya la glace de son armoire ne fit rien pour lui remonter le moral. La robe de dîner discrète précisément achetée pour une occasion comme celle du bridge provenait du rayon Bonnes Affaires d'un magasin londonien plus remarquable pour ses prix que pour son chic, et elle avait été portée un peu trop souvent. Même le charmant pendentif ancien que lui avait légué une mère italienne ne pouvait, à son avis, sauver la situation. Une touche d'encre de Chine avait masqué une éraflure sur un de ses escarpins en satin, mais ses épaisses boucles brunes qui encadraient joliment son front large et bas auraient eu besoin d'une mise en plis. « Oh et puis zut ! Qui s'en soucie ? » demanda-t-elle à son reflet boudeur, et elle se passa une fois de plus un peigne dans les cheveux.

Folle extravagance, elle prit un taxi pour aller de Nevern Place à Charles Street et arriva à l'instant même où Mr Seaton-Carew allait appuyer sur la sonnette de la porte. Il l'attendit en disant sur le ton mi-caressant mi-badin qu'il employait volontiers pour s'adresser aux jolies jeunes femmes : « Eh bien, et comment va ma petite protégée ?

— Merci, je vais parfaitement bien, et vous m'obligeriez en cessant de m'appeler votre petite protégée », répliqua Beulah.

Il rit doucement et lui pressa le bras au-dessus du coude. « Qu'elle est farouche ! remarqua-t-il. Et ingrate avec ça, non ? Je voudrais bien savoir qui vous a obtenu cette situation ? Et qu'est-ce que j'ai jamais reçu comme remerciements ? Dites-moi ça, impossible petite peste !

— Si vous me l'aviez obtenue sans donner à Mrs Haddington tous les détails de ma carrière, j'aurais peut-être été reconnaissante — même au point de me laisser tripoter », riposta Beulah en dégageant brutalement son bras.

De nouveau, il rit, et cette fois lui pinça le menton : « Est-ce que Lilias vous le rappelle un peu trop souvent ? Que c'est vilain ! Mais je ne pouvais vraiment pas vous imposer dans cette maison sans qu'elle sache le pire, n'est-ce pas ? »

Beulah chercha furieusement sa clef dans son sac, se rendit compte qu'elle l'avait oubliée dans son cabas à provisions et pressa le bouton de sonnette avec rage. « Je vous ai dit la vérité et vous avez fait semblant de me croire.

— Bien sûr ! C'est une des règles du jeu, ma jolie bécasse !

— Et le plus fort, c'est que vous m'avez crue. J'en sais assez maintenant pour être sûre que dans le cas contraire vous auriez trouvé un tout autre usage pour moi. Vous avez compris que je n'étais absolument pas du genre que vous cherchiez, mais que vous pourriez fournir à votre chère vieille amie une esclave qui ne la planterait pas là à la première grossièreté infecte si vous m'envoyiez chez elle — avec mon dossier au complet. »

Il semblait toujours sincèrement amusé : « Pauvre petite sauvage ! Vous me détestez à cause de ça ?

— Pas plus que les cafards. »

A ce moment, Thrimby ouvrit la porte et Mr Seaton-Carew s'effaça avec une civilité exagérée pour laisser passer Beulah. Mais ses yeux se moquaient d'elle et il lui dit, en donnant son chapeau au maître d'hôtel : « Que faites-vous aux cafards, ma chère ? Vous les écrasez ?

— Quand je peux.

— Quelle cruelle petite fille ! J'ai bien peur que vous ne puissiez pas. »

Arrivée au pied de l'escalier, elle se retourna pour le regarder. « N'en soyez pas trop sûr, Mr Seaton-Carew. Ajoutez déterminée à cruelle et vous serez bien près de la vérité.

— Votre pardessus, monsieur ? » demanda Thrimby d'un ton qui exprimait clairement l'opinion qu'il avait de cet échange.

Beulah attendit le dernier moment pour passer au salon et ne se joignit aux invités qu'après les arrivées — séparées — de Lord Guisborough et de Mr Harte. Elle trouva Mrs Haddington très majestueuse en velours noir et diamants, un grand éventail de dentelle noire monté sur des brins d'ébène dans une main. Plagiat inspiré par son admiration pour une certaine duchesse, que Mr Harte reconnut et apprécia aussitôt. Il chercha du regard Beulah dès qu'elle entra et se dirigea vers les gants et l'éventail. Comme la jeune fille n'avait pas été informée de l'identité des deux invités supplémentaires, la présence de Mr Harte fut une heureuse surprise pour elle. Un sourire involontaire vint adoucir son expression plutôt rébarbative et elle rougit légèrement. Ces marques de plaisir ne furent pas perdues pour Mrs Haddington, qui les observa, une lueur d'acier dans les yeux, mais elle ne commettait jamais l'impair d'être impolie avec sa secrétaire en public. Elle se contenta de dire, avec un sourire mécanique : « Ah, vous voilà, Miss Birtley ! Vous connaissez ma secrétaire, je crois, Lance ? »

La dernière fleur de la pairie trônait sur un divan moelleux à côté de Cynthia pour lui exposer les principes d'une rare élévation qui macéraient dans tous les cœurs russes, mais il tourna la tête à ces mots, agita vaguement la main et dit aimablement : « Oh ! Bonsoir !

— Et, Mr Harte, je suis sûre que vous avez déjà rencontré Miss Birtley ?

— Comment allez-vous ? Puis-je vous préparer un cocktail ? » Timothy après avoir serré la main de sa fiancée *sub rosam* se dirigea vers le plateau posé sur une console.

Beulah refusa et Mrs Haddington, qui ne voyait pas pourquoi elle fournirait non seulement un coûteux repas mais des alcools à un membre de son personnel, dit sur un ton léger : « J'ai bien peur que vous ne puissiez pas la convaincre, Mr Harte. Miss Birtley ne boit pas.

— Quelle petite personne exemplaire ! remarqua Seaton-Carew, une lueur d'amusement dans ses yeux à demi fermés.

— Madame est servie », annonça Thrimby apparu sur le seuil.

Un buffet avait déjà été dressé au fond du salon, et la table d'acajou très réduite en longueur, poussée tout à fait à l'autre extrémité. Non sans s'être gracieusement excusée de ce qu'elle appela un pique-nique, la maîtresse de maison pria Lord Guisborough de présider, s'assit elle-même au bas de la table avec Timothy à sa droite et Seaton-Carew à sa gauche, puis dirigea sa fille vers la place laissée vacante entre Guisborough et Mr Harte. Restait donc pour Beulah la chaise à côté de Seaton-Carew et, comme Lord Guisborough s'adressait exclusivement à Cynthia, cependant que Timothy, handicapé par son éducation, s'efforçait poliment de divertir son hôtesse, elle dut bon gré mal gré entretenir un dérisoire dialogue avec lui.

Mais il disposait d'une réserve inépuisable de banalités faciles. D'âge moyen, il avait merveilleusement conservé une silhouette et un air juvéniles. Du genre avantageux et floribond, doté d'un fort magnétisme un peu animal, il mêlait amusement indulgent et flatterie affectueuse avec une maestria qui exerçait un puissant attrait sur un certain type de femmes et de jeunes gens dont les carrières ne leur avaient pas valu beaucoup d'attention de la part de leurs contemporains ou de leurs aînés. Il habitait un appartement avec service Jermyn Street et semblait vivre de ses rentes. Sa situation chez Mrs Haddington était mal définie, mais on supposait en général que le passé voilait discrètement une intimité plus grande que celle qui existait désormais. Comme Miss Mapperley l'avait fait observer si finement : « Tout le monde sait ce qu'il faut penser quand une femme demande à un monsieur d'aller lui chercher quelque chose dans sa chambre à coucher. » Elle ajoutait avec délectation : « Mais si My Lady s'imagine qu'il en pince toujours pour elle, elle ne tardera pas à déchanter, parce que n'importe qui peut voir que c'est après sa précieuse Cynthia qu'il court. Je trouve ça dégoûtant, si vous voulez mon avis. »

Lord Guisborough, tout en avalant prestement une demi-douzaine d'huîtres, condamnait avec indignation un capitalisme qui avait négligé d'inscrire ces bivalves au menu quotidien des masses laborieuses ; il avait décidé depuis longtemps que Mr Seaton-Carew était un parasite qui eût été promis à la guillotine à une époque plus propice et lui prêtait fort peu d'attention, mis à part un ou deux regards enflammés dans sa direction et trois contradictions sans appel. Bien loin d'être décontenancée, leur cible semblait plutôt s'en amuser. Il accordait fort peu d'intérêt aux pairs nécessiteux et, comme tout le monde savait que le défunt Lord Guisborough avait divisé toute sa fortune personnelle entre sa fille et son neveu Kenelm, il n'avait jamais fait le moindre effort pour s'attirer les bonnes grâces de l'héritier. Celui-ci, jeune homme squelettique, aux joues aussi creuses que les yeux, qui avait travaillé pendant plusieurs années chez un éditeur gauchiste, n'était pas sans capacités, mais il manquait de stabilité. Un collègue plus âgé avait très justement dit de lui qu'il avait un moteur trop puissant pour son châssis. Il était capable de soutenir intelligemment une discussion tant que le sujet n'avait pas trait à l'Union soviétique, mais la moindre allusion au Kremlin agissait comme une drogue dure sur son cerveau, abolissant sur-le-champ son sens critique et lui inspirant un fanatisme qui lui faisait traiter de propagande capitaliste toutes les activités les plus déplaisantes d'une race asiatique mises au jour de temps à autre. Il n'avait pas pris part à la guerre, d'abord parce qu'il était objecteur de conscience et ensuite, quand l'engagement forcé de la Russie dans les hostilités eut modifié son point de vue, parce qu'il accomplissait une mission pédagogique de la plus haute importance. Il s'agissait d'une série de conférences qu'il était parfaitement qualifié pour donner, puisqu'il avait achevé sa formation à la London School of Economics.

Il n'avait en général aucun succès auprès du sexe sans merci dont les membres continuaient, malgré ses tentatives pour les éclairer, à se laisser mener par leur instinct et s'obstinaient à préférer les robustes mâles visiblement capables et désireux de défendre leur bien. Certaines de ces dames qui avaient passé les années de guerre à rechercher les victimes dans les zones bombardées éprouvaient quelques difficultés à se retenir de lui tendre la plume blanche, insigne du capon. Mr Harte qui possédait un élégant écrin de cuir contenant une rangée de décorations qui gonflait d'orgueil le cœur maternel, était plus tolérant. Il disait que les activités de Lord Guisborough pendant la guerre n'étaient pas dues à une frousse vulgaire mais à une forme d'intellectualisme bidon et ne lui tenait aucunement rigueur de ne pas avoir partagé le poids du jour et de la chaleur. Mais jugeant que la remarque sur les huîtres manquait de civilité envers leur hôtesse et méritait une sanction, il déclara avec l'accent traînant d'Oxford, dont il était sûr qu'il n'échapperait pas à sa victime, qu'il était extrêmement douteux que les masses eussent apprécié l'addition de ces mollusques à leur régime.

« Quand les huîtres étaient plus abondantes, dit-il, affable, les contrats d'apprentissage stipulaient que les jeunes garçons n'en mangeraient qu'un nombre de fois strictement limité par semaine. Ce qui n'incite pas à penser qu'elles étaient très appréciées, n'est-ce pas ? »

Bien incapable de réfuter cet exemple de connaissances abstruses, le noble lord ne trouva pas de réponse appropriée et donc ne dit rien. L'ayant ainsi remis à sa place, Timothy poursuivit sur le ton de la conversation détendue : « Étrange, la façon dont les différents aliments suivent les modes. Ma mère me dit que lorsqu'elle était jeune fille, par exemple, les coquilles Saint-Jacques, que nous estimons beaucoup, étaient jugées trop ordinaires pour figurer à un menu quelconque.

— J'ai eu le plaisir de rencontrer madame votre mère à une réunion chez la chère Mary Petersfield, dit Mrs Haddington. J'aimerais tant la connaître mieux ! Quelle femme intéressante. J'ai infiniment apprécié son livre sur les aventures qu'elle a vécues à la frontière du Congo. »

Timothy, qui partageait avec son demi-frère l'indéracinable conviction que la Deuxième Guerre mondiale avait été déclenchée par la Providence en vue de mettre fin à la passion de leur génitrice adorée mais très éprouvante pour l'exploration des régions les plus reculées du globe, s'inclina et murmura un de ces remerciements passe-partout dont les proches les plus astucieux d'un auteur ont bien soin de se munir.

« Norma Harte est votre mère ? demanda abruptement Guisborough. Je n'ai pas lu ses livres, je dois dire, mais j'en ai entendu parler. Elle connaît assez bien l'Afrique équatoriale, n'est-ce pas ? Quelles sont ses opinions sur la question indigène ? Si elle en a. »

Timothy n'avait pas lu non plus les livres de sa mère, mais il n'était pas homme à laisser passer ce genre de chose. Il répondit avec une trompeuse obligeance : « Oh, bien sûr ! Je crois qu'elle est très forte. En fait, si vous envisagez un safari, vous ne pouvez pas mieux vous adresser qu'à elle. Elle sait tout. Elle vous dira quelles sont les tribus qui fournissent les meilleurs porteurs, les qualités qu'il faut rechercher pour votre guide et les principaux écueils : des boys christianisés, ceux qui essaient de vous parler anglais et s'asseyent dans vos fauteuils, ce genre de choses-là.

— Ça n'est pas du tout ce que je voulais dire, interrompit Guisborough, tout rouge. Je faisais allusion — bien que peut-être ça n'intéresse pas Lady Harte — aux...

— Oh, la ferme ! En voilà assez sur l'Afrique et les indigènes ! s'exclama Cynthia. Je trouve tout ça vraiment *trop !* »

Mrs Haddington, assez satisfaite de l'interruption, poussa une exclamation réprobatrice, non sans regarder sa fille avec une certaine inquiétude. Cynthia était dans un de ses moments de surexcitation, repoussant la plupart des plats, jouant avec les couverts et ne faisant aucun effort pour être polie avec les invités de sa mère.

« Fatiguée, bébé ? demanda Seaton-Carew en lui souriant. Je parie que vous n'avez pas arrêté depuis le petit déjeuner, comme d'habitude.

— J'en ai bien peur, dit sa mère. Je crois que je vais être obligée de faire couper le téléphone. Il sonne sans arrêt du matin au soir et toujours pour ma frivole petite fille, n'est-ce pas, Miss Birtley ?

— Toujours, répondit Beulah docilement.

— Oh, Maman, ce que vous pouvez raconter comme blagues ! marmonna Cynthia en haussant les épaules, l'air maussade.

— Cela me rappelle, coupa Seaton-Carew avec une prestesse que Mr Harte lui-même jugea digne d'éloges, que j'ai moi aussi maudit le téléphone toute la journée. A attendre une communication importante qui n'est pas venue. J'ai demandé qu'on me la passe ici, Lilias, je savais que vous n'y verriez pas d'inconvénient. »

En quoi il se trompait. Si Mrs Haddington lui était reconnaissante d'avoir essayé de couvrir la gaffe commise par sa fille, elle ne pouvait envisager avec plaisir la perspective de voir sa soirée de bridge troublée par un appel téléphonique. Sa réponse, bien que courtoise, manqua de cordialité au point que Lord Guisborough lui-même devint conscient d'une ambiance de malaise. Mais Timothy eut la bonne inspiration de demander à Cynthia si elle avait vu le dernier film de gangsters qui passait à l'Orpheum, ce qui eut pour effet de dissiper la mauvaise humeur de la demoiselle et de la lancer dans une discussion enthousiaste sur ce spectacle et plusieurs autres du même niveau. Le reste du dîner se passa sans nouvel incident et Mrs Haddington se leva de table en s'excusant de ne pouvoir accorder plus de dix minutes à ses invités masculins pour déguster leur porto avant de venir la rejoindre dans son boudoir pour le café. Sur ce, elle sortit de la pièce et, tandis que Cynthia montait dans sa chambre pour se remettre de la poudre et accentuer la courbure déjà ravissante de sa lèvre supérieure, elle rappela à Beulah les diverses tâches qui lui incomberaient pendant le reste de la soirée. Obéissant à son injonction, Seaton-Carew amena ses commensaux dans le boudoir à l'heure dite et Thrimby, laissant une paire de sous-ordres aléatoires débarrasser les restes du dîner, puis transformer la salle à manger en buffet, le suivit avec le plateau du café, qu'il présenta majestueusement à chacun. Cynthia reparut à l'instant où il sortait de la pièce, et elle faillit renverser la tasse de Seaton-Carew en saisissant la main libre de celui-ci : « Oh Dan, chéri ! J'ai quelque chose de terriblement, terriblement important à vous dire. Venez dans le salon, je vous en prie.

— Pas maintenant, ma minette, dit fermement Mrs Haddington. Tu pourras parler à Dan à un autre moment.

— Mais, Maman, vous ne comprenez pas ! J'ai quelque chose que je tiens particulièrement à lui dire maintenant.

— Ma chérie, tu oublies ! Il faut rester tenir compagnie à Lance et à Mr Harte. D'ailleurs, j'ai moi-même un mot à dire à Dan.

— Nous aurons une bonne petite conversation tous les deux plus tard, Cynny », dit Seaton-Carew, apaisant.

Cynthia fit la moue, protesta, mais elle n'avait pas encore eu le temps de prendre un ton vraiment geignard que sa mère avait inexorablement entraîné Seaton-Carew dans la bibliothèque pour parler avec lui, déclara-t-elle, de certains détails du tournoi imminent.

« Je trouve que les gens sont vraiment glauques, remarqua Cynthia. Où est mon café ? Oh, merci, Timothy, vous êtes un ange. Vous l'avez versé pour moi ? »

Puis elle gravita, comme attirée par un aimant, vers le poste de radio dans un angle de la pièce, et se mit à en tripoter tous les boutons. Lord Guisborough la suivit et Timothy saisit l'occasion pour dire tout bas à Beulah : « Ce qu'on s'amuse ! La journée n'a pas été trop horrible ? Vous avez l'air crevée.

— Voilà qui n'est pas très poli. J'attendais mieux de ce charmant Mr Harte qui a de si jolies manières.

— Suffit, ma lolotte », dit Timothy.

A ce moment, une voix révérencieuse annonça qu'ils écoutaient le Troisième Preugramme et allaient être régalés d'une composition de Meuzart. « Cette œuvre peu connue, poursuivit la voix sur le ton indulgent d'un professeur s'adressant à une classe de demeurés, a été compeusée par Meuzart à l'âge de... »

« Oh Dieu ! » s'exclama Cynthia en tournant le bouton.

Ce qui semblait en gros être un commentaire adéquat. « Bien dit ! approuva Timothy. Je refuse absolument de laisser gâcher le plaisir que me procure un concert, par une voix prétentieuse et condescendante qui m'assène une tapée de faits que je serais capable de trouver tout seul si par extraordinaire j'avais la moindre envie de les connaître.

— Les programmes de radio ne sont pas destinés en priorité aux rares privilégiés qui ont eu la possibilité et le loisir d'acquérir *votre* culture ! lança Guisborough.

— Les programmes de radio ne sont destinés ni en priorité ni autrement aux personnes cultivées, répliqua Timothy, nullement perturbé. Trop souvent ils semblent destinés soit aux débiles profonds, soit à ceux qui souhaitent acquérir quelques connaissances à moindres frais. Je me souviens qu'un jour quelqu'un a fait une causerie d'un quart d'heure sur la bataille de Waterloo.

— C'est au moins préférable à cette glorification incessante autant que barbante des Masses, dit Beulah.

— Je suppose, dit Guisborough d'un ton méprisant, que vous êtes de ceux qui s'imaginent naïvement que l'histoire est faite par les prétendus Grands Hommes ?

— Oui, dit Beulah. Exactement.

— Grand Dieu, il ne faut pas dire des choses pareilles ! s'exclama Timothy, scandalisé. Vous pourriez aussi bien prétendre que la course est gagnée par le plus rapide. »

Guisborough rougit de colère, mais sa riposte fut providentiellement noyée par la cacophonie due aux efforts de Cynthia pour trouver un programme qui lui plairait. Tandis qu'elle passait rapidement d'un poste à l'autre, toute conversation devint impossible et, au moment où elle coupait le courant, dégoûtée, Mrs Haddington entra annoncer très sèchement que le premier invité arrivait. Elle était assez rouge et le moins observateur des assistants ne pouvait manquer de conclure que l'entretien avec Dan Seaton-Carew n'avait pas été placé sous le signe de l'harmonie parfaite. Lèvres pincées, narines distendues, elle dut attendre quelques instants avant de pouvoir recomposer son sourire mondain. Elle entraîna ses invités dans le salon du premier, dit assez durement à Beulah de veiller à ce que les tasses du café soient retirées du boudoir et se lança au-devant de Mr Sydney Butterwick.

CHAPITRE VI

A peine Mr Sydney Butterwick avait-il été débarrassé de son chapeau et de son pardessus, puis aiguillé vers le palier du premier, où Thrimby attendait pour l'annoncer, que d'autres invités arrivaient. Mrs Haddington avait pris position juste devant la porte menant à la première moitié du salon. Celle-ci — la pièce étant en forme de L — faisait face à l'escalier et formait un angle droit avec la porte donnant accès à la seconde moitié du salon. Huit tables y étaient disposées, les trois autres étant reléguées dans la bibliothèque du rez-de-chaussée.

Sydney Butterwick était un ravissant jeune homme aux boucles blondes, avec une bouche trop sensible et une tendance marquée à l'asthme qui avait ruiné les ambitions sportives de son enfance, puis contraint les autorités militaires à se passer de ses services par la suite. Très rares étaient ceux qui savaient à quel point ces échecs le rongeaient. On le considérait au contraire comme le type du veinard, fils d'un père richissime prêt à lui céder la place dans une entreprise florissante. Mais Sydney, comprenant à un âge où la vie peut être brisée par une ambition déçue, que sa condition physique lui interdirait toujours le podium, et incapable de jouer uniquement pour le plaisir, abandonna le sport pour des amusements plus capiteux. A l'école, il s'était laissé entraîner vers des fréquentations plus dangereuses encore pour un adolescent peu équilibré ; aussi, à l'époque de sa majorité, réservait-il son enthousiasme au surréalisme, au ballet, aux voitures de courses et à diverses occupations insolites interdites aux jeunes gens dotés de moyens plus limités. Névropathe, passionné et influençable, gâté par ses parents et par la vie, il était d'une timidité morbide, réagissant comme une jouvencelle aux flatteries, mais toujours prêt à inventer des griefs ; il pouvait en un instant passer du paroxysme de l'affection à celui de la haine. Enfant, il avait joui intensément d'être le centre de la vie maternelle et n'avait jamais dépassé son désir d'être choyé et admiré. Cela le conduisait à détester les filles qui l'obligeaient à se situer dans une relation étrangère à son tempérament et à rechercher avant tout la compagnie de femmes plus âgées qui le maternaient ou d'hommes comme Seaton-Carew.

Rien de maternel, pourtant, dans l'attitude de Mrs Haddington envers lui. Elle ne lui accorda qu'un sourire très froid et deux doigts à serrer, cependant que ses yeux le dépassaient pour aller tout droit à la silhouette enveloppée de Sir Roderick Vickerstown, bon vivant connu qui montait lourdement l'escalier derrière lui. Aussitôt, le plaisir de Sydney en fut gâté. Prenant l'indifférence de son hôtesse pour de l'hostilité, il se sentit blessé et mal à l'aise. Il ne l'aimait pas non plus et ne souhaitait pas particulièrement être invité chez elle, mais cela n'avait aucune importance pour lui : il ne pouvait être heureux s'il n'était pas approuvé. Il s'attarda un instant auprès d'elle en tripotant sa cravate, s'imagina qu'il détectait un certain antagonisme dans l'œil bleu furibard de Sir Roderick et pivota brusquement sur ses talons pour aller rejoindre Timothy et Guisborough debout près de la cheminée dans le salon du devant.

Ce dernier, qui n'était jamais homme à dissimuler ses sentiments, répondit au salut du nouvel arrivé par un signe de tête fort peu aimable, mais Timothy, plus courtois et qui allait allumer sa cigarette, lui offrit son étui. Sydney s'en trouva momentanément radouci, mais à cet instant, son regard tomba bien malencontreusement sur Dan Seaton-Carew en grande conversation avec Cynthia à l'autre extrémité du salon.

La demoiselle, qui n'entendait pas être privée de son entretien confidentiel avec lui, l'avait traîné dans le fond de la pièce et semblait lui chuchoter quelque secret dans l'oreille. Toujours sans détours, elle avait agrippé le revers du smoking de son vis-à-vis, dont l'attitude aurait pu être qualifiée de paternelle par un observateur charitable. Il caressait la chevelure brillante d'un geste apaisant et semblait prononcer les mots qu'un homme peut employer pour essayer de raisonner une enfant déraisonnable.

Sydney poussa une exclamation et se précipita vers eux. « Dan ! s'exclama-t-il avec ferveur.

— Foutue petite tapette ! remarqua Lord Guisborough à l'unisson pour une fois avec Mr Harte.

— Dan ! répéta Sydney. Je me demandais si vous seriez là. Toute la journée j'ai essayé de vous joindre. »

Il regarda Cynthia, d'un œil assombri par la jalousie et dit sèchement : « Comment allez-vous ? Dan, je vous ai appelé cinq fois, mais votre domestique me disait toujours que vous étiez sorti. »

Comme beaucoup d'autres avant lui, Seaton-Carew s'était fatigué des exigences de son jeune ami, qui réclamait toujours plus d'intimité. De plus, il n'aimait pas que l'on interrompît ses tête-à-tête, aussi dit-il assez brutalement : « Oui, c'est ce que je l'avais chargé de dire. Qu'est-ce qu'il y a donc, nom d'un tonnerre ? »

Sydney devint cramoisi et bégaya : « Voilà des jours que je ne vous ai même pas aperçu. J'avais peur que vous soyez malade.

— Eh bien, il n'en est rien, merci. Mais je vous en prie, cessez donc de foncer avec une indiscrétion aussi grossière. Vous devriez bien être capable de voir que vous dérangez. »

La rougeur disparut, laissant Sydney très pâle. « Oui, je vois, dit-il d'une voix lasse et tremblante, c'est comme ça, n'est-ce pas ? Quand Cynthia est là, vous ne voulez plus de moi ?

— Oh, la ferme ! dit brutalement Seaton-Carew. J'en ai assez de vos scènes. Ou vous vous comportez raisonnablement, ou vous sortez ! Vos sacrées exhibitions, je n'en veux plus.

— Ce qui veut dire que vous ne voulez plus de moi.

— Eh bien, oui, c'est ce que je veux dire », lança Seaton-Carew, exaspéré.

Cynthia poussa un petit gloussement nerveux en regardant vers l'autre partie du salon, où les invités commençaient à se rassembler. « Je vous en prie, chuchota-t-elle, Maman va piquer une crise ! »

Pendant un instant angoissant, on put croire que Sydney allait s'oublier jusqu'à frapper son adversaire. Il restait planté devant lui, les yeux brûlants dans son visage livide, les poings involontairement crispés. La poitrine soulevée par quelque chose qui ressemblait à un sanglot, il commençait à dire quelques mots d'une voix presque inaudible quand il fut fort heureusement interrompu :

« Cynthia, ma chérie ! Vous êtes ravissante ! Oh Dan, quel plaisir de vous voir ! »

Lady Nest Poulton, petit bout de femme aux yeux immenses dans un visage triangulaire hagard, se précipita vers le groupe dans un nuage de mousseline et Sydney, se rappelant où il était, s'éloigna assez abruptement.

« Charmante robe ! Déplorable jeune homme ! murmura Lady Nest avec son sourire fugitif, touchant. Vous connaissez Godfrey, n'est-ce pas ? Oui, bien sûr. » Elle hésita une fraction de seconde. « Et Mr Seaton-Carew, Godfrey que vous avez rencontré. »

Son mari, trapu, visage carré impassible, dévisagea Seaton-Carew sans sourire, esquissa un salut infinitésimal et se détourna pour parler à Cynthia. Le sourire, devenu pathétique, hésita un instant sur le visage de Lady Nest ; elle parut nerveuse tandis que son regard glissait entre les deux hommes, elle rit de son rire argentin et vide, puis s'en alla, sautillante, échanger des protestations d'amitié outrées avec une brune fardée à mort en satin pétunia.

Sydney Butterwick plongea tel un mustang échappé, semant la panique parmi plusieurs personnes qui déclarèrent par la suite qu'il avait l'air hors de lui. Il semblait se diriger vers la porte, mais heureusement pour le bon déroulement du tournoi, il rencontra un ami balletomane qui l'interpella avec enthousiasme :

« Sydney ! Je vous ai vu hier soir. Qu'est-ce que vous en pensez ? Elle deviendra *ballerina assoluta* à votre avis ? Avez-vous compté ses fouettés ? Encore que je l'aie trouvée nettement à son maximum dans le pas de quatre. »

Ces mots eurent l'heureux effet d'arrêter Sydney au milieu de sa trajectoire. Il réagit automatiquement et grâce à une discussion passionnée sur arabesques, enchaînements, ballerines et danseurs nobles, parvint à se ressaisir. Ses yeux et ses doigts agités de tics montraient qu'il était encore très bouleversé, mais quand son interlocuteur extasié le quitta pour un diplomate fort mûr qui se rappelait parfaitement les étoiles du Théâtre Maryinski, il s'était apparemment rendu compte de l'inconvenance d'un départ précipité et, au lieu de cela, il se rendit auprès de Sir Roderick Vickerstown pour savoir quel serait son partenaire.

Sir Roderick et le Dr Theodore Westruther, praticien très en vogue, avaient accepté d'être les marqueurs et en général les organisateurs du tournoi, rôle écrasant qui menaçait de les réduire à l'état de loques. Persuader une foule caquetante d'invités de différer l'échange des confidences et de prendre place aux diverses tables présentait déjà des difficultés énormes ; même quand douze personnes eurent été enfin séparées de la foule, puis poussées dans la bibliothèque au rez-de-chaussée, et celles qui devaient rester dans le salon, guidées vers leurs tables, la partie ne put commencer aussitôt. Les joueurs sérieux, qui brûlaient d'examiner les donnes dans les boîtes, suggéraient en vain que c'était le bridge et non pas la conversation qui était à l'ordre du jour. Le brouhaha des voix rendait le jeu impossible, car en plus des raconteurs d'anecdotes invétérés, un fort contingent tenait absolument à faire connaître les systèmes employés par ses membres et un autre, plus fort encore, se déclarait prêt à adopter n'importe quelle convention à condition qu'on lui rappelât les règles de toutes, sauf de celle qu'il avait choisie ; plusieurs grands nerveux qui n'avaient encore jamais participé à un tournoi demandaient qu'on leur en expliquât le déroulement ; une ou deux dames d'aspect terrifiant avertissaient leurs partenaires sur un ton menaçant qu'elles comptaient qu'on ne les laisserait pas avec un sans atout sur les bras, et une petite clique de fanatiques charmaient l'attente avant le début du jeu en décrivant de façon particulièrement assommante les donnes sensationnelles qu'ils avaient eues récemment en main, et l'habileté avec laquelle ils avaient réalisé leurs contrats.

Mais enfin les efforts des deux marqueuses, Mrs Haddington et Miss Birtley, furent couronnés de succès et le silence tomba soudain.

Timothy, qui jouait avec Cynthia, se résigna à une soirée manquée, car quelques minutes suffirent pour le convaincre qu'elle jouait avec un panache qui faisait fi de la marque. Elle ne manquait pas absolument d'aptitudes et son éducation mondaine avait comporté une série de leçons données par un expert, aussi connaissait-elle la plupart des conventions. Mais elle avait un instinct de joueuse dangereusement développé et, comme elle était incapable de se concentrer pendant une période de quelque durée, elle négligeait trop souvent d'enregistrer les défausses de son partenaire et oubliait qu'une carte importante était encore tapie dans la main d'un de ses adversaires.

Timothy, qui faisait le mort pendant la première partie, eut tout le loisir de regarder la pièce et d'étudier l'assemblée pendant que Cynthia s'efforçait de remplir son contrat. Pour la plupart, les invités semblaient être de ce genre inoffensif qui rôde aux lisières de la Société avec une majuscule, mais quelques personnes comme

Lady Nest Poulton, Sir Roderick Vickerstown et les Kenelm Guisborough étaient nées dans le monde que les autres aspiraient à orner. Il y avait aussi quelques spécimens comme Seaton-Carew qui n'entraient dans aucune catégorie aisément définissable.

Les Kenelm Guisborough, assis à la table voisine de celle de Timothy, jouaient cette première partie contre Lord Guisborough et Mrs Criddon, grosse douairière couverte de diamants, l'air sévère et concentré. Peut-être Mrs Haddington avait-elle pensé que plus tôt les cousins seraient réunis puis séparés mieux cela vaudrait ; à coup sûr, une ambiance de dangereuse contrainte pesait sur leur table. On aurait difficilement pu imaginer contraste plus accusé qu'entre les cousins. Vautré plutôt qu'assis, Lord Guisborough, qui portait une chemise souple et une cravate de travers, cependant qu'une mèche de cheveux lui tombait presque sur un œil, avait déclaré à sa partenaire qu'elle pouvait adopter la convention de son choix ; après quoi, il avait joué avec un mélange d'astuce décontractée et un air de pesant ennui qui donnaient à presque tous les hommes présents une furieuse envie de lui botter le train. Par contre, Kenelm qui, bien qu'issu d'une branche cadette, avait quelques années de plus que son cousin, ressemblait à un Guardsman, ce qu'il n'était pas, et aurait pu servir comme modèle de bonne tenue — un peu pompeuse. Visage rond et rubicond, moustache en brosse et yeux un peu protubérants, il devenait tout rouge et son poil se hérissait chaque fois que son noble cousin l'exaspérait, ce qui était fréquent, et on aurait dit qu'il allait éclater. Sa femme Irene était une blonde délavée qui s'exprimait en général sur un ton pleurard et ne cessait de critiquer les annonces de son mari, puis le jeu de la carte qui en découlait. Elle ne regardait à peu près pas Lord Guisborough.

Beulah n'était pas dans le salon pendant la première partie, mais elle arriva alors que l'on remettait les cartes dans les boîtes et que les couples changeaient de table ; elle se mit aussitôt à vider les cendriers et à emporter les verres. Le souper serait servi dans la salle à manger, mais Mrs Haddington, qui connaissait fort bien les avantages d'un approvisionnement régulier en boissons stimulantes, avait recommandé à Beulah de ne pas attendre pour demander à un joueur harassé s'il ne souhaitait pas prendre quelque chose. En fait, c'était ce qu'on aurait pu attendre d'une fille de la maison, mais néanmoins Timothy était furieux de voir sa bien-aimée servir tout le monde et paraître de plus en plus lasse à mesure que la soirée avançait. Il essaya plusieurs fois d'attirer son attention mais elle refusa de le regarder ; une fois il vit Seaton-Carew lui adresser une remarque qui la fit s'éloigner aussitôt, les yeux étincelants, et si cela valait mieux que de la voir se soumettre aux familiarités de l'entreprenant gentleman, ce n'était pas le moyen d'ajouter à l'agrément de la soirée pour Timothy. Il se mit à juger sans indulgence un état de la civilisation qui lui interdisait de chercher querelle à Seaton-Carew pour un prétexte frivole, puis de l'informer que ses amis iraient le trouver le lendemain matin ; sa seule satisfaction était de constater qu'on aurait difficilement pu lui trouver partenaire plus désassortie que Miss Beatrice Guisborough, qui le méprisait ostensiblement et critiquait sa façon de jouer à haute et intelligible voix. Il fut ravi de les voir disparaître du salon et désolé d'être obligé de les suivre un quart d'heure plus tard à l'une des tables disposées dans la bibliothèque.

Beulah s'était très bien rendu compte que Mr Harte essayait d'attirer son attention et, très consciente aussi qu'il avait observé la brève passe d'armes avec Seaton-Carew, espérait qu'il ne tenterait pas de l'accaparer pendant l'entracte du souper. Elle décida donc de l'éviter autant que possible. Elle se sentait en outre épiée par Mrs Haddington, dont la remarque à double tranchant au début de la soirée ne lui avait pas échappé.

Elle était en train de monter l'escalier avec un whisky pour le colonel Cartmel quand la sonnerie du téléphone l'avertit que la communication pour Mr Seaton-Carew avait enfin été transmise. Comme elle avait informé celui-ci par avance que le plus commode serait qu'il la prît dans le petit salon de Mrs Haddington, elle posa donc le plateau d'argent qu'elle tenait et entra dans cette pièce. Elle en sortit un instant plus tard pour trouver la dame de céans sur le palier devant le salon.

« Si c'est pour moi, j'espère que vous avez dit que je ne pouvais absolument pas répondre au téléphone en ce moment.

— Ce n'est pas pour vous. C'est une communication interurbaine pour Mr Seaton-Carew. »

Mrs Haddington poussa une exclamation d'impatience : « J'avais oublié. Vraiment, je trouve que... Enfin, tant pis ! Il est dans la bibliothèque. Descendez le prévenir tout de suite et dites-lui qu'il peut la prendre dans mon boudoir.

— C'est ce que j'ai fait, répondit Beulah en s'éloignant.

— Et puis, surveillez un peu ce qui se passe pendant un petit moment, ajouta Mrs Haddington en retroussant soigneusement sa longue jupe avant de gravir l'escalier menant à sa chambre. Je vais me remettre un brin de poudre. »

S'apercevant que Sydney Butterwick était à côté d'elle, elle le regarda fixement : « Mon Dieu ! Il vous est arrivé quelque chose, Mr Butterwick ?

— N-non, oh, non, répondit-il en bégayant un peu. Je me suis dit, simplement, que j'allais prendre quelque chose — nous avons fini à notre table.

— Bien sûr, dit-elle avec une amabilité qu'il trouva encore plus accablante que sa rudesse. Vous connaissez le chemin de la salle à manger, n'est-ce pas ? »

A la table qu'il avait désertée dans le salon du devant, Lady Nest soupirait : « Je ne peux pas comprendre ce qui le pousse à *essayer* même de jouer au bridge. Ma chère Jennifer, trop cruel de vous l'avoir mis sur les bras ! Mon cœur saigne pour vous. A votre avis, pourquoi vous a-t-il empêchée de jouer vos cœurs ?

— Dieu seul le sait, répondit Miss Cheadle, grande femme osseuse avec l'air indéfinissable de la cavalière. Je le plains un peu, ce garçon. Il a l'air d'être préoccupé.

— Je ne voudrais pas vous déprimer, Jenny, mais d'après Roddy vous avez écopé d'un bouche-trou. Jack Deveridge a fait faux-bond au dernier moment.

— Bah ! dit Miss Cheadle, généreuse. Ça n'est pas grave. Il fallait bien que quelqu'un l'ait. »

A ce moment, deux redoutables dames à une table au milieu de la pièce créèrent une diversion en discutant, sur un diapason de plus en plus aigu, la manière dont la dernière partie avait été jouée. C'était une règle d'or pourtant que ces deux bonnes amies ne devaient sous aucun prétexte se trouver ensemble à une table de bridge, car elles possédaient toutes les deux une voix d'ara et ni l'une ni l'autre n'était capable de se contenir. Impossible, bien sûr, de les maintenir éloignées pendant un tournoi, mais on avait espéré que l'une étant Nord et l'autre Ouest, aucun sujet de discussion ne surgirait. Malheureusement, Nord jugea bon de critiquer le jeu d'Ouest ce qui, si l'on considère qu'elle-même et son partenaire y avaient gagné cinq cents points, était peu élégant. Une altercation éclata donc, dont tout semblait indiquer qu'elle allait dégénérer en pugilat quand Mrs Haddington entra pour trouver toutes les tables paralysées. Preuve de son tact exceptionnel, elle put rapidement calmer les deux dames hérissées et, plus remarquable encore, pas un battement de cils ne trahit sa contrariété. Seule Beulah, arrivée quelques minutes plus tard, s'en aperçut quand la maîtresse de maison, souriant avec détermination, siffla tout bas : « Je croyais vous avoir dit de surveiller ce qui se passait. »

Le jeu reprit, mais un autre incident survint, expliqué par le Dr Westruther qui monta de la bibliothèque dire qu'ils étaient arrêtés par l'absence de Seaton-Carew. « Il a été appelé au téléphone au beau milieu d'une partie et on l'attend pour finir.

— *Encore* au téléphone ? dit Mrs Haddington. Impossible. Ou alors, s'il y est, il ne devrait pas y être, ajouta-t-elle avec un petit rire de pure forme. C'est vraiment très vilain à lui — et très sans-gêne — et je vais le gronder sévèrement. Roddy, allez donc lui rappeler qu'il bloque tout le monde. Dans mon boudoir. Vous savez où il est.

— Ça ne va pas traîner », annonça Sir Roderick, qui le détestait et avait déjà confié au Dr Westruther qu'il tenait ce lascar pour un rastaquouère.

Il sortit donc à grandes enjambées de la pièce, se heurtant sur le seuil à Sydney Butterwick. Il le toisa d'un œil exercé et conclut que ce pauvre débile s'était un peu trop réconforté.

« Allons, allons, regardez donc devant vous, jeune homme ! » grogna-t-il et il s'engagea dans l'escalier en direction du boudoir.

Une minute plus tard, il revint au salon, respirant fort, l'air très secoué. Il semblait avoir quelque difficulté à parler et on voyait que sa main tremblait. Tout le monde le dévisagea et Lady Nest, voyant sa pâleur, se leva d'un bond en s'exclamant : « Roddy, vous êtes souffrant ? »

Il avala sa salive et fit un geste pour écarter la dame. « Westruther. Ça vous regarde. Descendez vite. Ce type, Seaton-Carew…

— Qu'est-ce que c'est ? demanda Mrs Haddington, la voix rauque. Roddy, que se passe-t-il ? Où est Dan ? »

Sir Roderick fit quelques pas chancelants et s'affala dans un fauteuil. « Il est mort, dit-il brutalement. Ça m'a donné un sale choc ! Non, Lilias, restez où vous êtes. Ça regarde Westruther, pas vous. Il a été étranglé. »

CHAPITRE VII

Le tintamarre insistant qui transperçait depuis quelque temps les rêves de l'inspecteur principal Hemingway le réveilla enfin. Il jura, se souleva sur un coude et chercha à tâtons la lampe à côté de son lit. Un instant après, une voix lui dit à l'oreille : « Inspecteur principal Hemingway. »

C'était une voix tranchante, officielle. L'inspecteur principal reconnut aussitôt qu'elle appartenait à son supérieur et ami de toujours, l'inspecteur divisionnaire Hinckley, de la PJ. Il répondit donc avec une parfaite correction : « Lui-même, monsieur.

— Sommeil profond. L'effet d'une conscience pure, je suppose. Il y a un boulot qui t'attend.

— Ah, écoute, Bob, dit l'inspecteur principal, abandonnant le style officiel. Si c'est une blague... »

A l'autre extrémité du fil, Hinckley, invisible, souriait large. « *Moi*, je ne suis pas dans mon plumard bien chaud. Je suis de service et tâche de ne pas l'oublier, mon gaillard. »

Hemingway, les épaules dénudées balayées par un courant d'air glacial, répondit à cette saillie en des termes qui amenèrent son supérieur à l'informer sévèrement qu'il ne voulait pas de ce genre d'impertinence. « Secoue-toi ! C'est une affaire qui va te plaire, tout à fait ton genre.

— A cette heure-ci ? demanda Hemingway, indigné. Ne me dis pas que c'est encore un Polonais qui s'est fait filer un coup de lame par un de ses congénères, parce que je ne suis plus aussi jeune que je l'ai été et, s'il faut que je me tire du pieu au milieu de la nuit pour écouter une tapée de Mitteleuropa surexcités me baragouiner des bobards variés, je plaque le service et tout de suite.

— Mais non, ça n'est pas du tout ça. Je t'ai dit que c'était une affaire qui allait te plaire. Un gars a été étranglé dans un hôtel particulier, Charles Street. De la classe. Un bon décor comme tu dirais. »

Malgré lui Hemingway fut intéressé : « Sans blague ! De quoi s'agit-il ? Vol avec effraction ?

— Non, pas du tout, d'après ce que je comprends. En fait, personne ne sait au juste ce qui s'est passé. Ce que je veux te dire, c'est que c'est arrivé au milieu d'un tournoi de bridge.

— Ah ! Je parie que le gars a attaqué cœur alors que son partenaire lui avait fait comprendre qu'il voulait un trèfle. Eh bien, je n'ai aucune sympathie pour lui. Il n'a eu que ce qu'il méritait.

— Écoute, interrompit Hinckley, chez qui cette suggestion éveillait de douloureux souvenirs, si tu continues sur ce ton-là, Stanley, il pourrait t'en cuire ! Lève-toi et habille-toi. Je te confie l'affaire.

— Qu'est-ce qu'ils fabriquent, les îlotiers ? demanda Hemingway en lançant ses jambes hors du lit, ses pieds nus à la recherche des pantoufles égarées. Plus de service de nuit, ces temps-ci ?

— Tu trouveras sur place l'inspecteur Pershore, qui t'attendra, dit l'autre avec une certaine délectation.

— Ah bon ! Ah parfait ! J'ai toutes les veines. Évidemment, il fallait que ce soit lui, n'est-ce pas ? Il me dira tout, tout, tout, avec quelques bons conseils en prime si je lui parle gentiment. Un instant, que je ferme cette sacrée fenêtre, Bob. » Il posa le combiné, remonta la vitre, se glissa en deux coups de coude dans une robe de chambre et s'assit à nouveau sur le bord du lit. « Bon. Vas-y ! Il a un nom, le cadavre ?

— Un certain Seaton-Carew.

— Qu'est-ce qu'on sait sur lui ?

— On ne sait rien sur personne. »

L'inspecteur grogna. « Une vague idée, quand même ?

— Peut-être que oui, peut-être que non. D'après le premier rapport, rien de bien précis. Il y avait quarante-neuf personnes dans la maison au moment où...

— *Quoi ?*

— Cinquante-cinq en comptant les domestiques.

— Et je suppose que n'importe lequel aurait pu buter le gars. Tu ne sais pas, Bob, il me semble que je sens la grippe qui me guette, ou peut-être la scarlatine. »

L'autre rit. « Ça n'est pas aussi pire que ça. Pershore a établi que la plupart ne pouvaient pas avoir joué le moindre rôle dans l'histoire. Sans compter les domestiques, il semble que sept personnes auraient eu la possibilité de faire le coup.

— Seulement ? C'est trop facile, Bob !

— Et même encore plus, si l'on en croit Pershore. Il dit qu'il y a un suspect évident, un jeune homme du nom de Butterwick.

— Bon, si c'est ce qu'il dit, ça ne m'en fait plus que

six à interroger — sans compter les domestiques, dit Hemingway, féroce. En fait, il peut aussi bien renvoyer tout de suite le jeune Butterwick dans ses foyers. Il faut que je file là-bas illico avant qu'il nous mette tous dans la chose en coffrant des tas d'innocents. Dis donc, donne-moi Sandy Grant, tu veux, Bob ? Il connaît ma façon de travailler et puis, une fois qu'on s'est habitué à sa manie idiote de ne jamais répondre carrément oui ou non, j'aime autant l'avoir avec moi que n'importe lequel des autres.

— C'est déjà fait, et j'y ai joint le brigadier Snettisham.

— Très bien, mais inutile de traîner Snettisham hors de son lit à une heure pareille — il est marié et je n'aurai pas besoin de lui cette nuit. J'ai un brin de considération pour les autres, moi, si j'en connais qui ne savent même pas ce que c'est.

— C'est bon, c'est bon ! Je t'envoie une voiture pour te prendre.

— Tu me gâtes », dit Hemingway, et il raccrocha.

Il était presque deux heures quand la fameuse voiture s'arrêta devant l'hôtel de Mrs Haddington, précédée par deux autres et une inquiétante ambulance. Hemingway, que suivait l'inspecteur Grant, rouquin sec et nerveux, descendit et fut admis dans la maison par un policier en uniforme qui les salua et leur dit que l'inspecteur Pershore les attendait dans la salle à manger. Celui-ci sortit d'ailleurs pour les accueillir. Grand et gros, le visage dur, il avait un air de suffisance qui ne manquait jamais d'agacer l'inspecteur principal. Il se prenait très au sérieux, de même que ses devoirs d'ailleurs, et si Hemingway ne l'aimait pas il n'est que juste de dire que l'antipathie était aussi cordiale que réciproque. Plus Hemingway s'élevait dans la hiérarchie, plus les affaires qu'on lui confiait étaient importantes et moins Pershore parvenait à comprendre les règles présidant à de telles promotions. Impossible pour lui de croire qu'un homme aussi incorrigiblement désinvolte que l'inspecteur principal pouvait être ce qu'il appelait un officier efficace. On l'avait entendu exprimer son étonnement devant ce que toléraient les supérieurs de celui-ci et il aurait certainement été stupéfié d'apprendre qu'un personnage aussi important que le préfet de police avait dit un jour : « Mettez-moi Hemingway là-dessus. Il menacera de démissionner, mais il décrochera la timbale. »

« Bonsoir, monsieur l'inspecteur principal, dit Pershore, protocolaire. L'inspecteur divisionnaire Hinckley m'a informé qu'il vous détachait sur les lieux du crime. Je compte...

— Inutile de vous mettre à parler comme un compte rendu de journal, dit Hemingway avec irritation. Ce qu'il a dit, c'est qu'il allait m'expédier sur place, parce que jamais personne ne l'a entendu parler bêtement comme ça — en dehors de la barre des témoins, bien sûr. » Il posa son chapeau sur la table surmontée du miroir doré et s'extirpa de son pardessus. Un coup d'œil circulaire à l'entrée vert nil et il donna un petit coup de tête approbateur. « De la classe, déclara-t-il. Où est-ce qu'on se met pour ne pas être dérangés ?

— J'ai établi mon quartier-général dans la salle à manger, inspecteur. Le personnel n'a pas encore débarrassé les rafraîchissements destinés aux invités rassemblés auparavant...

— Pas possible de trouver mieux, déclara Hemingway en entrant dans la salle à manger, où il se réchauffa les mains devant le radiateur électrique. Je suis sûr que nous aurons besoin de rafraîchissements avant la fin de la représentation. Bon, alors, de quoi s'agit-il, Pershore ? »

Pershore s'éclaircit la voix assez pompeusement, jeta un coup d'œil à des notes volumineuses et se lança : « Je dirais volontiers, inspecteur que c'est une affaire simple. A première vue, il peut paraître impossible que le crime ait été commis dans les circonstances où il l'a été, mais en conséquence des interrogatoires auxquels j'ai soumis plusieurs des personnes présentes dans la maison, je suis arrivé à la conclusion que cette affaire présentait peu de difficultés...

— Ce qu'il vous faut, c'est un amphithéâtre pour donner des conférences sur les techniques policières, coupa Hemingway. Vous vous feriez sans doute beaucoup d'argent, les gens paient pour écouter n'importe quoi ! Moi non, bien sûr, mais c'est parce que je suis obligé de vous écouter et même la boîte ne me demanderait pas de payer pour faire ce que je ne peux pas éviter. Bon, maintenant, arrêtez de m'agacer et dites-moi sans fioritures ce qui s'est passé ici. »

L'inspecteur lui lança un regard furibond, mais, les exigences de la discipline lui interdisant de répliquer, il reprit, très raide : « La maison est louée par une certaine Mrs Lilias Haddington dont on ne sait rien. Elle réside ici, avec sa fille, Miss Cynthia Haddington, et six domestiques. Il y a aussi une jeune femme qui est sa secrétaire ; elle était sur les lieux au moment des faits, mais elle ne réside pas ici. La victime est un certain Mr Daniel Seaton-Carew, domicilié Haughton House, Jermyn Street. Je crois savoir qu'il était aussi intime de Mrs Haddington. Il était l'un des quarante-quatre invités à une sorte de jeu de bridge et avait auparavant dîné ici en compagnie de Mrs et Miss Haddington, de Miss Birtley qui est la secrétaire, de

Lord Guisborough et d'un certain Mr Harte. Il y avait deux autres invités qui jouaient le rôle de marqueurs, dont l'un était le Dr Westruther, qui a été le premier à examiner le corps. La victime a été appelée peu après onze heures au téléphone qui est situé dans la pièce connue sous le nom de boudoir et quelques minutes plus tard, personne ne pouvant préciser davantage puisque Mrs Haddington dit une dizaine et Miss Birtley un peu plus et que personne ne reconnaît savoir l'heure exacte à laquelle Mr Seaton-Carew a été appelé au téléphone, ce qui est évidemment possible, s'ils ne s'étaient pas trouvés regarder la pendule...

— Reprenez donc votre souffle », conseilla Hemingway.

L'inspecteur constata qu'il avait perdu le fil de son discours et dut recourir à ses notes.

« La victime a été appelée au téléphone, dit Hemingway dans le rôle du souffleur.

— Quelques minutes plus tard, enchaîna Pershore, très froid, Mrs Haddington a prié Sir Roderick Vickerstown de descendre dans le boudoir pour rappeler à Mr Seaton-Carew que tout le monde l'attendait. Sir Roderick obtempéra à cette demande et découvrit le corps de la victime comme vous verrez par vous-même, inspecteur. J'en viens maintenant aux personnes dont les mouvements, pendant la période où on peut supposer que le meurtre a été commis, ne sont pas clairement établis.

— Pas question ! On commence par le commencement, c'est ma devise. Je vais voir le corps avant d'avoir la cervelle plus tourneboulée que je ne l'ai déjà. Conduisez-moi dans ce boudoir dont vous parlez.

— Évidemment, c'est comme vous voulez, inspecteur. Je vais vous montrer le chemin, dit Pershore joignant le geste à la parole. Le brigadier Bromley qui est arrivé peu avant vous est en train de photographier dans la pièce toutes les empreintes digitales qui pourraient avoir un rapport quelconque avec le crime, mais rien, il est à peine besoin de le dire, n'a été touché depuis mon arrivée à onze heures cinquante-trois, suite à un appel. »

Comme il eût été pratiquement inconcevable que la moindre chose eût été touchée avant l'arrivée d'un représentant de Scotland Yard, cette assurance inutile exaspéra l'inspecteur principal. Il lança un coup d'œil fulminant au dos de Pershore, mais une interruption l'empêcha de prononcer les mots qu'il avait au bout de la langue.

« Voyons, voyons, dit l'inspecteur Alexander Grant, apaisant.

— Je ne dis pas que vous n'avez pas raison, rétorqua Hemingway, mais au cas où vous me diriez de la boucler, ce que vous êtes précisément en train de faire, si je ne me trompe, vous allez voir le rapport que je vais torcher sur votre compte. »

Grant eut un sourire qui le fit ressembler étrangement à l'un des cerfs timides de ses Highlands natals et ne dit plus rien. Ils étaient à ce moment-là arrivés sur le palier à mi-étage. Pershore ouvrit la porte du boudoir et s'effaça pour laisser entrer Hemingway.

Il y avait plusieurs personnes dans la pièce. Tout ce qui restait de Seaton-Carew était assis dans le fauteuil à côté du téléphone, dans l'angle entre la porte et la première des deux hautes fenêtres voilées de rideaux, le visage horriblement convulsé et deux morceaux de cordon à tableaux ressortant derrière le cou. La tête était tombée sur la poitrine, les bras pendaient, inertes, de chaque côté du corps, une jambe était étendue raide devant lui, le pied sous la fragile table portant le téléphone, l'autre pliée de telle sorte que le pied s'accrochait à celui du fauteuil.

L'inspecteur principal observa le tableau sans broncher, regarda tout autour de la pièce et dit gaiement : « Bonsoir ! Non, je devrais dire bonne journée ! Comment va le môme, Tom ? »

Le photographe sourit largement. « Bien, patron, merci. Sorti de quarantaine cette semaine.

— Ah, tant mieux ! » Hemingway se tourna pour examiner la silhouette immobile dans le fauteuil. « Eh bien, eh bien, dit-il en scrutant chaque détail. Ce que les gens arrivent à faire ! »

Il avait l'air absent, mais tous ses subordonnés, sauf un, attendaient dans un silence respectueux, sachant parfaitement que malgré les niaiseries qu'il pouvait dire, son esprit vif comme la poudre était au travail.

« Le meurtre, comme vous pouvez voir, inspecteur, dit Pershore, a été commis au moyen d'un morceau de cordon à tableaux ordinaire serré autour du cou de la victime à l'aide d'un tourniquet constitué par quelque instrument non identifié. Comme je vois les choses, le meurtrier tenait une extrémité du cordon et cet instrument dans une main, disons la droite ; il a rapidement passé l'autre autour du cou de la victime, en se tenant derrière elle, bien sûr, a pris cette extrémité sous le pouce de la main gauche si bien que l'instrument a été tenu en quelque sorte entre les deux bouts de cordon et il a donné au dit instrument deux tours ou peut-être plus, occasionnant de ce fait la mort par asphyxie en…

— Est-ce qu'il n'a pas des yeux pour voir ? interrompit Grant. Vous n'allez donc pas vous taire, pauvre maladroit ?

— Quelques secondes, poursuivit Pershore rouge

d'indignation. Vous observerez, inspecteur, que le cordon est très serré contre le cou de la victime et aussi juste au-dessous de l'endroit où les bouts se séparent, ce qui montre qu'entre ces deux endroits quelque instrument a été inséré, puis retiré ultérieurement.

— Trouvé ? demanda Hemingway qui ne semblait pas faire grande attention.

— Il n'a pas été découvert jusqu'à présent, inspecteur », avoua Pershore.

Le regard de Hemingway parcourut la pièce.

« Rien ici n'aurait pu faire l'affaire. Ça peut être presque n'importe quoi et, si nous le trouvons, ça ne nous avancera à rien. Je ne vois pas du tout ce lascar laisser des empreintes dessus. Tu as pris le cordon, Tom ? On n'y trouvera rien, bien sûr, mais il faut tout essayer. » Il fit signe au photographe. « Maintenant, je voudrais tout ce coin de la pièce, pris à peu près de l'endroit où tu te trouves en ce moment. »

Pendant les quelques minutes qui suivirent, il s'occupa exclusivement de la question photographie, puis quand l'artiste, ayant pris tous les clichés qu'on lui demandait, se mit à remballer son matériel, il resta un moment immobile, continuant à détailler le déplaisant spectacle.

« L'ambulance, inspecteur, attend pour emporter le corps, si vous avez terminé, dit Pershore.

— C'est exactement comme ça que vous l'avez trouvé ? demanda Hemingway. Rien n'a été déplacé ?

— Selon le témoignage de Sir Roderick Vickerstown et du Dr Westruther, que je n'ai aucune raison de mettre en doute, ni l'un ni l'autre n'a touché le corps. J'ai interrogé à fond le médecin, pensant qu'il avait pu essayer de ranimer la victime, mais il assure qu'il a vu du premier coup d'œil que la vie était éteinte.

Et il n'a pas dérangé le corps. Par la suite, le chirurgien de la police, bien sûr...

— Oui, je ne m'inquiète pas de lui. Rien n'a été touché dans la pièce ?

— Rien, sauf le récepteur téléphonique, que j'ai trouvé pendant au bout du fil, ayant apparemment été lâché par la victime. Il a été replacé sous ma surveillance, ajouta Pershore, grandiose, et a depuis été photographié pour y relever d'éventuelles empreintes digitales.

— C'est bon. Faites enlever le corps. Est-ce que le Dr Yoxall a dit... Non, peu importe ! Je le verrai moi-même. »

Pershore relaya l'ordre d'emporter le corps, vit que Hemingway avait soulevé le lourd rideau de brocart derrière le fauteuil du téléphone et dit : « Sans aucun doute, le meurtrier était dissimulé derrière ce rideau, inspecteur.

— Il y a beaucoup de doutes, répliqua Hemingway, acerbe, et si vous continuez à m'appeler inspecteur chaque fois que vous ouvrez la bouche, on ne va pas s'accorder. Ça me porte sur les nerfs. Je ne dis pas que le meurtrier n'était pas caché, il l'était peut-être, mais d'après l'aspect des lieux, il paraît très probable qu'il ne l'était pas du tout.

— Vous voulez dire, ins... vous voulez dire que la victime ne s'attendait pas à être attaquée par le meurtrier ? dit lentement Pershore.

— Ma foi, moi-même, je ne m'attendrais pas à être assassiné si j'étais à un tournoi de bridge avec des amis. Ça s'est peut-être passé comme vous le croyez, mais à mon avis, le fauteuil est trop près de la fenêtre pour que quelqu'un puisse se cacher derrière le rideau sans attirer l'attention de la victime en sortant. Même sans le moindre froissement, n'importe qui assis là à angle droit de la fenêtre verrait forcément, du coin de l'œil, le rideau bouger. Dans ce cas, il aurait le temps de faire au moins un geste de défense, de se débattre un peu. Ici, pas le moindre signe de lutte. Du joli travail propre et bien fait, voilà ce que c'est.

— C'est un assassinat cruel et inique, déclara sévèrement l'inspecteur Grant.

— Vous dites ça simplement parce que vous n'aimez pas les étrangleurs. Tous les assassinats sont iniques. J'en ai vu de beaucoup plus cruels que celui-ci et vous aussi. » Il regarda emporter hors de la pièce le corps enveloppé d'un drap et dit : « Voilà qui est mieux. Nous pouvons continuer. Ce que je veux savoir maintenant, Pershore...

— Les suspects sont gardés à vue.

— Ce que je veux savoir maintenant, répéta Hemingway, c'est pourquoi cet individu qui habite Jermyn Street est appelé au téléphone dans la maison d'une autre personne. En fait, est-ce qu'on l'a réellement appelé ?

— L'idée m'est venue, bien entendu, inspecteur. Il semble que la victime elle-même avait pris des dispositions pour que cet appel soit adressé ici, et mentionné la chose au dîner, devant les cinq convives assis à la même table. Le maître d'hôtel, lui, n'était pas dans la salle à manger à ce moment-là, et ne savait rien de l'arrangement. Je n'ai pas de raison de douter de sa parole jusqu'à maintenant, dit Pershore, très sombre, mais ce n'est pas un bon témoin.

— Je suppose que vous n'avez pas su le prendre ; il y a une certaine façon d'interroger les maîtres d'hôtel. Donc, à première vue cinq personnes seulement savaient que cet appel devait venir ? Bien assez pour commencer d'ailleurs. Qui a pris la communication ? Le maître d'hôtel ?

— Miss Birtley déclare qu'elle a répondu ici, dans cette pièce. C'était un appel personnel pour la victime, de Doncaster.

— Faites rechercher l'origine de ce coup de fil, Sandy.

— Au moment où la communication est parvenue, la victime jouait à l'une des tables dans la bibliothèque, qui est la pièce exactement au-dessous de celle-ci. Il y avait huit autres tables dans le salon qui occupe tout le premier étage et, mis à part Mrs Haddington ainsi qu'un autre invité auquel je reviendrai en temps voulu, personne n'a quitté cette pièce pendant la période en question. Nous l'avons vérifié avec soin et ça ne semble faire aucun doute parce que tout le monde jouait à ce bridge et personne n'aurait pu s'absenter sans que les trois partenaires à sa table s'en souviennent. Les noms et les adresses ont été pris, bien sûr, mais je n'ai vu aucune raison pour mettre qui que ce soit en garde à vue, sauf Sydney Butterwick, dont je parlais.

— Vous avez bien fait. Continuez ! »

Une fois de plus, l'inspecteur consulta ses notes.

« D'après Miss Birtley, quand elle est sortie de cette pièce dans l'intention de prévenir Mr Seaton-Carew qu'il vienne au téléphone, Mrs Haddington sortait du salon, sur le palier au-dessus. Selon Miss Birtley, elle a manifesté une certaine contrariété en apprenant que l'appel était pour Mr Seaton-Carew, mais elle a dit à Miss Birtley de surveiller les choses pendant qu'elle-même montait à sa chambre, qui est au second. Miss Birtley est alors descendue à la bibliothèque où le défunt jouait...

— Ah, écoutez, je croyais que vous étiez débarrassé

de cette manie, s'exclama Hemingway. Appelez-le par son nom ! Si vous vous mettez à me parler d'un défunt qui joue au bridge, ça va me donner des frissons dans le dos !

— Très bien, inspecteur. Ce que je m'apprêtais à dire quand j'ai été interrompu, c'est que le... Mr Seaton-Carew jouait au bridge à l'une des tables. A la même, il y avait Miss Guisborough, qui était sa partenaire — c'est la sœur jumelle de Lord Guisborough, qui se trouvait également dans la bibliothèque à ce moment-là — Mr Godfrey Poulton et une dame étrangère qui dit s'appeler Baronne. » Il reprit son souffle, et prononça laborieusement : « Baronne Rozhdesvensky.

— Hein ? »

L'inspecteur exhiba une fiche : « Je lui ai demandé de l'écrire et je l'ai prononcé comme elle.

— Ça se peut, mais si vous voulez mon avis, vous ne le prononcerez plus, ou les gens croiront que vous n'êtes pas bien. En ce qui me concerne, ce sera la baronne. Pas d'histoires ! Elle est russe et elle vous aura fait tourner en bourrique. Revenons à Miss Birtley.

— Miss Birtley déclare qu'un moment après le départ de Mr Seaton-Carew, le temps qu'elle vide un ou deux cendriers et les remette en place, elle est montée dans le salon en prenant au passage le plateau avec un whisky qu'elle avait posé sur la chaise à côté de cette porte quand elle avait pris la communication. Elle l'a porté au colonel Cartmel dans le salon, le posant sur une petite table à côté de lui. Le colonel corrobore plus ou moins cette déclaration, disant qu'il ne se rappelait pas avoir vu Miss Birtley le faire, mais qu'il avait trouvé le verre quand il s'était détourné pour la première fois. C'était lui qui jouait à ce moment-là et

Miss Birtley ne lui avait pas parlé. Les autres personnes à sa table semblent se rappeler avoir vu Miss Birtley poser le verre, mais elles sont, je dirais, vagues sur ce point-là. Miss Birtley déclare qu'elle s'est attardée une minute ou deux dans le salon, qu'elle a vu que l'un des coffrets à cigarettes était presque vide et qu'elle est descendue en rechercher dans un placard de la salle à manger. Là, elle déclare avoir trouvé Mr Butterwick en train de boire un whisky servi par le maître d'hôtel. Elle n'a pas échangé la moindre parole avec lui, elle a pris les cigarettes et elle est retournée dans le salon. Voilà, dit l'inspecteur Pershore, son histoire.

— Et pourquoi est-ce que vous l'avez dans le nez ? demanda Hemingway, qui le regardait attentivement.

— J'espère bien que je n'ai personne dans le nez, inspecteur, mais je décrirais volontiers Miss Birtley comme un témoin très peu satisfaisant. De plus, j'ai des raisons de penser qu'elle me cachait une partie de la vérité. En premier lieu, elle était hostile. Beaucoup de réticence pour répondre à mes questions et beaucoup d'empressement pour me faire croire qu'elle n'avait pas eu le temps d'assassiner Mr Seaton-Carew — ce qui n'est pas du tout mon avis, parce qu'une seule personne confirme qu'elle s'est attardée, comme elle le prétend, une minute ou deux dans la bibliothèque après le départ de Seaton-Carew. Et je n'y ai pas attaché beaucoup d'importance, parce qu'il aurait confirmé tout ce qu'elle avait décidé de dire, ça sautait aux yeux. Les autres personnes dans la bibliothèque disent qu'elles ne se rappellent pas, qu'elle est entrée et sortie pas mal de fois pendant la soirée. J'ai également eu l'occasion de lui demander si elle avait remarqué que Mr Butterwick manifestait une certaine agitation. Elle a dit n'avoir rien remarqué, mais selon le maître d'hôtel, personne n'aurait pu manquer d'en être frappé, parce qu'il avait l'air très bizarre et énervé ; il ne paraissait pas faire grande attention à ce qu'on lui disait et il avait avalé deux doubles whiskies le temps de dire ouf !

— Avant que nous en arrivions à lui, dit Hemingway, que dit Mrs Haddington ?

— Mrs Haddington déclare qu'une fois Miss Birtley descendue chercher Mr Seaton-Carew pour répondre au téléphone, elle s'apprêtait à monter dans sa chambre quand elle a rencontré Mr Butterwick, qui sortait du salon et se trouvait derrière elle. Il lui a dit qu'il descendait à la salle à manger pour prendre un verre, parce que la partie était terminée à sa table. Elle est alors montée dans sa chambre et ne peut donc dire s'il est descendu tout droit ou pas. Elle n'est restée dans sa chambre que quelques minutes — durée non confirmée, si ce n'est qu'une ou deux personnes dans le salon ont déclaré qu'elle n'avait pas été absente longtemps — puis elle est retournée au salon, qu'elle n'a plus quitté avant que le meurtre soit découvert. La version de Mr Butterwick est identique. Il dit qu'il a laissé Mrs Haddington en train de monter et que lui est descendu en courant dans la salle à manger. Il dit qu'il n'a rencontré ni Seaton-Carew ni Miss Birtley et c'est là, inspecteur, où je crois qu'il ment. Il déclare aussi n'avoir rien entendu de la conversation entre Mrs Haddington et Miss Birtley au sujet de cet appel téléphonique et c'est un autre mensonge, ou je me trompe fort. Il est d'abord resté dans la salle à manger, puis revenu dans le salon juste au moment où Sir Roderick Vickerstown le quittait pour savoir ce qui retenait Seaton-Carew. Corroboré par Sir Roderick. Le maître d'hôtel ne sait pas quand il est sorti de la salle à manger, parce que lui-même était parti dans son office alors que Mr Butterwick était encore là.

— Je vois. Et ce Butterwick, il avait des raisons pour supprimer Seaton-Carew ?

— A mon avis, plus que n'importe qui. D'après ce que j'ai appris et d'après son aspect aussi, je crois sans peine qu'il était très intime avec Seaton-Carew et faisait régulièrement des scènes si jamais celui-ci prêtait trop d'attention à une autre personne.

— Ah, un homosexuel ! Bien sûr, il fallait que je tombe sur une affaire où il y en a un ! »

L'inspecteur prit un air dédaigneux. « C'est ce qu'il m'a semblé et c'est ce qu'on m'a donné à entendre. Mais le maître d'hôtel et la femme de chambre de Mrs Haddington déclarent tous les deux que Seaton-Carew courait après Miss Cynthia, ce qui ne plaisait pas du tout à Mrs Haddington, parce qu'il était aussi vieux qu'elle et surtout ils étaient très intimes. Mais ça, ajouta-t-il, austère, ce sont des on-dit non confirmés !

— Eh bien, c'est du propre ! commenta Hemingway. Où allons-nous ? Est-ce que c'est Mrs Haddington qui a étranglé Seaton-Carew parce qu'il courait après sa fille, ou Butterwick pour la même raison ?

— Ma foi, répondit Pershore, en toute honnêteté il faut dire que selon le maître d'hôtel et une bonne, Mrs Haddington et Seaton-Carew sont restés seuls dans la bibliothèque après le dîner et, d'après le bruit, ils se sont disputés, pour ne pas dire plus. Et Miss Haddington dit qu'en arrivant, Butterwick l'a trouvée en train de parler avec Seaton-Carew dans le fond du salon et qu'il a fait une scène. Elle dit qu'il s'est mis en rage et qu'elle a eu peur qu'il ne fasse une bêtise tellement il était bouleversé. Lady Nest Poulton corrobore plus ou moins, quoiqu'elle n'ait pas entendu les mots qu'il a échangés avec Seaton-Carew ; elle dit simplement qu'il avait l'air sens dessus dessous mais avec lui, ça n'avait rien d'exceptionnel. D'après une certaine Miss Cheadle, qui était sa partenaire, il avait l'air d'être préoccupé par quelque chose, mais elle ne savait rien de la querelle avec Seaton-Carew.

— Oh ! dit Hemingway. Est-ce que Miss Birtley s'est aussi empoignée avec ce Seaton-Carew ?

— D'après les domestiques, Miss Birtley l'a toujours détesté et elle ne se gênait pas pour le montrer. Ils étaient arrivés ensemble ici hier soir et quand le maître d'hôtel leur a ouvert la porte, on voyait bien que Miss Birtley était très en colère contre Seaton-Carew. Il riait, il la provoquait, d'après ce que le maître d'hôtel a cru comprendre, et elle a lancé une espèce de menace, disant qu'elle était non seulement décidée mais cruelle et qu'il ferait bien de ne pas être trop sûr de lui.

— Oui, c'est le genre de témoignage qui me fait regretter de ne pas être conducteur de poids lourds ou quelque chose de facile. Pas d'autres personnes qui se soient crêpé le chignon avec ce joyeux compagnon ?

— Non, pas exactement, mais il semble que Lord Guisborough ne pouvait pas le sentir — en fait, il me l'a pratiquement dit. Il est amoureux de Miss Haddington aussi, mais il est hors de cause : il jouait au bridge à l'une des tables dans la bibliothèque et il n'a pas quitté la pièce une seule fois avant la découverte du crime. D'ailleurs, à sa table personne n'a bougé.

— Quel dommage ! dit Hemingway. C'était mon favori. Je n'ai encore jamais arrêté un lord, et d'après ce que j'ai appris jusqu'à présent, il avait tout autant de mobiles que n'importe quel autre. Et le reste de la bande dans la bibliothèque ?

— Deux personnes seulement ont quitté la pièce pendant l'absence de Seaton-Carew. Mr Poulton, qui jouait à sa table, est sorti prendre un peu l'air — tout le monde est d'avis qu'on étouffait dans la pièce à ce moment-là. Il déclare avoir traversé le hall et être resté un petit moment en haut des marches. Ensuite, il est rentré dans la bibliothèque en faisant une petite visite aux toilettes. Pas de confirmation.

— Un mobile ?

— Je n'ai rien pu découvrir, dit l'inspecteur.

— Très bien, parfait, on va s'en tenir à lui.

— S'en tenir à lui ? répéta l'inspecteur sidéré.

— Ma foi, j'aime mieux point de motif du tout que l'assortiment dont je viens d'être régalé. Qui est encore sorti de la bibliothèque ?

— Mr Harte. Il jouait avec Mrs Haddington contre Mr et Mrs Kenelm Guisborough, qui sont cousins de Lord Guisborough. Quelques minutes après le départ de Mr Poulton, Mr Harte, qui faisait le mort, a quitté la pièce aussi. Il a rencontré Mr Poulton qui sortait des toilettes.

— Et qu'est-ce qu'il a fait ?

— Selon sa version, lui aussi est allé aux toilettes. Mr Harte n'a aucun motif apparent, alors vous préférerez peut-être vous en tenir à lui, inspecteur ? dit Pershore, lourdement ironique.

— Ce nom me dit quelque chose, marmonna Hemingway, le sourcil froncé. Mais impossible de le situer. Harte — Harte — je suis sûr de l'avoir déjà rencontré.

— Un jeune homme qui a l'air très bien, risqua Pershore. Pas loin de la trentaine, je dirais ; il est avocat, alors c'est peut-être comme ça que vous l'avez connu. »

Hemingway secoua la tête : « Non, c'est pas ça. Bah, ça me reviendra peut-être quand je le verrai.

— Il est gardé à vue dans le salon avec Miss Birtley, Mr Butterwick, Mr Poulton et le Dr Westruther. Le Dr Westruther, étant marqueur, se trouvait dans la bibliothèque quand Seaton-Carew en est sorti, et il est monté au salon pour informer les personnes qui y étaient de la cause du retard dans le jeu, avant la découverte du meurtre. Le Dr Westruther a déclaré n'avoir jamais rencontré Seaton-Carew avant cette soirée.

— Eh bien, pourquoi voulez-vous continuer à le retenir ici ? Il doit être fou furieux maintenant.

— Je ne l'ai pas retenu à proprement parler. Il est resté de son plein gré, ou peut-être que Mrs Haddington le lui a demandé, parce que Miss Cynthia était très bouleversée — même tout à fait hystérique au début, mais il l'a calmée.

— Dieu merci, au moins une bonne nouvelle. Ce que je vais faire, c'est voir ces gens et me débarrasser de ceux qui n'ont rien à faire ici, autrement on va être bombardés de réclamations parce qu'ils ont été gardés toute la nuit sans raison. Et les domestiques ? Pas couchés non plus ?

— Seulement le maître d'hôtel et la bonne. Tous les autres étaient dans les communs et la cuisine, pas de problème.

— Sandy, va leur parler et envoie-les au lit ! Une dernière chose avant que je jette un coup d'œil à vos suspects, Pershore ! Est-ce que quelqu'un sait d'où venait le morceau de corde à tableaux utilisé pour faire le coup ?

— La corde, inspecteur, fait partie d'un rouleau acheté ce matin — c'est-à-dire hier matin, par Miss

Birtley à l'instigation de Mrs Haddington. Elle en a utilisé un morceau pour faire une sorte de porte-bouquet et le reste elle l'a laissé sur une étagère dans les toilettes.

— Bien au vu de tous les messieurs qui entraient là, je suppose ?

— Oui, dit l'inspecteur en réfléchissant. Toutes les personnes venues se laver les mains ou rectifier leur nœud de cravate devant la glace étaient pratiquement obligées de le voir si elle l'a bien laissé où elle le dit.

— De plus en plus simple, hein ? dit Hemingway.

— Je ne vois pas les choses comme ça. Et personne ne l'a remarqué — ou ne veut avouer l'avoir remarqué », dit l'inspecteur.

CHAPITRE VIII

Un groupe de six personnes était rassemblé dans la première partie du salon, dont on avait retiré les tables de jeu. Les rideaux de velours, qui étaient tirés, fermaient la baie menant au fond de la pièce et le feu brillait, vif et dansant dans la cheminée. La pièce avait un aspect confortable encore qu'un peu trop opulent, mais rien n'aurait pu paraître moins confortable que cinq des six personnes disposées autour du foyer. Dans le coin d'un divan, Mrs Haddington était assise, raide comme un piquet, les yeux fixés sur les flammes, ses mains maigres chargées de bagues crispées sur son éventail. Elle avait été magnifiquement à la hauteur de la situation quand le corps de son vieil ami avait été découvert, la rude discipline mondaine dominant des émotions plus primitives, mais la dépense d'énergie exigée pour faire front dans une situation absolument sans précédent, jointe à l'effondrement de sa fille secouée par une violente crise de nerfs, avait sapé sa vitalité. Elle avait l'air hagard, tous les muscles tendus, comme si seul un suprême effort de volonté l'empêchait de s'écrouler. A côté d'elle, le Dr Westruther jetait de temps à autre un coup d'œil à sa montre en étouffant un bâillement, et se demandait pourquoi sa générosité l'avait poussé à annoncer qu'il resterait sur place jusqu'à l'arrivée « du type de Scotland Yard ». Il n'avait évidemment pas supposé qu'il lui faudrait attendre si longtemps.

En face du divan, dans un fauteuil profond, Mr Godfrey Poulton feuilletait un hebdomadaire d'un air méprisant, bâillait sans se gêner le moins du monde et présentait tous les symptômes de quelqu'un qui aurait dû être au lit depuis plusieurs heures. Assise un peu à l'écart du feu, Miss Birtley avait une main sur les yeux tandis que l'autre pétrissait inlassablement son mouchoir. Mr Sydney Butterwick et Mr Harte complétaient le cercle. Les réactions du premier avaient d'abord rivalisé avec celle de Cynthia en intensité et en expression dramatique. De ces transports d'émotion débridée et un rien alcoolisée, il était passé à un désespoir si inquiétant que Mr Harte, seul du groupe à n'être en rien affecté, s'était efforcé de lui changer les idées à la fois par pitié et par aversion pour le spectacle d'un adulte sanglotant. La tâche avait été difficile, mais Timothy avait si bien réussi qu'au moment où Hemingway entra dans la pièce, Sydney avait été habilement amené à reprendre sa marotte favorite et il assurait avec passion à Timothy que *Giselle* était le seul véritable test de l'art d'un danseur classique.

L'inspecteur Pershore fit entrer Hemingway et annonça que l'inspecteur principal souhaitait dire un mot aux personnes assemblées dans la pièce.

« Bonsoir tout le monde, dit Hemingway sur un ton dégagé qui contrastait agréablement avec les accents officiels cultivés par son subordonné. J'ai peur de vous avoir fait attendre bien longtemps, et j'en suis désolé.

— Grand Dieu ! s'exclama Mr Harte, qui le dévisageait, les yeux plissés. Mais vous êtes le brigadier ! »

Le comportement alarmant de Pershore aurait pu faire croire qu'il n'attendait qu'un signe de son supérieur pour ceinturer instantanément Mr Harte, mais le policier, qui regardait l'auteur de l'interruption avec intérêt et surprise, ne le fit pas. « Eh bien, je l'ai été autrefois, mais j'ai eu de l'avancement, répondit-il. Vous m'avez connu du temps où j'étais brigadier ?

— Bien sûr ! s'exclama Timothy, se levant et s'avançant vers lui la main tendue. Vous ne vous souvenez sans doute pas de moi, mais l'affaire Kane [1] ne vous dit rien ? »

Un éclair de lumière aveuglant traversa la cervelle de l'inspecteur. « Harte ! s'exclama-t-il. Je savais bien que ça me disait quelque chose. Ah, par exemple, mais c'est le Ter… » Il s'interrompit, confus pour une fois dans sa vie.

« Le Terrible Timothy, compléta Mr Harte. Je devais l'être en effet. Comment allez-vous ? Je vous aurais reconnu partout.

— Moi pas, je dois vous le dire honnêtement. »

Hemingway lui serra la main avec chaleur. « Si vous me permettez, je dirais que vous étiez un fameux poison à cette époque-là. Et comment va votre frère ? J'espère que personne n'a essayé de le supprimer depuis la dernière fois où je l'ai vu ?

— Simplement les Boches. Il a perdu une jambe au mont Cassin, mais sans cela il se porte comme un charme. Quatre moutards.

1. Cf. *Meurtre d'anniversaire.*

— Par exemple ? Eh bien, on peut dire que le temps passe. Quand j'y pense ! On croirait que c'était hier que vous étiez un gamin vous-même et que vous me rendiez enragé en essayant de m'aider à résoudre le problème — on ne croirait pas que c'est possible.

— J'ai l'air destiné à me trouver mêlé à des crimes, n'est-ce pas ? Seulement, cette fois, je fais partie des suspects, vous savez.

— Oui, dit sévèrement Hemingway, et d'après ce que je me souviens de vous, ça n'est pas pour vous déplaire, oh, non ! Évidemment, dans l'affaire Kane, j'étais handicapé parce que vous étiez mineur, mais maintenant les choses sont bien différentes et je vous avertis que si vous commencez à vouloir me jouer des tours, je saurai quoi faire. Parce que plus je vous regarde et plus je vois que vous n'avez pas changé tant que ça ! »

Cet échange, qui révolta l'inspecteur Pershore, fit au contraire baisser peu à peu la tension parmi les autres assistants. Ils eurent l'impression que si le jeune Mr Harte avait des relations aussi amicales avec l'homme de Scotland Yard, le manteau de sa popularité pourrait peut-être couvrir également certains au moins de ses compagnons d'infortune. Mais ce soulagement ne dura pas. Toujours sur le ton de la plus chaleureuse approbation, en effet, Hemingway enchaîna : « Il faudra que vous me racontiez tout ce que vous avez fait depuis que je vous ai vu pour la dernière fois, monsieur. Maintenant, l'inspecteur Pershore a votre adresse, donc je saurai où vous trouver si j'avais besoin de vous poser quelques questions sur cette petite affaire, et il ne faut pas que je vous retienne plus longtemps ici. L'inspecteur dit que vous avez apporté votre témoignage d'une façon très satisfaisante ; il a tout noté, je ne vais donc pas vous faire perdre votre temps à vous poser des tas de questions auxquelles vous avez déjà répondu. »

Timothy fit un large sourire, en connaisseur : « Vous avez trouvé que vous pouviez vous débarrasser facilement de moi quand j'avais quatorze ans, inspecteur ? demanda-t-il.

— Non, sûrement pas, mais je vous ai averti que les choses étaient différentes maintenant. J'aurai vite fait de vous larguer.

— Oh, que non ! répliqua Timothy. Je suis le conseiller juridique de Miss Birtley. »

Cette calme assurance eut pour effet de faire relever brusquement la tête à Beulah, cependant que Mrs Haddington lançait un regard acéré à la jeune fille, puis à Timothy.

De façon assez incohérente Beulah murmura : « Non, non, je n'ai pas besoin... Je ne veux pas... Je préférerais de beaucoup que vous n'en fassiez rien !

— Oui, c'est bien de vous d'inventer un truc pareil, hein ? dit Hemingway sans aucune acrimonie. Bon, vous pouvez rester ! Vous ne me gênerez pas. Et puisque vous êtes là, autant vous rendre utile : présentez-moi donc tout le monde, comme ça l'inspecteur n'aura pas besoin d'attendre plus longtemps. »

Pershore, qui semblait plus sensible aux suggestions que Mr Harte, répondit aussitôt : « Si vous n'avez plus besoin de moi, chef ?

— Non, c'est tout, merci, inspecteur. Je vous verrai plus tard, certainement », répondit Hemingway, affable.

Sur ce, l'inspecteur se retira et Timothy présenta les cinq personnes restantes à Hemingway, qui les scruta chacune de ses yeux vifs et inquisiteurs. Mais il s'adressa en particulier au Dr Westruther. « Vous devez avoir envie de rentrer chez vous, docteur, et je ne vais pas vous retenir. Je crois que l'inspecteur Pershore vous a tout demandé et je sais où vous joindre au cas où il surviendrait un point pour lequel vous pourriez nous aider. Je crois savoir que vous étiez avec le docteur Yoxall quand il a examiné le corps et qu'il n'y a eu aucune divergence de vue entre vous ?

— Il ne pouvait guère y en avoir dans ce cas-là, répondit le médecin. La mort a dû intervenir en quelques secondes.

— Exactement ! Et Mr Poulton a hâte de rentrer chez lui aussi, donc je crois que le mieux serait que je lui pose tout de suite quelques questions. Si vous voulez bien, monsieur. »

Godfrey Poulton se leva sans hâte et dit : « Certainement, inspecteur », de sa voix grave et froide, puis il suivit Hemingway hors de la bibliothèque.

« Vous n'avez pas d'objections à venir ici, je pense ? demanda Hemingway en ouvrant la porte du boudoir. C'est apparemment la seule pièce qui n'est pas pleine de cartes ou de bouchées aux crevettes.

— Aucune objection, car je suppose bien... » Mr Poulton marqua une pause, le temps de jeter un coup d'œil au fauteuil à côté du téléphone. « Précisément.

— Oh non, pas de problème ! dit Hemingway qui avait compris ces propos elliptiques. Je ne pense pas vous retenir longtemps, d'ailleurs. » Il vit que Poulton regardait l'inspecteur Grant et le présenta. Puis : « Asseyez-vous, je vous en prie. Vous êtes, je crois, sorti de la bibliothèque pendant l'absence de Mr Seaton-Carew. Je crois que j'ai tout ça dans les notes de l'inspecteur Pershore. La victime était un de vos amis ? »

Poulton haussa les épaules. « Pas vraiment. Je l'avais peut-être vu une demi-douzaine de fois. »

Avant d'entrer dans le salon, Hemingway avait lu les notes volumineuses de Pershore, et il avait une excellente mémoire pour les détails. « Est-ce qu'il était reçu chez vous ?

— Je suppose, répondit Poulton, regardant l'inspecteur avec indifférence de ses yeux aux lourdes paupières. Ma femme reçoit beaucoup, mais je suis un homme très occupé et je n'assiste pas toujours à ses réunions.

— Bien sûr. Mr Seaton-Carew était plutôt l'ami de Lady Nest que le vôtre ?

— Il serait plus exact d'employer le terme de connaissance. Ma femme l'a rencontré par l'intermédiaire de Mrs Haddington, qui est une amie.

— Étiez-vous en bons termes avec lui ? »

De nouveau Poulton haussa les épaules. « Certainement, encore que ce soit aller un peu trop loin. Ça dépend de ce que vous entendez par là. Est-ce que je me suis querellé avec lui ? Non. Est-ce que j'avais de la sympathie pour lui ? Non.

— C'est bizarre, remarqua Hemingway, ce Seaton-Carew semble avoir joui d'une certaine popularité, et pourtant il a été assassiné.

— Très bizarre, convint Poulton. Mais peut-être confondez-vous popularité et utilité. Les célibataires, sont très demandés dans les salons.

— Ah, oui, c'est sans doute ça ! Enfin, il ne semble pas que vous puissiez m'aider beaucoup, donc je ne vais pas vous garder plus longtemps. »

L'inspecteur Grant se leva et ouvrit la porte.

« Merci, dit Poulton. Je serai content de me coucher. J'ai une journée chargée qui m'attend. Bonsoir. »

L'inspecteur referma la porte derrière lui et jeta un coup d'œil à son supérieur. « Vous ne l'avez pas pressé davantage ?

— Non, je n'ai jamais aimé perdre mon temps. Si vous aviez donné à Mr Godfrey Poulton le choix entre voir un rat d'égout en liberté chez lui ou le défunt, Seaton-Carew, je suis persuadé qu'il aurait préféré le rat d'égout. Notez Lady Nest. Nous verrons ce qu'elle a à dire. Maintenant, il faut que j'interroge ce Butterwick. Faites-le descendre, Sandy. »

L'inspecteur s'attarda un instant. « Est-ce qu'il aurait eu le temps de commettre le meurtre à votre avis ?

— Ils l'avaient tous et même davantage. En fait, c'est un cas où le facteur temps ne va pas nous tracasser — ni nous aider d'ailleurs. D'après ce que je comprends, il s'est écoulé de dix à vingt minutes entre le moment où Seaton-Carew a été appelé au téléphone et celui où Sir Roderick l'a trouvé mort. A votre avis, combien de temps vous faudrait-il à *vous* pour grimper un demi-étage, tordre un fil de fer autour du cou d'un bonhomme et redescendre à la même allure ?

— Ce qu'il me semble, c'est que ça aurait été étrange qu'il entre dans une pièce où il savait que quelqu'un était en train de téléphoner.

— Vous voulez dire que ça aurait mis Seaton-Carew sur ses gardes ? Peut-être, mais peut-être pas. Bien sûr, s'il avait une raison de penser que Poulton voulait le trucider, je suis de votre avis, on s'attendrait à trouver des traces de lutte. Mais supposons qu'il ne se doutait de rien. Supposons que ce Poulton soit entré en disant tout simplement “ Excusez-moi ! ” comme s’il venait chercher quelque chose ?

— Je me demande bien ce qu’il serait venu chercher.

— Le temps que Seaton-Carew ait pensé à ça, rétorqua Hemingway, et il avait la corde au cou. Je ne dis pas que les choses se sont passées comme ça, notez bien. Enfin, allez donc me chercher cette tapette. »

Mr Sydney Butterwick, introduit dans le boudoir quelques minutes plus tard, flancha visiblement, mais il semblait s’être à peu près ressaisi. Son visage portait encore les traces des émotions qui l’avaient ravagé, cependant il parvint à sourire, bien qu’un peu nerveusement, à Hemingway et lui assura que s’il pouvait rendre le moindre service à la police, celle-ci pouvait compter sur sa coopération.

« Dan était tout pour moi. Absolument tout, dit-il. N’importe qui vous le dira, je pense. A certains égards, il était assez merveilleux, vous savez. Extraverti lent, bien sûr, alors que je suis très nettement un extraverti rapide, mais avec un certain chevauchement si vous voyez ce que je veux dire. Je suppose que vous pourriez m’appeler extraverti intuitif. Mieux vaut que je vous le dise tout de suite, je n’étais pas le moins du monde aveugle à son sujet. En fait, je le reconnaissais et je l’acceptais pour ce qu’il était. A certains égards, je suis tout à fait d’avis que c’était une superbe brute et je ne songerais pas à nier que je me querellais parfois terriblement avec lui. Il m’avait précisément bouleversé de façon assez poignante ce soir, et c’est horrible pour moi de penser que la dernière fois où je l’ai vu, j’étais furieux contre lui. Enfin, pas tellement furieux, plutôt blessé. Je sais que je prends les choses trop à cœur — les gens de mon type le font toujours. Je ne sais pas si vous avez lu Jung ? »

Le regard de l'inspecteur Grant glissa vers son supérieur hiérarchique. Hemingway avait deux marottes : l'une était le théâtre et l'autre, qui suscitait l'étonnement, l'amusement et l'exaspération de ses collègues, était la psychologie. Il avait écouté aimablement le torrent de paroles du suspect, mais à ce défi il perdit patience. « Oui, et Wendt, Münsterburg, Freud et Rosanov aussi, répliqua-t-il, acerbe. C'est comme ça que je sais que vous n'appartenez pas au type autistique. Je n'ai pas encore eu le temps de décider si vous étiez antisocial ou cyclothymique, mais j'arriverai sûrement à me faire une opinion en temps voulu. »

Cette riposte inattendue déconcerta Butterwick. Il gloussa, puis : « Comme c'est merveilleux de rencontrer un policier qui s'intéresse à la psychologie ! Je crois que je suis très nettement du type antisocial ou hystérique. Je ne me fais pas l'ombre d'une illusion sur moi. C'est fatal de ne pas se regarder en face, n'est-ce pas ? Par exemple, bien que j'adore Michel-Ange, je me rends compte que c'est sans doute l'expression d'un désir d'empathie, tout comme...

— Asseyez-vous donc... », dit Hemingway.

Sydney obéit, tout en passant la main sur ses boucles blondes, puis redressa sa cravate : « Posez-moi toutes les questions que vous voudrez, j'y répondrai avec une honnêteté absolue.

— Très bonne idée, dit sèchement Hemingway. Vous pourriez commencer par me dire quelle a été la cause de votre querelle avec Mr Seaton-Carew hier soir.

— Il m'avait fait mal, répondit simplement Sydney.

— Et comment ça ?

— Je ne l'avais pas vu depuis trois jours et il ne voulait pas me parler au téléphone. Le genre de chose qu'il faisait quand il était de mauvaise humeur. Pour me taquiner, vous comprenez, pas pour me blesser. Il m'avait dit un jour que je prenais la vie trop au tragique, et je pense que c'est vrai...

— Vous pensiez qu'il en avait assez de vous, n'est-ce pas ? interrompit impitoyablement Hemingway.

— Oh ! Pas vraiment ! »

Hemingway jeta un coup d'œil aux notes qu'il avait sous la main : « Vous lui avez dit : " Ce qui veut dire que vous ne voulez plus de moi ", et il a répondu : " Eh bien, oui, c'est ce que je veux dire ". Est-ce exact ? »

Sydney rougit jusqu'à la racine des cheveux et s'exclama d'une voix tremblante : « Comment est-ce que je peux savoir ce que j'ai dit ? Je suppose que vous avez tiré ça de cette petite rosse de fille Haddington !

— Vraiment ? Et pourquoi ?

— Simplement parce qu'il s'occupait un peu d'elle, Cynthia Haddington s'imagine que Dan était amoureux, j'en suis sûr, dit Sydney légèrement tremblant, sans tenir compte de la question posée par l'inspecteur. Eh bien, non, non et non ! Il ne l'aimait pas. Et si elle vous a bourré le crâne avec une histoire de jalousie envers elle, ça me fait bien rire, c'est tout ! »

Il eût été difficile de trouver aspect plus éloigné du rire que celui de Mr Butterwick, mais tout en classant le fait dans sa mémoire, Hemingway ne poursuivit pas le sujet. Il se borna à lui demander de lui indiquer ses mouvements, depuis le moment où il avait quitté sa table pour aller prendre un verre, jusqu'au moment où il était rentré au salon.

« Oh, bien sûr, si ça vous intéresse ! dit Sydney en haussant les épaules. En réalité, il n'y a rien à raconter du tout. Nous avions fini de jouer cette partie-là à ma table et j'ai saisi l'occasion pour descendre à la salle à manger. C'est tout. Je n'ai vu personne, à part le maître d'hôtel, si c'est ce que vous voulez savoir.

— Vraiment personne ? Je crois savoir que vous avez eu une conversation avec Mrs Haddington en haut de l'escalier ?

— Ah, ça ! Je croyais que vous vouliez savoir si j'avais rencontré Dan ou une personne qui aurait pu le tuer — oui, je crois que j'ai échangé un mot ou deux avec Mrs Haddington, mais je ne me rappelle pas ce qui a été dit. Sans aucune importance, de toute façon.

— Quand vous êtes sorti du salon, est-ce qu'il y avait quelqu'un d'autre dans l'escalier ou sur le palier ?

— Je ne me rappelle pas exactement. Je ne crois pas.

— Qu'est-ce qu'elle faisait sur le palier, Mrs Haddington ?

— Grand Dieu, comment voulez-vous que je le sache ? Elle allait au second — en fait elle a commencé à monter au moment où moi je descendais.

— Je crois savoir que Miss Birtley était descendue avant que vous la suiviez ?

— Oui — c'est-à-dire je suppose que c'est ce qu'elle a dû faire, parce que, pour tout vous dire, je ne me rappelle pas du tout l'avoir vue. Elle pouvait bien avoir été là, de toute façon je ne l'aurais pas remarquée. Et bien entendu, avec tout ce qui s'est passé depuis, des détails aussi insignifiants me sont complètement sortis de l'esprit.

— Vous avez entendu la sonnerie du téléphone ?

— Non, mais ça n'a rien d'étonnant parce que le timbre est assourdi, il fait une sorte de bourdonnement.

— Ah, oui ? Comment le savez-vous ? »

Sydney le fixa un instant, puis un sourire voleta sur

ses lèvres. « Oh... oh ! ce n'est pas la première fois que je viens ici.

— Je vois. Et vous ne l'avez pas entendu ce soir, vous n'avez rien entendu de ce qui s'est dit entre Mrs Haddington et Miss Birtley et vous ne saviez pas que l'appel était pour Mr Seaton-Carew ? Je veux que tout ça soit bien clair pour que l'inspecteur Grant puisse le noter exactement et qu'on n'ait pas des tas de corrections ensuite. »

Sydney jeta un coup d'œil au policier impassible, puis à Hemingway. Une fois encore il se lissa les cheveux. « Non, je ne sais pas ce qu'elles se sont dit. C'est-à-dire, maintenant que vous m'y faites penser, il me semble me rappeler très vaguement que Miss Birtley était là, mais c'est absolument tout. Si vous croyez que je savais qu'elle était allée chercher Dan pour qu'il réponde à ce coup de fil et que c'est moi qui l'ai tué de cette façon horrible... Non seulement vous vous trompez, mais c'est complètement absurde ! Si vous voulez le savoir, j'étais terriblement bouleversé par toute cette affaire — n'importe qui vous le dira. Un choc atroce : en fait, j'ai bien failli tourner de l'œil. » Il jeta un regard à l'inspecteur Grant assis avec un carnet dans une main et un crayon dans l'autre et s'exclama furieux.

« Inutile de me demander de signer une déclaration, je ne le ferai pas. Je suis trop bouleversé pour savoir ce qui s'est passé ce soir.

— Mais vous n'avez pas fait de déclaration, dit Hemingway, vous avez simplement répondu à quelques questions et vous m'avez balancé quelques mensonges dont en toute justice je dois vous dire que je ne crois pas un mot.

— Vous n'avez pas le droit de me dire ça ! déclara

Sydney, d'une voix aiguë. Vous n'avez pas l'ombre d'un droit de me traiter comme ça.

— Si c'est ce que vous pensez, vous n'avez qu'une chose à faire : porter plainte auprès de mon service. Il faudra les convaincre que vous ne m'avez pas raconté une flopée de mensonges assez bêtes — et d'ailleurs, j'y pense, vous pourriez tout aussi bien me convaincre *moi* et nous économiser à tous les deux des tas de désagréments. Et quand vous cesserez de croire que vous allez être arrêté pour meurtre si vous admettez que vous saviez Mr Seaton-Carew en train de téléphoner dans cette pièce, nous avancerions beaucoup plus vite. Il n'est pas douteux que Mrs Haddington et Miss Birtley le savaient aussi, mais je ne peux pas vous arrêter tous les trois et je n'y tiens pas du tout, d'ailleurs.

— Oh, Dieu ! » s'exclama Sydney, qui se prit la tête dans les mains et éclata en sanglots, plongeant ainsi dans l'horreur l'inspecteur Grant, qui se récria en pur écossais : « Och, quel *truaghan ! Ist, Ist, nach ist thu ?*

— Allons, allons, ne commencez pas à m'agacer ! protesta son supérieur. Voyons, monsieur, ne vous mettez pas dans des états pareils !

— Vous croyez que je l'ai tué, je le sais, hoqueta Sydney d'une voix étranglée. Eh bien, croyez-le ! Arrêtez-moi ! Qu'est-ce que vous voulez que ça me fasse, maintenant que Dan est mort ? Oh, Dan, Dan ! pardonne-moi ! »

Cette scène extrêmement embarrassante mettait Grant au supplice, si bien qu'il fut soulagé quand il entendit Hemingway recommander à l'affligé de rentrer chez lui et de se coucher. Il l'escorta jusqu'au palier, puis revint en s'épongeant le front : « Eh bien, j'ai été content que vous vous débarrassiez de ce numéro-là, chef ! Tout de même, je ne dirais pas que Pershore avait tort de croire que c'est peut-être celui qu'on recherche. A mon avis, ça lui ressemblerait bien de pleurer toutes les larmes de son corps s'il avait tué son ami.

— Très probable. Et à *mon* avis, c'était une histoire de quelques petits verres de trop et je ne veux pas perdre mon temps avec des pochards larmoyants sans un brin de preuve. Merci bien !

— Il n'était pas précisément ivre, dit Grant avec la prudence de sa race. Mais je dirais qu'il en avait pris une petite dose cette nuit.

— Plutôt une demi-douzaine. Maintenant, je vais voir Mrs Haddington. »

Cinq minutes plus tard, la dame entrait calmement dans la pièce, soignée et maquillée comme elle l'avait été quand elle recevait ses invités au salon des heures auparavant ; mais elle avait ôté diamants et gants. Elle inclina majestueusement la tête en direction de Hemingway et s'installa dans un fauteuil à côté de la cheminée. « Que souhaitiez-vous me demander — euh ! — inspecteur principal, je crois ?

— Je veux d'abord vous demander où vous vous trouviez quand le téléphone à sonné hier soir. En fait, je voudrais que vous me disiez exactement ce que vous vous rappelez des événements survenus entre ce moment-là et celui où Sir Roderick Vickerstown a trouvé Mr Seaton-Carew mort dans cette pièce. »

Elle répondit sans hésitation. « Quand le téléphone a sonné, j'étais juste sur le seuil du salon. Je suis sortie sur le palier pour recommander à la personne qui répondrait quelle qu'elle soit, de dire que j'étais occupée.

— Vous pensiez que l'appel était pour vous ?

— En effet. Mais c'était un oubli de ma part. Je savais que Mr Seaton-Carew attendait un coup de fil, il m'en avait parlé au dîner, et cela ne m'avait d'ailleurs pas plu, bien que cela puisse paraître cruel de dire cela maintenant. Les conversations téléphoniques au milieu d'un bridge arrêtent le jeu et sont extrêmement ennuyeuses pour tout le monde. Miss Birtley a pris l'appareil et je lui ai dit d'aller chercher Mr Seaton-Carew dans la bibliothèque où il jouait, pour qu'il puisse parler là où il ne serait pas gêné... ni gênant pour les autres. Je ne peux pas vous dire quand il est venu ici, parce qu'à ce moment-là j'étais montée dans ma chambre. Je ne peux pas vous dire non plus pendant combien de temps j'ai été absente du salon ; à mon avis, quelques minutes seulement. Quand je suis redescendue, il n'y avait personne ni sur le palier ni dans l'escalier, et la porte de cette pièce était fermée. J'ai supposé que Mr Seaton-Carew était encore au téléphone et je suis retournée dans le salon. Mon attention a été retenue par une petite contestation à l'une des tables. Je me rappelle avoir été très mécontente que ma secrétaire — Miss Birtley — n'ait pas veillé au bon déroulement de la soirée en mon absence comme je le lui avais demandé. Elle n'était même pas dans la pièce, elle n'est arrivée que plusieurs minutes après moi. Ensuite, le Dr Westruther est remonté de la bibliothèque dire que tout le monde attendait Mr Seaton-Carew et j'ai prié Sir Roderick de descendre ici et — et de mettre fin à tout ce téléphonage.

— Je crois que vous avez exprimé votre surprise que Mr Seaton-Carew soit toujours au téléphone.

— Ah oui ? C'est bien possible. Je me rappelle avoir pensé qu'il aurait eu largement le temps de prendre deux appels.

— Pouvez-vous vous faire une idée du temps qui s'est écoulé entre le moment où vous êtes montée dans votre chambre et celui où Sir Roderick est venu ici chercher Mr Seaton-Carew ?

— Vraiment, je ne voudrais pas trop m'engager, dit-elle. Je ne prêtais pas spécialement attention au temps, vous comprenez. Peut-être dix minutes — pas moins, je crois — ou un peu plus, je n'en ai aucune idée.

— Je vois. Et, à part vous-même et Miss Birtley, est-ce que d'autres personnes étaient au courant de cet appel ?

— Toutes celles qui ont dîné ici, déjà. Et puis, j'imagine que tous les joueurs dans la bibliothèque devaient savoir qu'on venait le chercher pour répondre au téléphone. Mr Butterwick aussi ; il était à côté de moi quand j'ai dit à Miss Birtley d'aller chercher Mr Seaton-Carew.

— Vous êtes tout à fait sûre de ça, Mrs Haddington ? »

Elle le fixa. « Parfaitement.

— Vous êtes sûre qu'il a entendu votre conversation avec Miss Birtley ?

— Sans l'ombre d'un doute. Il n'est pas sourd.

— Ce n'est pas ce que je voulais dire. Vous ne pensez pas qu'il aurait pu sortir sur le palier après la fin de votre conversation avec Miss Birtley ?

— Certainement pas. J'étais encore en train de parler avec Miss Birtley quand tout à coup je me suis aperçu que le jeune Butterwick était derrière moi.

— Merci, voilà qui est très clair. Maintenant, je crois savoir que le cordon tordu autour du cou de Mr Seaton-Carew a été identifié : il ferait partie d'un rouleau acheté hier après-midi par Miss Birtley et laissé par elle sur une étagère dans les toilettes.

— C'est ce que l'on m'a dit. Je ne l'ai jamais vu moi-même.

— Vous n'êtes pas entrée dans les toilettes ?

— Je n'avais aucune raison de le faire. Miss Birtley a dit, je sais, qu'elle avait laissé sur l'étagère ce qu'elle n'avait pas utilisé. Tout ce que je peux dire, c'est que, si c'est vrai, elle n'aurait pas dû le faire : cette étagère n'est pas prévue pour qu'on y mette des débris. De plus, ajouta-t-elle, il me semble très curieux qu'aucun de mes invités n'ait vu ce cordon dans les toilettes.

— Avez-vous quelque raison de croire que Miss Birtley ne l'y a pas laissé ? »

Elle haussa les épaules : « Personnellement, je n'accorderais pas grande confiance à ce que dit Miss Birtley.

— Depuis combien de temps l'employez-vous ?

— Cinq mois environ.

— J'en conclus qu'elle ne donne pas entièrement satisfaction. Voudriez-vous me dire si ses certificats étaient tous bien réguliers ?

— Là, je ne peux pas vous aider, hélas. Je l'ai engagée sur la recommandation de Mr Seaton-Carew.

— Vraiment ? Miss Birtley était de ses amies ?

— Il s'était intéressé à elle, avec une grande bonté. Une forme de charité plutôt que d'amitié. Je dirais que Miss Birtley le détestait cordialement. Il vaudrait peut-être mieux que vous la questionniez elle-même. Je répugne beaucoup à dire quoi que ce soit sur elle, sinon qu'elle est à mon service et que je n'ai eu aucune raison de me plaindre de sa conduite pendant qu'elle était chez moi. Maintenant, si c'est tout...

— Pas tout à fait. Depuis combien de temps connaissiez-vous Mr Seaton-Carew ? »

Elle avait fait mine de se lever, mais se laissa de

nouveau aller dans le fauteuil. « Oh ! des années. Il était très lié avec mon mari, il faisait presque partie de la famille. Depuis la mort de mon mari, il y a douze ans, il me conseillait pour les questions financières. Sa mort est un coup terrible pour moi. Je ne m'en rends pas encore vraiment compte. Il m'est très pénible d'être obligée d'en parler.

— J'en suis sûr, dit Hemingway, plein de sympathie. Je crois qu'il avait dîné avec vous hier soir ?

— Oui, en effet.

— Y a-t-il eu un désaccord quelconque entre vous ? »

Elle le regarda, ses lèvres serrées dessinant une mince ligne rouge. « Je vois. Vous avez écouté les ragots des domestiques, je crois, inspecteur. Il est tout à fait vrai que j'ai eu sujet d'être extrêmement mécontente de lui et vrai aussi que je lui avais fait des reproches très vifs après le dîner, avant l'arrivée de mes bridgeurs.

— Je vais être obligé de vous demander quelle avait été la cause de la querelle.

— Il n'y a pas eu de querelle. Mr Seaton-Carew ne se querellait jamais avec personne. Il n'était pas homme à prendre les choses au sérieux. En fait, il était parfois beaucoup trop désinvolte, ce qui le rendait très irritant. Ce n'était pas la première fois, loin de là, qu'il avait réussi à me mettre en colère, je peux vous l'assurer.

— Bien compréhensible, c'est sûr. Et la raison ?

— Si vous tenez à le savoir, je lui ai dit que je ne tolérerais plus qu'il fasse des avances à ma fille. Elle est extrêmement jolie mais sans aucune expérience, et l'attitude de Mr Seaton-Carew envers elle lui donnait des idées ridicules. Il était très séduisant et vous savez aussi bien que moi, je suppose, comme une jeune fille peut être flattée quand un homme de cet âge-là s'occupe d'elle. Il n'avait aucune arrière-pensée, bien entendu, mais on ne peut pas compter qu'une enfant de dix-neuf ans comprendra cela. Je lui ai dit que ce flirt absurde devait cesser ou que je ne pourrais plus l'inviter chez moi. Il a essayé de prendre cela en plaisantant et je me suis mise en colère. C'est tout. Autre chose que je puisse vous dire ?

— Juste une chose encore ? Est-ce que Mr Butterwick vient souvent chez vous ? »

Visiblement amusée, elle répondit : « Sydney Butterwick ! Sûrement pas ! Je crois que je l'ai rencontré pour la première fois à une réception chez Mrs Chetwynd. Il est venu à un bal que j'ai donné pour ma fille au Claridge et je me rappelle, hélas, l'avoir invité à une soirée musicale ici il y a environ un mois. La scène parfaitement ridicule et révoltante qu'il avait faite cette fois-là parce qu'il s'imaginait que Mr Seaton-Carew accordait trop d'attention à une autre personne que lui m'avait fait jurer de ne jamais l'inviter à nouveau. Et je ne l'aurais pas fait si un de mes invités ne s'était décommandé hier, ce qui m'a obligée à combler la lacune dans les plus brefs délais.

— Et à l'occasion de votre soirée musicale, vous souvenez-vous si le téléphone a sonné ? »

Elle écarquilla les yeux. « Seigneur, non ! Dans ce cas, mon maître d'hôtel aurait répondu et dit que je n'étais pas libre. De toute façon, je n'aurais pas entendu le timbre parce qu'il a été assourdi. Il sonne dans le hall et dans l'office et la communication peut être prise par n'importe lequel des appareils que j'ai fait installer dans la maison.

— Merci beaucoup. Je ne vais pas vous retenir davantage ce soir », dit Hemingway.

L'inspecteur Grant referma la porte derrière les plis

de velours noir et se retourna pour regarder son supérieur, l'air troublé. « J'ai dans l'idée, remarqua-t-il, que c'est une mauvaise personne — une très mauvaise personne. C'est un *clach* qu'elle a dans le corps et pas un cœur.

— Ça ne m'étonnerait pas du tout, rétorqua Hemingway. Vous ne pouvez pas parler anglais ?

— En tout cas, ce qu'elle a dit sur cette *caileag*, c'était méchanceté pure, poursuivit l'inspecteur, sans tenir compte de cette admonition.

— Si, dit Hemingway patiemment, ce terme désigne Miss Beulah, je ne suis pas étonné, mais ce qui m'étonne rudement, c'est qu'elle l'ait engagée. Parce que je ne me représente pas les philanthropes comme ça, mais pas du tout.

— Qu'est-ce que vous voulez dire ?

— Eh bien, mis à part le Terrible Timothy, elle est la seule de cette clique que j'aie déjà vue quelque part. Et je l'ai vue il y a dix-huit mois au tribunal. Elle a écopé de neuf mois, je crois, pour vol au préjudice de son employeur. Faux en écriture, il me semble, mais ça n'était pas mon affaire, alors, je peux me tromper. Allez donc la chercher pour une petite conversation à cœur ouvert avec moi, voulez-vous ? »

CHAPITRE IX

Entrée en coup de vent dans le salon, Mrs Haddington trouva le jeune Harte encore assis à côté du feu, où il conversait à bâtons rompus avec Miss Birtley. Elle le gratifia d'un de ses sourires machinaux, mais s'adressa à sa secrétaire. « J'imagine que l'inspecteur principal va vouloir vous interroger, Miss Birtley. Il vaudra mieux, je pense, que vous passiez le reste de la nuit ici — à moins que vous trouviez un taxi pour rentrer chez vous. A mes frais, bien sûr ; mais je n'ai aucune idée de l'heure qu'il est et je ne sais pas du tout s'il y a encore des taxis dans les rues.

— Ne vous inquiétez pas, dit Timothy en se levant. Ma voiture est dehors et je reconduirai Miss Birtley chez elle quand les Inquisiteurs en auront fini avec elle.

— Je vous en prie, ne vous dérangez pas, dit Beulah.

— Mais ce n'est pas un dérangement, c'est un plaisir, chère Miss Birtley, un plaisir, répondit promptement Timothy.

— Vraiment, je trouve que c'est extrêmement aimable de votre part, dit Mrs Haddington en haussant ses sourcils épilés. Si vous voulez bien m'excuser, je vais aller me coucher.

— Je vous en prie, ne veillez pas à cause de moi, dit Timothy. Vous devez être morte de fatigue.

— Oui, en effet », convint-elle. Elle tourna la tête au moment où la porte s'ouvrait et dit : « Ah, vous voulez ma secrétaire, je suppose ?

— Avec votre permission, oui », répondit l'inspecteur Grant.

Beulah se leva d'un mouvement saccadé.

« Je suis prête. Je... je préférerais que vous n'attendiez pas, Timothy.

— Vous me l'avez déjà dit, fit-il remarquer. Ma conviction personnelle, c'est que vous devriez être soutenue par votre conseiller juridique pendant cet entretien.

— Non, non, vraiment, j'aimerais mieux pas. *Je vous en prie !*

— L'inspecteur principal souhaiterait voir Miss Birtley seule, je crois, dit Grant.

— Les souhaits de l'inspecteur principal me laissent de marbre, répliqua Timothy.

— Timothy, je préfère de beaucoup être seule.

— Alors, ça, dit Timothy, c'est tout différent. Que Dieu vous accompagne ma chère enfant. »

En entrant dans le boudoir, Beulah ne put s'empêcher de lancer un regard apeuré au fauteuil à côté du téléphone. Il était vide, bien entendu, et elle parut respirer plus librement. Hemingway, qui s'était pourvu dès le début de ses interrogatoires d'une des petites tables dont la pièce était amplement garnie, se leva et l'invita à prendre le siège qu'il avait placé en face du sien. Puis il lui demanda de son ton le plus officiel son nom complet.

Elle dit avec sa brusquerie habituelle : « Beulah Birtley. Je l'ai déjà dit à la police ce soir.

— Je sais, dit Hemingway. Ce que je vous demande, c'est votre nom complet. » Au-dessus de la petite table, leurs regards se croisèrent, elle provocante, lui interrogateur. « Je me rappelle Beulah, reprit-il sur le ton de la conversation, mais il y avait un autre prénom étranger, je crois et le nom de famille n'était pas Birtley.

— Je ne sais pas de quoi vous parlez.

— Mais si, mais si. J'ai la mémoire des visages et le vôtre, on ne l'oublie pas facilement.

— Vous vous trompez. Vous croyez peut-être me connaître, mais je ne vous ai jamais vu de ma vie.

— Oh non ! Vous ne m'auriez pas remarqué. Je ne m'occupais pas de votre affaire. Mais je me trouvais au tribunal ce jour-là. Alors maintenant venons-en aux faits. Les mensonges n'arrangeront rien pour vous et ils sont très fatigants pour moi. Votre nom ? »

Elle le regarda un instant, comme si elle avait l'intention de ne pas répondre, mais finit par dire, maussade : « Francesca Beulah Birtley Meriden.

— Il me semblait bien qu'il y avait un nom étranger dans le lot, remarqua Hemingway en prenant note. Vous avez tiré neuf mois, n'est-ce pas ? Détournement de fonds ?

— Et faux en écriture.

— Vous avez quel âge ? demanda-t-il, en la regardant avec attention.

— Vingt-quatre ans.

— Parents ?

— Morts tous les deux.

— Famille ?

— Un oncle — qui aimerait mieux que je ne parle

pas de lui. Je n'en ai pas de nouvelles depuis mon emprisonnement. Il a sans doute oublié mon existence — il est très fort pour oublier tout ce qui est désagréable. » Elle lui lança un regard noir : « Quel rapport avec ce qui s'est passé hier soir ? Vous pensez sans doute que vous pouvez me mettre ce meurtre sur le dos parce que j'ai été condamnée pour vol ?

— Pas sans preuve, non. Et pourtant, ça ressemblerait bien aux méchants policiers de fabriquer des tas d'indices contre vous, n'est-ce pas ? On peut couper ce passage-là. Si vous saviez le nombre de fois que je l'ai entendu, vous seriez étonnée. Vous connaissiez Seaton-Carew depuis combien de temps ?

— Depuis que je suis sortie de prison.

— Ah ? Et vous l'avez connu comment ? »

Elle hésita.

« Allons, parlez. Qu'est-ce que c'était, son racket ? Il tendait une main secourable aux paumés ? Ou alors vous l'avez rencontré dans les salons ?

— Ni l'un ni l'autre. Quelqu'un m'a dit d'aller le voir. Qu'il me trouverait un emploi.

— Qui ça ?

— Une femme.

— Une assistante sociale ?

— Non. Une détenue.

— Tiens, voilà qui est très intéressant. Ne prenez pas la peine de me dire que vous n'êtes pas allée trouver le juge de l'application des peines, ou que vous ne vous êtes pas présentée à un commissaire quelconque, parce que je peux le deviner tout seul, et d'ailleurs ce n'est pas de ça que je veux parler. Pourquoi est-ce que cette femme pensait que Seaton-Carew pourrait vous trouver du travail ? »

Elle eut un petit rire bref. « Je ne sais pas. Ou plutôt

je ne savais pas à l'époque. J'avais encore beaucoup d'illusions il y a six mois. Même maintenant je ne sais pas au juste — mais ça n'était sûrement pas par philanthropie ! Elle a sans doute pensé qu'il pourrait m'utiliser. Et ça n'a pas traîné : il m'a envoyée chez Mrs Haddington. Idéal pour tout le monde. Il s'assurait de sa gratitude, elle avait une secrétaire qui ne donnerait pas ses huit jours malgré des procédés abominables et moi j'avais un salaire fixe.

— Eh bien, mais voilà qui ressemble assez à de la philanthropie. Qu'est-ce qu'il faisait dans la vie, ce Seaton-Carew ?

— Pas la moindre idée.

— Voyons, voyons ! protesta Hemingway. Vous avez discrètement insinué, plusieurs fois, qu'il machinait quelque chose, donc on peut penser que vous avez une idée. Cessez donc de jouer au Petit Chaperon Rouge qui va être mangé par le loup ! Si j'étais méchant je commencerais par vous faire des misères parce que vous ne vous êtes pas présentée à la police pendant que vous étiez probationnaire, alors que je n'en dis pas un mot. Mais d'un autre côté vous êtes sur un terrain très glissant, et la meilleure solution pour vous ça serait de vider votre sac.

— Je pensais bien qu'on en arriverait vite aux menaces », dit Beulah, la bouche amère.

Hemingway soupira. « Essayez de réfléchir une minute. Vous êtes la seule de la bande à avoir un casier judiciaire, vous n'avez pas d'alibi, vous avez acheté la corde utilisée pour l'étrangler. Additionnez tout ça et si vous trouvez un autre total que moi, c'est que vous êtes bougrement plus maligne que je ne croyais. Ce qui ne va pas encore bien loin », ajouta-t-il, caustique.

Elle ferma les yeux à demi. « Écoutez-moi, dit-elle,

les dents serrées. Il était une fois un Petit Chaperon Rouge qui croyait que la police était son ange gardien. Tout ce qu'elle avait à faire, c'était de dire la vérité. Et puis elle a découvert son erreur et, comme elle est bougrement plus maligne que vous croyez, elle n'y est pas retombée. Je ne vous ouvrirai pas mon cœur, inspecteur. La seule chose que je vous dirai, c'est que je n'ai pas tué Seaton-Carew — bien que je regrette un peu de ne pas y avoir pensé — et si vous pouvez me mettre ça sur le dos, bonne chance. Je m'en fous ! Je sais le genre d'enfer dans lequel on peut vivre quand on est libérée sous condition et j'aimerais beaucoup mieux être morte ! Je n'ai aucun doute à ce sujet. Vous allez proclamer ma condamnation à la face du monde, donc vous pouvez aussi bien mettre le paquet et m'arrêter pour meurtre pendant que vous y êtes.

— Oui, mais vous comprenez, j'ai un sérieux handicap, objecta Hemingway. On est obligé d'être tellement prudent, dans la police. Divulguer votre condamnation, ce serait tout à fait contraire au règlement. »

Elle releva rapidement la tête, mais se contenta de dire : « Enfin, ça m'est égal. Je ne sais rien sur Seaton-Carew.

— Bon, restons-en là. Dites-moi quelque chose que vous savez. Quand vous avez pris cette communication, qu'est-ce que vous avez fait de l'appareil ?

— Ce que j'en ai fait ? Je l'ai posé sur la table, évidemment.

— Montrez-moi, aussi exactement que possible. »

Elle le regarda un instant, sourcils froncés comme si elle soupçonnait un piège, se leva, alla à l'appareil, puis le souleva dans sa main gauche et le posa sur la table.

« Pas plus près du bord que ça ?

— Je ne crois pas. Je ne suis pas sûre, mais je crois que je l'ai laissé comme ça.

— Merci. Vous pouvez le remettre en place. Qui était sur le palier devant le salon quand vous avez pris la communication pour Seaton-Carew, hier soir ?

— Mrs Haddington.

— Personne d'autre ? »

Elle fronça les sourcils. « Non. Pas au début. Mr Butterwick est sorti de la pièce, mais au début il n'était pas là.

— Est-ce qu'il a pu entendre votre conversation avec Mrs Haddington ?

— Je ne sais pas. Je ne faisais guère attention à lui.

— Vous l'avez revu pendant le temps où Seaton-Carew était dans cette pièce ?

— Je l'ai vu dans la salle à manger, mais je ne lui ai pas parlé.

— Avez-vous remarqué s'il avait l'air, disons, normal ou un peu perturbé ?

— Non.

— C'est fou ce que vous êtes coopérative, hein ?

— Je n'ai aucune envie de coopérer avec la police.

— Filez avant que je perde patience ! » recommanda Hemingway.

Il avait réussi à l'étonner. Elle le regarda, déconcertée et laissa échapper : « C'est tout ? Vous ne voulez pas savoir ce que j'ai fait du reste du cordon ?

— Vous l'avez laissé sur l'étagère dans les toilettes où personne, pas même Mrs Haddington, ne l'a vu.

— Comme si quelqu'un allait l'admettre ! Et si Mrs Haddington ne l'a pas vu, c'est bien la seule chose qui lui aura échappé dans cette maison. Elle a eu assez vite fait de voir qu'une des malheureuses domestiques n'avait pas mis les essuie-mains qu'il fallait dans les toilettes.

— Ah, elle s'était aperçue de ça ? Une maîtresse de maison pointilleuse, hein ?

— Très. Capable de passer un doigt sur le dessus des choses pour être sûre qu'il n'y a pas de poussière, répondit Beulah avec un petit rire. Autre chose ?

— Pas pour le moment. Rentrez chez vous, Miss Birtley, et réfléchissez un peu. Alors nous nous entendrons peut-être beaucoup mieux la prochaine fois. »

L'inspecteur Grant se leva discrètement et ouvrit la porte. Beulah hésita, le regarda, regarda Hemingway, puis sortit rapidement de la pièce.

L'inspecteur referma la porte d'une main ferme, et son supérieur, qui le regardait avec les yeux de l'expérience, lui dit : « Bon, bon ! Je vois que vous allez éclater si vous ne parlez pas. Alors parlez !

— Un témoin bien récalcitrant, dit Grant.

— Bah, si c'est tout... »

Le sourire lent et timide de Grant éclaira ses yeux. « Oh, je n'ai rien vu de plus que vous. Pas la peine de vous faire remarquer que Mrs Haddington avait dit qu'elle n'était pas entrée dans les toilettes, ni que la jeune personne était bien capable de tuer un homme.

— Elle en est capable, sûrement, mais je veux bien être pendu si je vois un mobile. Jetez donc un coup d'œil à son dossier, Sandy.

— Oui, bien sûr. C'est très intéressant : personne n'a de mobile.

— Sauf un ou une, forcément. L'ennui, c'est qu'on ne sait rien sur personne — sauf cette fille. Tout ce qu'on a, c'est une tapée de gens chics, de la meilleure société, à manier comme du feuilleté, et une seule est connue de la police. » Il se gratta le menton, méditatif. « On verrait très bien quelqu'un comme Mr Godfrey Poulton piquer une râlante et se plaindre au préfet de police des mauvais traitements qu'on lui a infligés, hein ? Et puis ils ont tous de si bonnes manières qu'ils ne lâcheraient pas un mot sur leurs copains. Dire que me voilà content de tomber sur le Terrible Timothy dans une affaire ! Ça prouve qu'on est vraiment peu de chose !

— Ça serait-il Mr Harte que vous voulez dire ?

— Ça serait.

— Je ne crois pas qu'il étranglerait quelqu'un.

— J'en suis absolument sûr — du moins je l'aurais été avant la guerre, mais maintenant, j'y pense, c'est exactement le type de jeune casse-cou à s'être fait enrôler dans les commandos, et les petits jeux de salon qu'on apprenait à ces gars-là sont du genre à vous faire dresser les cheveux sur la tête. Malgré ça, le Terrible Timothy n'est même pas un outsider à mon humble avis. C'est pourquoi, Sandy, je vais aller le voir à son cabinet et lui demander de m'affranchir au sujet de ces gens. Quand il avait quatorze ans, il tenait assez à m'aider. Eh bien ! maintenant, il *peut* le faire. » Il se leva et ajouta : « Qu'est-ce que son père et sa mère diraient s'ils savaient qu'il lorgne une pépé avec un passé aussi chargé ! On n'ose pas y penser. » Il referma son calepin et le mit dans sa poche. « Allons voir ce que les génies du labo ont découvert comme empreintes. Ça ne nous servira à rien, mais il vaut toujours mieux suivre le manuel. Après ça, on fera une petite visite à l'appartement de Mr Seaton-Carew et on verra ce qu'on peut en tirer. Pas la peine de sortir du lit une bonniche quelconque pour lui faire raconter l'histoire de l'essuie-mains, ça peut attendre.

— Qu'est-ce que vous avez pensé de Mrs Haddington, patron ?

— Je ne suis pas spécialiste des serpents, mais il m'a semblé que c'en était un assez bon spécimen. Je ne l'aime pas, je n'aime pas son histoire et je l'aime encore moins depuis la dernière découverte. Allez, en route ! »

Les spécialistes des empreintes digitales n'avaient qu'une chose intéressante à exhiber à Hemingway. Comme il l'avait supposé, rien sur le cordon serré autour du cou de la victime ni sur les divers objets dans la pièce, uniquement ce qu'on pouvait normalement attendre. Le téléphone révéla plusieurs empreintes assez brouillées et une, très nette, de Miss Birtley. Aucune de Seaton-Carew.

« Voilà qui est très curieux, déclara Hemingway. Pas la peine de me demander pourquoi c'est important, parce que je n'en sais encore rien. Mais je le sais, parce que j'ai du *flair*, c'est du français et c'est ce qui fait de moi un inspecteur principal, quoi qu'on puisse vous dire.

— Ça signifie, dit l'inspecteur Grant, que la victime n'a jamais touché l'appareil.

— Il vous a fallu du temps pour trouver ça ? » demanda Hemingway, vexant.

Mais l'autre continua sans se démonter. « Et ça signifie soit que l'appareil a été jeté par terre pendant une lutte, soit que quelqu'un l'a soulevé et laissé tomber. Pourquoi ?

— Vous pouvez rayer la lutte. Il n'y en a pas eu. Si c'était comme ça que l'appareil en était arrivé à pendre jusqu'au sol, toute la table aurait été renversée et elle ne l'était pas. On croirait que quelqu'un l'a délibérément soulevé et puis laissé pendre. » Il reposa la photo qu'il était en train de regarder. « Pourquoi ? Il avait l'air costaud, ce Seaton-Carew, hein ? Celui ou celle qui a voulu le buter tenait sûrement à le placer dans ce qu'on pourrait appeler une position commode. Si vous étiez appelé au téléphone en plein milieu d'une partie de bridge, qu'est-ce que vous feriez ?

— Je ne joue pas au bridge !

— Alors, au jeu impossible que vous affectionnez dans votre patelin impossible ! Vous prendriez l'appareil *debout !* Vous pourriez même être tourné vers votre assassin. Mais si vous trouviez le combiné pendouillant à côté de la table, comme il était, quelle serait la façon la plus commode de le récupérer pour vous ? Ce serait de vous asseoir dans le fauteuil placé si judicieusement, bien sûr ! Ça mettrait votre cou juste à la bonne hauteur pour une personne plus petite. Et ne me dites pas que tous les suspects étaient plus petits que Seaton-Carew, sauf Timothy, parce que je m'en suis aperçu tout seul ! Je vous l'ai dit, que ça ne nous servirait à rien. Quelle heure est-il ? Sept heures ? Alors on fait la noce jusqu'au bout et on s'offre un petit déjeuner. Après ça, on pourra aller à cette adresse de Jermyn Street faire peur au domestique de Seaton-Carew. »

Avant qu'ils s'embarquent pour cette mission, Grant dut apprendre à son supérieur passablement écœuré que l'appel de Doncaster provenait d'une cabine publique.

« Pas du tout le genre de truc que j'aime m'entendre dire avant neuf heures du matin, remarqua Hemingway en se versant une tasse de thé très fort. Mais ça ne m'étonne pas. La seule chose qui me surprendrait vraiment dans cette affaire-là, ce serait d'avoir une piste sérieuse.

— C'est encore bien tôt, dit Grant, apaisant.

— Pas trop tôt pour que je reconnaisse un brouillard épais quand je suis en plein dedans, répliqua Hemingway. Quand je pense que j'ai dit à Bob que j'étais content de ne pas écoper d'un Polonais surineur de la rapière. Ça, c'était du facile.

— Oui, dit Grant, tellement de mobiles que vous aviez dit que les arbres cachaient la forêt, je me rappelle bien. Et tous des suspects qui avaient des casiers judiciaires longs d'ici à l'Écosse.

— Je ne sais pas comment ça se fait, grogna Hemingway, mais chaque fois qu'on me donne un assistant, il ne trouve rien de mieux que de ramener une tripotée de choses que j'ai dites et qu'il aurait bien dû oublier. J'en ai eu un comme ça juste avant la guerre, et vous savez ce qui lui est arrivé ? Il a été obligé de quitter la Grande Maison.

— Si c'est de Wake que vous voulez parler, répondit Grant sans s'impatienter, je sais bien qu'il est parti, parce qu'il a épousé une veuve qui avait une belle petite entreprise et ils ont déjà trois moutards, peut-être quatre.

— Eh bien, que ça vous serve de leçon ! dit Hemingway. Arrêtez de m'agacer et allons Jermyn Street. »

Les journaux du matin étaient déjà en vente et, au moment où la voiture de police était arrêtée par un embouteillage, des titres hurlants attirèrent l'œil d'Hemingway. L'un d'eux cherchait à charmer sa clientèle par cette formule concentrée composée en capitales géantes : « Meurtre à un tournoi de bridge ». Grant se glissa rapidement hors de la voiture, se procura un exemplaire de cette feuille entreprenante et remonta d'un bond dans la voiture au moment où celle-ci démarrait.

« Ça, grinça Hemingway, ça a dû être envoyé au canard avant deux heures du matin — peut-être même plus tôt. Ah ! on vit dans une belle époque ! »

Parcourant les informations assez maigres contenues dans les paragraphes au-dessous du titre, Grant déclara : « Je parie que c'est le maître d'hôtel.

— Je ne parie rien du tout, dit son supérieur. J'en suis sûr. Si l'on y réfléchit, la corporation doit se faire de jolis pourliches, en douce. Je me demande ce qu'il a touché pour ça.

— Je ne sais pas, dit Grant toujours consciencieux, mais à mon idée il n'aurait pas fait ça s'il avait été au service de son employeur précédent. Moi, je ne fais pas grand cas d'un Anglais, mais je dirais volontiers que Lord Minsterley était un gentleman et respecté par ses domestiques. Je vous l'ai dit : ils ne respectent pas du tout Mrs Haddington. Il y avait un téléphone dans l'office. Vous voulez parier qu'il a envoyé la nouvelle avant qu'on soit arrivé dans la maison ?

— Je ne sais pas du tout pourquoi vous tenez tant à me faire parier, mais enfin, passons. Ça signifie simplement que les reporters vont nous empoisonner un peu plus tôt que prévu. »

L'appartement de Mr Seaton-Carew était au troisième étage dans un immeuble pour célibataires. Un ascenseur déposa les deux policiers devant la porte, aussitôt ouverte par un domestique mince et flexible qui, s'il ne paraissait pas effrayé par leur visite, n'en était pas moins nerveux. Il leur dit qu'il avait été prévenu de la mort de son employeur et se hâta de les faire entrer au salon.

L'appartement n'était pas grand, puisqu'il ne

comprenait que deux chambres, une salle à manger, un petit salon et les « commodités » habituelles. Meublé avec un certain luxe, mais sans aucun caractère, il était abondamment fourni en accessoires de toute sorte : panneaux en glace dans la chambre et la minuscule entrée, nombreux fauteuils de cuir généreusement ornés de coussins en velours, bibliothèque pleine de classiques reliés en veau achetés avec l'appartement selon toutes les apparences, poste de radio opulent, plusieurs tableaux d'un goût assez douteux et de répugnantes adjonctions telles que lampe soutenue par une femme de bronze nue, cendrier d'albâtre surmonté d'un avion en argent, bar équipé d'un éclairage intérieur, assortiment de bouteilles ahurissantes et service de verres ornés de dessins érotiques.

« En fait, dit Hemingway, le genre de décor qui vous donne de très drôles d'idées. »

L'inspection sommaire de l'appartement ne fournit aucune indication sur la profession de Seaton-Carew. Il était étrangement impersonnel, et l'examen des relevés de compte trouvés dans un tiroir du bureau n'expliqua pas davantage une richesse évidente. Ses placements semblaient peu nombreux et tout à fait orthodoxes, mais dans la colonne « crédit », de nombreuses sommes étaient brièvement qualifiées « espèces ».

« Des combines louches, déclara le cynique Hemingway. Ou alors il escroquait peut-être simplement le fisc, ajouta-t-il charitablement. Tout ça ne nous dit absolument rien. »

Grant, qui avait regardé d'un œil noir les tableaux ornant les murs de la chambre du maître et ressenti comme un affront le sybaritisme de la salle de bains, répondit d'un ton fort austère que cela lui disait beaucoup de choses.

« Des préjugés, affirma Hemingway. L'ennui, avec vous, c'est que vous n'avez pas l'esprit large. Vous avez remarqué que tous les pédoques ont le même genre de domestique ? C'est drôle. On les repère au premier coup d'œil. On va aller faire une petite causette intime avec ce spécimen-là. »

Mais il ne tarda pas à être évident que Mr Francis Caister n'avait pas été mis dans la confidence de son maître. Tout en passant sur ses épaisses boucles une main trémulante, il confia qu'il était au service de Mr Seaton-Carew depuis dix-huit mois et que la place était très agréable, le gentleman en question prenant souvent ses repas au-dehors. Il ne pensait pas qu'il était dans les affaires. Il l'aurait plutôt vu comme un gentleman vivant de ses rentes. Questionné, il se montra assez vague au sujet des visiteurs, il y en avait tant. Il se rappelait pourtant Mr Butterwick et dit avec un petit toussotement distingué que c'était un jeune homme qui prenait les choses à cœur. Vraiment hystérique parfois, en particulier quand il trouvait un autre gentleman jeune, ou une dame chez Mr Seaton-Carew.

« Est-ce qu'il recevait beaucoup de dames ? demanda Hemingway.

— Eh bien, répondit Caister, mutin, pas vraiment ce qu'on pourrait appeler des dames. Mais, ajouta-t-il avec comme une fierté de substitution, il était reçu dans des maisons très bien.

— Il avait de la famille ? »

Caister n'en savait rien, il n'en avait jamais vu et il ne put pas davantage fournir le nom du notaire de son employeur. Des recherches dans le bureau du petit salon donnèrent peu de résultats : Seaton-Carew avait, semble-t-il, l'habitude de détruire sa correspondance et il ne possédait pas de carnet d'adresses. Mais un chéquier donna le nom et l'adresse de sa banque. Laissant à Grant le soin d'interroger le directeur de l'agence où la victime avait son compte, Hemingway s'en alla voir Mr Timothy Harte à son bureau du Dr Johnson's Building. Ce jeune homme, n'étant pas occupé au Palais ce matin-là, déclara très obligeamment qu'il serait ravi de recevoir une vieille connaissance, mais suggéra (comme il partageait une pièce de dimensions modestes avec un autre avocat en herbe) que la rencontre eût lieu chez lui. L'inspecteur principal y dirigea donc ses pas.

Il fut introduit par un domestique d'âge moyen qui présentait toutes les caractéristiques de l'Ancien Combattant, dans une pièce confortable donnant sur le jardin, imprégnée d'une odeur de tabac et de cuir, aux murs couverts de livres. La plupart des rayonnages portaient en rangs serrés de déprimants volumes voués au droit et à ses diverses manifestations, dont certains, de deuxième ou troisième main, avaient un aspect un peu fatigué. Un vieux tapis persan couvrait la plus grande partie du plancher et un grand bureau ministre était placé devant la fenêtre. Le jeune Mr Harte y était assis, fumant la pipe, vêtu de la jaquette et des pantalons rayés de sa profession, et feuilletant un dossier modestement estimé aux deux guinées inscrites sur la chemise, dossier qu'il écarta avec empressement quand Hemingway entra. « Entrez, inspecteur, bienvenue dans ma modeste thébaïde, s'exclama-t-il en se levant. Déblayez donc ce fauteuil et asseyez-vous. Excusez ce foutoir généralisé, mais c'est comme ça que je l'aime.

— Ma foi, je dois dire que je le préfère au dernier appartement de gentleman que je viens de voir, répondit Hemingway en lui serrant la main.

— Vraiment ? A qui était-il ?

— A Mr Seaton-Carew.

— Voyez-vous ça ! J'aurais pensé qu'il donnait dans le genre artiste.

— Et vous auriez eu raison, hélas, répondit Hemingway en retirant le *Times*, un roman broché, une boîte d'allumettes, deux liasses de papiers ficelés avec du bolduc rouge, et un chat noir d'un profond fauteuil avant de s'y asseoir. L'inspecteur Grant en a été tout retourné. Mais il est écossais. Moi, j'ai l'esprit plus large. Non, merci bien, si ça ne vous fait rien je vais allumer ma pipe. Je me suis dit que j'allais juste vous faire une petite visite pour parler un peu du bon vieux temps.

— ... N'ayant rien de particulier à faire ce matin, compléta Timothy. Ne vous fatiguez pas ! Qu'est-ce que je suis ? Suspect numéro un, ou bureau de renseignements ?

— Ah ! vous avez toujours été malin comme une panerée de ouistitis, n'est-ce pas ? Je pense bien que ça vous jouera des tours un de ces jours. J'ai besoin de renseignements en effet, mais d'abord, j'aimerais savoir ce que vous avez fait depuis que je vous ai vu.

— École-guerre-Cambridge-barreau, répondit Timothy avec une louable brièveté.

— Je suis heureux que vous soyez revenu sain et sauf de la guerre, en tout cas. Où avez-vous été ?

— Oh, un peu partout.

— Je veux bien le croire. Ne me dites pas que vous n'avez pas été dans les commandos parce que je ne vous croirais pas. Ça devait être exactement votre affaire. »

Timothy rit. « J'ai fini dans cette mauvaise compagnie en effet, admit-il.

— Je le savais. En fait, si j'avais trouvé un vilain méchant couteau planté quelque part dans la personne de Mr Seaton-Carew, je vous aurais arrêté illico.

— Ah, j'ai été trop malin pour vous, hein ? Bière ou whisky ?

— Un verre de bière, si vous voulez bien. Voyons, plaisanterie mise à part, vous pourriez m'aider un peu dans cette affaire-là si vous vouliez. Je peux bien vous le dire, je nage. Pas familier du tout avec ce genre de décor. Ce qu'il me faut, c'est une manière d'éclairage sur certains des *dramatis personae* pour ainsi dire. A votre bonne santé. »

Timothy répondit au toast et s'assit de l'autre côté de la cheminée. « Je ne vous promets pas de répondre, mais dites-moi ce que vous voulez savoir.

— Je voudrais d'abord savoir quel genre d'homme était ce Seaton-Carew et ce qu'il avait comme moyen d'existence.

— Pas la moindre idée, répondit Timothy. Je me le suis souvent demandé. Je croyais l'espèce disparue. En fait, je ne comprends pas comment, à notre époque, on peut vivre de ses rentes comme on disait autrefois. Pas de ressources identifiables. Une bonne adresse, bien habillé, une voiture de sport puissante, en général aux premières à Ascot, à l'Opéra, et dans nombre de maisons assez surprenantes. Les femmes avaient volontiers le béguin pour lui, les hommes très rarement. Ce qui n'inclut pas ce que nous appelons poliment les petits amis. *De mortuis nil nisi bonum.* Melchisedech ! »

Le chat, qui avait sauté sur ses genoux, fit le gros dos sous la main qui le caressait, se tourna deux fois sur lui-même et s'installa en ronronnant.

« Est-ce que vous diriez que c'était un gentleman ?

— Je dirais que c'était un rastaquouère de première classe, répondit promptement Timothy. Mais enfin, je comprends ce que vous voulez dire et je suppose que la réponse est oui. Je ne sais pas quelle école avait eu le rare privilège de l'instruire, mais à moins qu'il ait été d'une habileté tout à fait extraordinaire pour prendre des façons et des petits trucs impossibles à décrire, elle était certainement d'un bon niveau. Je ne l'ai jamais entendu parler de sa famille et je n'ai jamais rencontré personne portant le même nom. On pourrait croire qu'un homme avec un si beau nom double aurait des centaines de cousins à travers tout le pays, n'est-ce pas ? Eh bien, pas du tout. Mais enfin, il faut être équitable, il n'avait pas de préfixe militaire à son patronyme. Il m'a toujours semblé que c'était la seule chose qui manquait pour parachever le tableau. Dois-je continuer, ou ai-je été assez diffamatoire pour une première description ?

— Quelque chose me dit que vous ne l'aimiez pas, insinua Hemingway, l'œil pétillant.

— Je suppose que l'instinct se développe beaucoup dans votre métier, remarqua Timothy. Non, je ne l'aimais pas. En gros, on peut même dire que je sympathise avec son meurtrier, encore que je ne puisse pas approuver la strangulation au milieu d'un tournoi de bridge. Ça désorganise trop le jeu.

— Sans vous contrarier, je dirais que vous êtes un jeune démon à sang-froid, déclara carrément Hemingway. Bien sûr, si ça vous contrarie, je serai obligé de retirer ce que j'ai dit, mais je le penserai quand même. Ma question suivante est, disons, délicate. Qui est cette Mrs Haddington ?

— Vous en savez autant que moi, inspecteur. Veuve apparemment fortunée, entrée par effraction dans la société il y a dix-huit mois environ. Inconnue auparavant de ladite société, selon Maman. A, dit-on, beaucoup vécu à l'étranger. Raison évidente de l'effraction : une fille d'une beauté soufflante. Comment elle y est arrivée, Dieu seul le sait. Vous ne diriez pas que c'est une personnalité attirante, n'est-ce pas ?

— Certes non. Est-ce que l'argent suffirait ?

— Pour une part. Mais il ne lui donnerait pas ses entrées dans certaines des maisons où je l'ai vue. On me dit qu'elle est patronnée par Lady Nest Poulton. Elles ont l'air d'être intimes — ce qui est une autre chose étonnante. Lady Nest n'est pas vraiment très difficile dans le choix de ses relations, mais elle s'entiche en général de célébrités ou de gens très amusants, pas de veuves assommantes et d'une blancheur un peu douteuse, avec des filles ravissantes. La question argent ne l'intéresserait pas — son mari est riche à crever. Ce n'est pas non plus le genre de femme qui a la passion de lancer les débutantes, mais elle a pourtant présenté Cynthia Haddington au printemps dernier et elle a donné un bal pour elle. Tout ça est très obscur.

— Parlez-moi un peu de ces Poulton, voulez-vous ? Lady Nest par exemple — ce ne serait pas Lady Nest Ellerbeck, qui avait sa photo dans tous les journaux quand elle était jeune fille ?

— Exact, la fille de Greystoke. Train d'enfer pendant les années vingt. Un genre de Vénus de poche. Encore assez agréable à regarder, d'ailleurs, bien qu'elle doive avoir à peu près l'âge de Maman. Du genre agitée, instable, très athénienne — toujours à la recherche du nouveau, je veux dire. Poulton brasse de grosses affaires. Je le connais à peine. Il a l'air bien tranquille, et assommant à pleurer. On le voit peu aux réceptions de sa femme. Je ne veux pas dire qu'il y a quelque chose qui ne va pas ; simplement, c'est un homme d'affaires — et le plus souvent dans des avions à destination des États-Unis, du continent ou d'ailleurs pour ses sociétés.

— Et Seaton-Carew était ami de Lady Nest ?

— Oui. Sans plus. Très apprécié dans les réunions, très recherché par les hôtesses.

— Vous n'iriez pas plus loin que ça ?

— Grand Dieu, non ! Si quelqu'un vous a dit qu'elle l'appelait Dan chéri, ou Dan mon cœur, chassez toute mauvaise pensée. Elle m'appelle Timothy mon loup sans l'ombre de provocation de ma part. C'est son genre. Autre chose ?

— Le Dr Westruther ?

— Pilier de Harley Street. Le type qui appelle ses patientes chère dame et leur recommande un verre de champagne avec un sandwich au caviar tous les matins à onze heures.

— Comment diable pouvez-vous savoir ça ? s'exclama Hemingway. Ne me dites pas que c'est Lady Harte qui vous l'a raconté, parce que je me souviens très bien d'elle, et si elle s'est mise à consulter les médecins à la mode, tout ce que je peux dire, c'est qu'elle a rudement changé en treize ans.

— Oh, non ! Je tiens ça d'une tout autre source, un membre de la Vieille Garde — *pas* à la réception de Mrs Haddington. Vous verriez volontiers Westruther dans le rôle de suspect numéro un, cher inspecteur ? Quelle idée fascinante !

— Pas trop, mais selon les témoignages, c'est lui qui est monté de la bibliothèque dans le salon pour expliquer pourquoi la partie était bloquée.

— Avec un petit arrêt en chemin pour étrangler Seaton-Carew. Pourquoi ?

— Je n'en sais absolument rien, répondit Hemingway, flegmatique. Il dit qu'il ne l'avait jamais rencontré auparavant.

— Un bon point pour lui. Attendez donc ! Et sir Roddy ? C'est lui qui a découvert le corps. Voilà une piste intéressante pour vous !

— Quand vous n'arrêtiez pas de vous fourrer sous mes pieds dans l'affaire Kane, rétorqua Hemingway avec une certaine aigreur, vous me rendiez peut-être enragé, mais au moins vous preniez la chose au sérieux et pas comme une bonne blague. Je ne dis pas que vous ne m'avez pas aidé parce que, jusqu'à un certain point, c'est ce que vous avez fait, mais je vois qu'il est grand temps que je file.

— Oh, ne partez pas ! supplia Timothy, ses yeux très bleus encore avivés par la malice. Si c'est parce que vous avez entendu la sonnette de l'entrée, ne bougez pas. J'ai dit à Kempsey de répondre que j'étais sorti. Il ne peut y avoir que des livreurs pour venir à cette heure-ci, d'ailleurs. Je travaille, habituellement, figurez-vous ! »

Il se trompait. Un pas irrégulier se fit entendre, la porte s'ouvrit et Mr James Kane entra en boitant.

« Salut, Jim ! s'exclama Timothy en se levant d'un bond, à la grande fureur de Melchisedech. Alors ça, c'est une réunion ! Je te présente ton vieil ami, le brigadier Hemingway, aujourd'hui déguisé en inspecteur principal.

— Alors tu étais à cette soirée ? demanda James

Kane en jetant sur la table un numéro du journal qui avait attiré l'attention de Hemingway le matin. Sacrée petite peste ! J'ai une de ces envies de te tordre le cou ! Pour l'amour du ciel, Hemingway, bouclez-le dans un mitard de Cannon Row et ne l'en laissez pas sortir. Comment allez-vous ? Étant donné les circonstances, je ne peux pas dire que je sois ravi de vous voir ici, mais il est réconfortant de constater que vous n'avez pas vieilli d'un jour. Est-ce que mon maudit demi-frère est l'un des suspects ?

— Ma foi, je suis obligé de vous dire que oui », répliqua Hemingway en lui serrant vigoureusement la main.

CHAPITRE X

« Tu ne vas pas me dire que c'est déjà dans tous les journaux, Jim ? demanda Timothy, incrédule.

— Tous, je n'en sais rien, mais bien assez. Tu as beau ne pas être nommé, Mère devinera que tu y étais, tu peux en donner ta main à couper. »

Timothy, qui avait pris le journal et lisait les paragraphes fatals avec intérêt, répliqua : « Maman n'achète pas des torchons pareils. Si tu n'avais pas des goûts aussi vulgaires en littérature...

— Merci, c'est l'organe favori de Nanny. Je me demande comment cette créature peut savoir tout ce qu'elle sait ! " Oh, Petit-Papa, ce ne sont pas les amis d'Oncle Timothy ? J'ai pensé que vous aimeriez voir ce qu'on dit là sur eux. " Tu parles si j'aime ça ! Dis-moi tout de suite le pire et qu'on en finisse. Qui est ce Seaton-Carew, et es-tu impliqué ou pas ?

— Bien entendu, je suis impliqué ! riposta Timothy, indigné. Je n'ai pas d'alibi, je ne pouvais pas piffer le type et le brig... je veux dire l'inspecteur principal dit que je suis un animal à sang-froid ! Alors, arrête de croire que tu es le seul membre de la famille à pouvoir être suspecté de meurtre. En voilà des prétentions ! La seule chose qui empêche notre vieil ami de m'arrêter sur-le-champ, c'est ma fourberie ! J'ai utilisé de la corde à tableaux au lieu d'un couteau. Au fait, j'y pense, je dois encore avoir cette arme charmante quelque part. » Il jeta un coup d'œil autour de lui. « Je ne dis pas que je pourrais mettre la main dessus, mais...

— Non, je pense que vous ne pourriez pas, en effet », répliqua Hemingway, narquois. Il se tourna vers James Kane. « Je voudrais bien pouvoir rester à bavarder un peu avec vous, mais je ne peux pas, et d'ailleurs vous voulez sûrement parler à Mr Harte ; donc, je vais vous dire au revoir. Il n'a pas changé beaucoup ; je pense toujours à ce piège qu'il avait installé devant votre porte.

— Sale gosse ! » dit Mr Kane, souriant à ce souvenir.

Timothy escorta l'inspecteur jusqu'à la porte, puis revint pour trouver son frère en train de bourrer sa pipe. « Qu'est-ce qui t'amène à Londres, Jim ? demanda-t-il.

— Les affaires, d'abord. Et aussi ça ! » Mr Kane désigna le journal d'un coup de tête. « Tu es réellement mêlé à ça, Timothy ?

— Je ne crois pas. Mais enfin, j'étais présent. Assez sale affaire, de quelque côté qu'on la regarde ! »

Mr Kane grogna et gratta une allumette. « J'aurais pensé que nous avions eu assez de meurtres dans la famille, je dois dire.

— Sûrement. Encore que celui-ci, on ne peut pas dire qu'il soit dans la famille. »

Pressant du pouce le tabac rougeoyant dans le fourneau de sa pipe, Jim Kane lança un regard aigu à son jeune demi-frère. « Tu fais plus que d'y prendre un intérêt poli, n'est-ce pas ? demanda-t-il.

— Oui, répondit froidement Timothy. La jeune fille que j'ai l'intention d'épouser est, comme moi, parmi ceux qui auraient pu commettre le meurtre. »

Mr James Kane était toujours très occupé avec sa pipe. De petites bouffées de fumée s'en échappaient. « C'est sérieux, alors ? Mère m'en avait touché un mot.

— Est-ce qu'elle t'a dit que c'était ton devoir de venir me raisonner ? demanda Timothy en débouchant une autre bouteille de bière. Beulah ne l'a pas conquise, j'en ai bien peur. »

Jim accepta le verre de bière qui lui était offert et le posa sur la cheminée derrière lui. « Non, vraiment pas, mais ne t'imagine pas que je prends pour argent comptant tout ce que dit Mère, parce que je l'ai connue avant toi et ce n'est pas une des erreurs que je commets. Tout de même, es-tu bien sûr que tu ne fais pas une boulette, vieux frère ?

— Tout à fait sûr », répondit Timothy.

Ces simples mots rendaient fort difficile la poursuite de la conversation, mais Jim fit de son mieux. « Question très bête. Ce que je veux dire, c'est qu'il ne faudrait pas faire une chose que tu regretterais ensuite toute ta vie.

— Entendu. Je ne la ferai pas. »

Mr Kane restaura ses forces en buvant une gorgée de sa bière. « Si tu veux que je te parle en bon anglais, ne fais pas une *mésalliance*, Timothy ! Dieu sait que je ne veux pas me mêler de tes affaires, mais même en tenant compte des exagérations de Mère, ce mariage n'a pas du tout l'air d'être de ceux qui peuvent te convenir. Je pense que je suis bougrement blessant, mais je t'en prie, réfléchis bien avant de prendre une décision aussi grave. Sans même parler de ton avenir, tu devrais songer un peu à Mère et à ton père.

— Je ne crois pas que Père se tracassera beaucoup, dit Timothy. Il ne le fait jamais, tu sais bien. En réalité, j'ai toujours pensé qu'il s'intéressait plus à toi qu'à moi. Évidemment, je vois bien que Maman sera déçue. Toi tu épouses la demoiselle de compagnie de la grand-tante, et moi la secrétaire de Mrs Haddington...

— Ah, mais, permets ! s'exclama Jim. Pat était peut-être la demoiselle de compagnie de Tante Emily, mais elle est de bonne famille et elle a des flopées de parents, tous BCBG, je peux te le dire.

— C'est là où j'ai l'avantage sur toi, dit Timothy.

— Écoute, Timothy...

— Écoute, Jim ! interrompit le jeune homme. Je t'aime beaucoup, j'aime ta femme bien née, j'aime même tes moutards extrêmement épuisants. Tu es un type épatant et j'aurais souhaité que tu ne perdes pas ta jambe, mais...

— Va au diable ! lança grossièrement Jim.

— Tu m'as retiré les mots de la bouche, frère. Encore un peu de bière ?

— Toujours aussi impossible ! »

Timothy remplit les verres. « Tu me prends donc pour un abruti bien impressionnable, Jim ? Blague à part ?

— Mais non. Je t'aurais cru au contraire plutôt coriace, mais cette fois, tu as l'air d'avoir piqué une tête.

— En effet, mais si Maman t'a mis dans l'idée que je m'étais amouraché d'un croisement entre une star de cinéma et une aventurière, tu peux laisser tomber. Jusqu'à maintenant je n'ai pas réussi à obtenir de ma future qu'elle fixe le jour et, bien que j'admire son apparence, je suis parfaitement conscient qu'elle n'aurait pas une chance dans un concours de beauté.

— Ah ? fit Jim un peu désarçonné. C'est comme ça ? » Il se laissa tomber dans un fauteuil et se pencha en avant pour gratter Melchisedech sous une oreille. « Je vois.

— Je l'espérais. Tu en as pincé pour un certain nombre de ravissantes avant de faire semblablement le plongeon pour Pat, qui n'en valait aucune au point de vue physique. Alors, si tu as fini de jouer le frère aîné, on peut partir de là. Sinon, parlons du temps.

— Très bien, dit Jim. Partons de là.

— En fait, il n'y a pas grand-chose à dire, murmura Timothy, méditatif. Je peux tout de même te rassurer sur un point. Malgré des manières souvent atroces, c'est indiscutablement une dame, une vraie. Pour ce qui est de ses origines, je sais seulement que sa mère était italienne et son père anglais. Un artiste. Comme je n'ai jamais entendu parler de lui et qu'il a laissé sa fille sans un sou, j'en déduis que c'était un très médiocre artiste. Mais comme il semble avoir fait vivre une femme et un enfant dans un confort modeste, j'en déduis aussi qu'il devait avoir des moyens personnels — peut-être une rente servie par sa famille et qui s'est éteinte avec lui. Je sais que quand sa mère est morte, Beulah a été recueillie par un oncle et une tante du côté paternel. Pour une raison qu'elle ne m'a pas dite, elle a rompu avec eux et depuis elle gagne sa vie.

— Elle ne t'a pas dit pourquoi elle avait rompu avec eux ?

— Non. » Timothy repoussa les bûches d'un pied et regarda les flammes bondir. Puis il se tourna vers son demi-frère. « Tu vois que je suis très franc avec toi.

— Oui, bon. Continue.

— Ça m'est très désagréable, mais je vois assez bien ce que Maman a pu te dire et il vaut mieux que tu aies le tableau exact de la situation. A un moment où à un autre, Beulah a pris un coup. Je ne sais pas ce qui s'est passé, mais ça l'a durcie. Elle a une peur panique de quelque chose et elle essaie de se réfugier derrière une carapace d'agressivité. Maman a l'air de s'y être laissé prendre. Elle t'a dit que Beulah était une aventurière, n'est-ce pas ?

— Oh, elle n'a pas dit vraiment...

— Suffit ! Nous la connaissons tous les deux. Si Beulah cherche à mettre le grappin sur moi et mon argent et mon futur titre, elle s'y prend d'une façon vraiment curieuse. Elle sait sacrément bien que je me procurerais une dispense spéciale pour l'épouser demain si elle y consentait. Tout ce qu'elle fait, c'est essayer de me décourager.

— Pourquoi ? Tu as une idée ? »

Timothy haussa les épaules. « Oh, le même baratin que celui que tu m'as servi. Nouveau style d'aventurières.

— Tu n'as pas besoin de revenir continuellement là-dessus. Ce n'est à coup sûr pas une aventurière. Je ne l'ai jamais pensé et d'ailleurs, tu es bien loin d'avoir le calibre voulu pour tenter une aventurière. Mais ce que je crois, Timothy, si fort que cela puisse te déplaire, c'est qu'elle ne paraît pas être la jeune personne que ta tendre famille souhaiterait te voir épouser.

— Ma tendre famille...

— Oui, je sais ! Nous pouvons tous aller au diable. Air connu. Écoute, tu as été parfaitement franc avec moi et je serai également franc avec toi. Je n'aime pas ce passé voilé de nuages épais. Sans vouloir te refiler un tas de baratin sur l'amour et la confiance, je te conseille fortement de ne pas te jeter dans le mariage avec quelqu'un qui te dissimule son passé et sa famille. »

Timothy resta un instant silencieux, puis dit brusquement : « Je voudrais que tu la rencontres. Tu rentres chez toi ce soir, ou tu restes à Londres ?

— J'ai une chambre au club. Alors, est-il vraisemblable, hein, que je reparte au triple galop en te laissant au milieu de l'imbroglio dans lequel tu t'es empêtré ? »

Un sourire extraordinairement affectueux lui fut octroyé. « Grand idiot, qu'est-ce que tu crois donc pouvoir faire ? demanda Timothy.

— Je peux opérer une descente dans le Berkshire et empêcher Mère de prendre le premier train pour Londres.

— Si jamais j'ai parlé de toi en termes outrageants, je les retire, déclara Timothy. Jim, tu es un roc dans la tempête.

— Écrase ! dit son demi-frère avec une rare ingratitude. Quand tu as dit que ta Beulah était impliquée dans le meurtre, tu étais sérieux ?

— Elle connaissait Seaton-Carew, elle le détestait, elle a eu la possibilité de le tuer. Dans cette mesure, elle est impliquée, comme plusieurs autres, y compris moi.

— Est-ce qu'elle aurait pu le faire ? Je ne dis pas qu'elle l'a fait. J'accepte ce que tu m'as dit, mais est-ce qu'une femme en était capable ?

— Et comment ! Je connais une ou deux façons très propres de crounir un bonhomme, mais je crois que celle-là est la plus performante. J'ai vu le corps et j'ai vu comment le tour avait été joué. Aucune force n'est nécessaire. Tends-moi ton bras. Je vais te montrer. Tout ce qu'il me faut, c'est un mouchoir, et... et... cette règle fera l'affaire, pour la démonstration. » Il entoura le poignet de Jim avec le mouchoir plié, inséra la règle au bon endroit et tourna.

« Aïe ! » s'exclama Jim.

Timothy desserra le tourniquet. « Excuse-moi ! Il ne faudrait pas longtemps si tu avais ça autour du cou, hein ? Dans la réalité, c'est de la corde à tableaux qui a été employée, achetée dans la journée par Beulah, selon les instructions de Mrs Haddington, puis laissée sur une étagère dans les toilettes. Pas de secret dans tout ça — un fait que notre vieil ami n'a pas laissé passer, j'en suis convaincu. Il a l'air intelligent.

— Hemingway ? Tu as des raisons de croire qu'il soupçonne Beulah ?

— Pas sûr. Il est venu ici pour se documenter sur ce qu'il appelle les *dramatis personae*. Il est remarquable qu'il ne m'ait posé aucune question sur elle. Peut-être parce qu'il avait deviné que je n'étais pas un témoin désintéressé, ou peut-être parce que ton arrivée l'a interrompu. Si Beulah l'a régalé de sa brillante imitation de l'huître, ce qui est, hélas, bien probable, j'imagine qu'il est hérissé de suspicions. Je voulais à toute force assister à cet entretien, juste pour l'empêcher de se comporter comme la petite bécasse qu'elle est, mais elle a refusé. Je ne sais donc pas au juste ce qui s'est passé. Quand tout a été fini, je l'ai emmenée chez elle en auto, mais elle n'a pas été communicative et je ne l'ai pas pressée. Je vais passer à Charles Street cet après-midi, sous prétexte de faire un genre de visite de condoléances. Si je peux, j'inviterai Beulah à dîner avec moi ce soir. Un endroit tranquille — Armand. Tu viendras nous y rejoindre, Jim. Vers huit heures, costume de ville. De toute façon, je serai là.

— Entendu. » Jim s'extirpa péniblement de son fauteuil. « J'ai un déjeuner d'affaires avec un type au

Savoy, mais je ne crois pas que j'en aurai pour longtemps. Si je peux m'échapper à une heure convenable, je ferai un saut à Chamfreys dans l'après-midi, j'administrerai une forte dose de tranquillisant à Mère et je reviendrai ici.

— Ce que je t'empoisonne l'existence ! s'exclama Timothy, plein de remords.

— Tu peux le dire, et ça a toujours été comme ça. Je suis groggy, annonça Mr Kane. Je vais dire à Mère que je veux voir Beulah moi-même, ça la retiendra un peu. Mais elle voudra savoir ce que j'en pense, alors amène-la ce soir. Elle paraît assez inquiétante, quoique mieux que la blonde, si on peut se fier à la description de Mère.

— Grand Dieu ! Elle avait paniqué au sujet de Cynthia Haddington ? Quel numéro, tout de même ! Le plus anodin des flirts ! D'ailleurs, la demoiselle n'a même pas voulu me regarder. Elle chasse du plus gros gibier. »

Cette conviction optimiste était destinée à être ébranlée. En se présentant à Charles Street cet après-midi-là, à une heure où il estimait que Mrs Haddington se reposerait encore, Timothy fut conduit par Thrimby dans le salon, où il trouva Cynthia pelotonnée dans un fauteuil à côté du feu, une litière de revues à ses pieds et une expression de profond mécontentement sur son joli visage. A la vue de Timothy, elle bondit et se jeta sur sa poitrine avec un abandon gênant.

« Oh, Timothy, grâce à *Dieu,* vous voilà ! » s'écria-t-elle, et elle éclata en sanglots.

Le jeune Mr Harte blêmit, mais garda la tête froide. Un traitement énergique semblait indiqué et il l'appliqua. « Eh bien, n'en faites donc pas une histoire pareille ! Remettez-vous, Cynthia, je vous en prie !

— Ça a été si *affreux !* sanglota la demoiselle sans lui tenir rigueur de cette réaction cavalière.

— J'en suis persuadé, répondit Timothy en détachant le bras qui lui enserrait le cou. Mais il ne faut pas pleurer, vous aurez le nez rouge. Asseyez-vous et dites-moi ce qui s'est passé depuis hier soir.

— *Rien !* gémit-elle. C'est ce qui est absolument *épouvantable !* Tout est *horrible* et Maman n'a pas voulu me laisser aller à la réunion chez Meg, et elle dit qu'il faut que je mette cette *infecte* robe noire qui me fait ressembler à une sorcière, et Tante Violet est ici, et je ne peux trouver mon poudrier *nulle part*, et je n'ai rien à faire, et cette sale radio n'a que des services chantés et des programmes éducatifs, et je voudrais être *morte !* Et en plus de tout ça, je suis *totalement* bouleversée par la mort de Dan, mais personne ne comprend, personne ne s'en soucie ! *Lui*, il n'aurait pas voulu que je ne sorte plus ! Ça n'est pas comme s'il avait été un parent. Maman devrait *vouloir* que je sorte pour me changer les idées ! »

Elle traîna alors son visiteur réticent par la main jusqu'au divan, le tira pour l'obliger à s'asseoir et sanglota bruyamment sur son épaule. Impossible de découvrir quel était l'article du catalogue de désastres récité de façon si attendrissante qui l'affectait le plus. Timothy n'essaya même pas, jugeant plus urgent d'apaiser sa détresse. Mais elle se cramponnait au revers de son veston, ce qui le gênait affreusement, car il se doutait que cette pièce de son habillement n'allait pas tarder à être imprégnée de poudre odorante et résolut sur-le-champ de la confier à un service de nettoyage express. La jeune éplorée, elle, disait que si elle devait porter du noir jusqu'après les obsèques, sa mère aurait pu lui acheter des robes neuves au lieu d'en faire transformer deux à elle par cette vieille bique de Miss Spennymoor ; même Tante Violet, qu'elle détestait, trouvait que c'était ridicule de porter le deuil pour quelqu'un qui n'était pas de la famille ; selon toute probabilité, c'était la dégoûtante femme de chambre de sa mère qui lui avait volé son poudrier favori ; enfin, Timothy fut prié de confirmer qu'elle était *trop* sensible et bouleversée par la moindre petite chose. Faisait-elle entrer l'assassinat d'un vieil ami dans cette catégorie ? Timothy ne prit pas la peine de s'en enquérir, l'assura que personne ne pouvait douter de sa sensibilité et tenta de l'inciter à s'asseoir. Elle lui dit : « Oh, Timothy, que vous êtes *chou !* Je vous aime tant ! Je croyais que j'allais devenir folle avant que vous arriviez et maintenant, je me sens toute différente. »

Mr Harte crut bien sentir ses cheveux se hérisser sur son crâne. Sa raison lui disait qu'il serait ridicule de donner une importance quelconque à ce discours sans apprêt, mais son instinct de mâle lui enjoignait de fuir un endroit aussi dangereux. Jamais il ne fut plus heureux d'être interrompu au milieu d'un passage de tendresse : la porte s'ouvrit pour laisser entrer Mrs Haddington avec sa sœur et, comme Cynthia desserra son étreinte sur le veston pour voir qui entrait dans la pièce, il parvint à se libérer de ses entraves et à se lever.

Il était évident que les deux dames avaient eu amplement le temps d'observer cette scène touchante, et tout aussi évident qu'elles considéraient Timothy d'un œil favorable. Mrs Haddington, enrobée dans des nuages de mousseline noire, sourit et lui tendit la main en disant : « Comme c'est gentil à vous d'être venu, mon cher Timothy ! Personne n'aurait pu faire plus de bien à ma pauvre petite fille. Cette enfant est terriblement bouleversée. Dan était comme un oncle pour elle.

— Maman, pas du tout ! protesta véhémentement Cynthia.

— Quelle bêtise ! Bien sûr que si, et s'il ne l'était pas il aurait dû l'être, dit sèchement Miss Pickhill. Ainsi, vous êtes Mr Harte ? J'ai beaucoup entendu parler de vous et je suis très heureuse de vous connaître, très ! Mon Dieu, mon enfant, essuie-toi le visage ! Cette dégoûtante mixture que tu te mets sur les cils a fait des traînées noires sur tes joues. Je me demande bien jusqu'où iront les jeunes filles d'aujourd'hui ! Tu devrais avoir honte, Lily, de l'encourager à gâter le visage que le Tout-Puissant lui a donné !

— Vous ne *comprenez* pas ! s'exclama Cynthia.

— J'en suis bien persuadée, et je n'y tiens pas du tout ! déclara sa tante, la sécheresse du ton tempérée par une lueur d'indulgence dans les yeux, tandis qu'ils s'attardaient sur le visage ravissant mais éploré devant elle. Tout ce que je comprends, c'est que vous voilà plongées dans un scandale honteux, comme j'ai toujours su que cela vous arriverait. Quels que soient mes sentiments personnels, je tiens les liens familiaux pour sacrés ; j'ai envoyé un message au cher Mr Broseley pour m'excuser et je suis venue tout droit à Londres au lieu d'assister à la réunion. Je me dis parfois que mon pauvre père doit se retourner dans sa tombe ! »

« Lord Guisborough ! annonça Thrimby sur le seuil, jouant les Providences.

— Lance ! hurla Cynthia en se ruant sur lui au profond soulagement de Mr Harte. Quel *ange !*

— Cynthia, ma chérie », dit Mrs Haddington, le sourire encore plus machinal qu'à l'ordinaire.

Miss Pickhill saisit le pince-nez pendu à une sorte de

bouton fixé sur sa maigre poitrine, tira une longue chaîne d'or et fixa les verres à la racine de son nez. « Ah ! dit-elle d'un ton décourageant. Voilà le jeune homme dont j'ai tant entendu parler ? Eh bien ! »

Personne n'aurait pu supposer qu'elle approuvait le noble lord, mais heureusement pour sa vanité, il était si transporté par le comportement flatteur de la plus jolie fille de la capitale qu'il remarqua à peine Miss Pickhill. Et la rapide récapitulation des doléances de Cynthia n'entama en rien non plus l'admiration éperdue qu'il lui vouait. Il lui affirma — nul ne sut jamais sur quoi il se basait — qu'en Russie le deuil était complètement dépassé, ces conventions ineptes appartenant à une bourgeoisie exténuée, sur quoi il se lança dans un discours confus mais véhément dont l'essentiel semblait être que la seule ligne de conduite convenable pour Cynthia, eu égard au destin hideux qui avait frappé son vieil ami, était de se plonger sans délai dans toutes les réjouissances que Londres pouvait offrir, de préférence en compagnie de Lord Guisborough.

« Jeune homme, déclara Miss Pickhill, vous dites des âneries et qui plus est des âneries choquantes ! C'est une chose de se précipiter dans un deuil exagéré et tout autre chose de courir la prétentaine à travers Londres avant même que ce pauvre homme soit enterré. »

Aucune de ses idées avancées n'avait jamais réussi à étouffer tout à fait en Lord Guisborough un respect inné pour les conventions de cette bourgeoisie dans laquelle il avait été élevé. Il hésita, puis dit : « Je pensais que vous pourriez venir dîner tranquillement avec Trixie et moi à l'atelier, Cynthia. Juste nous trois.

— Oh, non, Lance chéri, *non !* supplia Cynthia. J'adore Trixie bien sûr, mais elle est tellement pompante et cramponnante et ça n'est pas la peine qu'elle me dise que j'adorerais vivre en Russie, et me faire appeler camarade par des gens horribles que je ne veux même pas connaître et commander et envoyer dans toutes les directions sans avoir plus d'argent que les autres, parce que je sais que *j'abominerais ça!* Et en particulier ce soir, je ne pourrais pas le supporter.

— Mais ça n'est pas du tout comme ça ! lui assura Guisborough. Vous avez une idée complètement fausse de l'État communiste, due aux préjugés et aux...

— Je ne vois pas du tout pourquoi mon idée serait plus fausse que la vôtre, riposta Cynthia. Vous ne pouvez rien savoir du tout puisque vous n'y êtes jamais allé, et d'ailleurs, je trouve que c'est *trop* assommant et mortel de faire des discours interminables sur un sale pays étranger probablement bien moins agréable que l'Angleterre, si seulement vous le connaissiez.

— Bien moins agréable que l'Angleterre ? » Guisborough était assommé.

« Parfaitement ! Je suppose que les Russes s'en arrangent, mais je ne vois pas et je ne verrai *jamais* pourquoi des gens comme vous et Trixie, vous vous croyez obligés de prendre cet air d'extase chaque fois que quelqu'un nomme seulement la Russie. On croirait que vous bêlez Saint, Saint, Saint, exactement comme si vous vous étiez décidés pour Dieu ! Les gens vont croire que vous êtes russes si vous ne faites pas attention. Vraiment *trop*, Lance chéri ! »

Les yeux du jeune prosélyte lancèrent des éclairs et il devint très pâle. De toute évidence, sa passion à l'égard de Cynthia n'était pas assez forte pour l'inciter à avaler de tels blasphèmes sans protester. Avant qu'il ait pu exprimer les mots qui tremblaient sur ses lèvres, Timothy intervint pour prendre congé de son hôtesse. Mrs Haddington le gratifia de son plus gracieux sourire, indiquant d'une manière subtile qu'elle comprenait parfaitement qu'il était chassé par la présence de Lord Guisborough. Elle garda la main du jeune homme serrée entre les siennes pendant un instant lourd de non-dit, puis murmura : « Vous savez que vous serez toujours le bienvenu ici. Peut-être dans un jour ou deux, juste une petite réunion *intime*, tout à fait sans façons. »

Il parvint à enfiler quelques formules polies et sans aucune signification pour éviter de répondre carrément, pria Mrs Haddington de ne pas sonner le maître d'hôtel et s'échappa, assez comme un cerf qui est parvenu à mettre les chiens en défaut pendant un court instant.

Il descendit l'escalier quatre à quatre, se demandant où il allait trouver Beulah. Le cliquetis d'une machine à écrire le conduisit à la bibliothèque. Il entra, referma tout doucement la porte et lança gaiement : « Salut ma choute ! Comment ça va, aujourd'hui ?

— Timothy ! s'exclama-t-elle. Qu'est-ce que vous faites ici ? Mrs Haddington le sait ?

— Que je suis ici, non, et j'espère qu'elle ne me débusquera pas, répondit-il en se penchant pour laisser tomber un baiser sur la tête de la jeune fille. Vous avez l'air trop mignonne ! Qu'est-ce que vous tapez ?

— Une lettre grossière à une modiste.

— En somme, on s'amuse. Écoutez, mon cœur, est-ce que vous allez être retenue ici jusqu'à point d'heure, ou est-ce que vous pourriez dîner avec moi ?

— Non, je ne pense pas, mais... oh ! il vaut mieux pas.

— Eh bien moi, j'en suis pour la becquetance en amoureux. »

Elle sourit faiblement : « Ne soyez pas si vulgaire. Timothy, je ne sais pas que faire. Tout va de travers.

— Ne vous inquiétez pas, mon amour. On démêlera ça chez Armand, dit-il, encourageant. Je peux néanmoins vous prévenir tout de suite que vous allez être obligée de m'épouser pour me sauver des griffes du clan Haddington. Cette infernale gamine vient de pleurnicher partout sur mon veston, cependant que la vieille sorcière me faisait des avances par procuration, mais facilement reconnaissables. Qu'est-ce qu'elles peuvent bien trouver à ce garçon, je me le demande ? Voyons, huit heures, ça vous convient ? »

Elle restait là, silencieuse, les yeux fixés sur son clavier. Il lui chatouilla la nuque d'un doigt : « Eh bien ? »

Soudain, elle pivota sur son siège, le visage frémissant, et lui lança un bras autour du cou. « Oui ! D'accord, dit-elle d'une voix saccadée. Ça m'est égal ! Je *vais* vous épouser. »

Une vigoureuse étreinte faillit lui couper le souffle. « Parfait ! Du champagne pour tout le monde. Jim paiera. Oh ! je ne vous ai pas dit, je crois. Mon frère est à Londres et il veut vous voir. Je lui ai dit de pousser jusque chez Armand. »

Elle se dégagea : « Il est venu pour vous empêcher de m'épouser ?

— Non, ma chère enfant, pas du tout. Laissez donc reposer vos piquants de porc-épic. C'est un très chic type et si vous êtes bien polie avec lui, il nous donnera très probablement sa bénédiction. Maintenant, je crois qu'il vaut mieux que je file, au cas où je serais découvert en train de mugueter avec vous. Plus de visites de la police ?

— Pas encore.

— Enfin, si vous en avez, soyez polie avec Hemingway aussi. Encore un très chic type — et bien loin d'être bête. »

Quelques heures plus tard, Mr James Kane appelait son frère. « C'est toi, Timothy ? Eh bien, me voilà revenu et ça n'a pas trop mal marché, dans l'ensemble.

— Tu es formidable ! Comment étaient-ils ?

— Assez bien. Mère avait l'air en bonne forme, mais ton père avait une de ses bronchites. Je vais voir Beulah ?

— Oui, et tu la verras comme fiancée de ton frère.

— Ah, vraiment ? J'avais prévenu Mère que c'était dans le domaine des possibilités.

— Qu'est-ce que tu lui as dit ?

— Une grande partie de ce que tu m'avais dit.

— *Quoi ?*

— Pas de panique. Tu devrais commencer à la connaître. Tu n'as qu'à lui montrer un chien boiteux et elle se précipite pour l'aider à traverser. Je ne dis pas qu'elle soit en faveur de ce mariage, note bien, mais elle consent à attendre et à voir ce que je pense de Beulah ; elle est même allée jusqu'à dire que si mon rapport était favorable, elle aimerait que la demoiselle vienne passer un week-end à Chamfreys pour qu'elle puisse essayer de la connaître.

— Jim, c'est génial ! Non, vraiment, je te suis terriblement reconnaissant. Tu ne paieras *pas* le champagne, ce soir. Ce sera moi. »

Grâce surtout à l'aisance de Mr James Kane et à l'art qu'avait son jeune demi-frère pour animer une conversation, le dîner fut un succès... mitigé. Beulah, mal à l'aise, parla peu, mais elle était en beauté et, si elle se montra très distante avec Jim, au moins ne le traita-t-elle pas avec hostilité. Il l'étudia sans en avoir l'air et nota divers points en sa faveur. Personnellement, il préférait les blondes, mais il se rendait bien compte qu'elle était distinguée. Il aimait la façon dont ses cheveux dessinaient un triangle sur son front, les mains fines et la nuque gracile. Au repos, le visage avait une expression presque renfrognée, mais quand elle souriait, elle était transfigurée. Il se dit que c'était probablement ce sourire qui avait captivé Timothy. Il était rare, mais quand il éclairait le visage, les yeux sombres étincelaient et la faisaient paraître des années plus jeune. Elle avait aussi une voix bien modulée et ne cultivait pas le nasillement suraigu si lamentablement recherché par ses contemporains. Mais les savoir-faire mondains lui manquaient singulièrement ; elle ne faisait aucun effort pour entretenir la conversation et répondait souvent avec une inutile brusquerie. En bref, pas du tout le genre de jeune fille que Mr Kane aurait jugé capable d'attirer son sémillant demi-frère, et, plus d'une fois pendant le repas, il se demanda ce qui lui avait pris de donner son cœur à une personne aussi froide et aussi abrupte. Puis il la vit lever les yeux, rencontrer ceux de Timothy en face d'elle, et il en fut saisi. Impossible de se tromper sur la signification de ce regard brûlant : elle était éperdument amoureuse du jeune homme.

Le café et les liqueurs sur la table, Timothy aperçut un groupe d'amis à l'autre extrémité de la salle et, répondant à des signes de la main qu'ils lui adressaient, alla échanger quelques mots avec eux. Beulah regarda Jim bien en face et lui dit : « Désolée. Je n'ai pas de réserves de banalités. Vous ne voulez pas que je l'épouse, n'est-ce pas ? »

Cette question déconcertante le laissa un instant sans

voix, puis il rit et dit : « Qu'est-ce que je suis supposé répondre à ça ?

— Vous avez répondu. J'ai beaucoup déplu à votre mère.

— Si vous lui avez lancé ce genre de question à bout portant, vous ne pouvez pas vous en étonner, n'est-ce pas ?

— Je ne m'en suis pas étonnée non plus. Je ne la blâme pas. Ni vous. Seulement, je vais l'épouser. Au début, j'ai dit que je ne le ferais pas. Vous devez croire, je pense, que je suis une intrigante de bas étage, mais j'ai essayé de le repousser, vraiment. Seulement — eh bien, je n'ai pas pu. Je regrette de ne pas pouvoir exhiber des tas de parents distingués. Ma mère était d'origine très modeste et je crois que ma famille italienne ne vous plairait pas non plus. Celle de mon père a estimé qu'il faisait un mariage très désassorti et je pense que c'était vrai, en ce qui concerne la naissance. Ses parents, qui étaient persuadés qu'il avait déshonoré leur nom, ont été enchantés qu'il aille vivre en Italie. J'ai vécu avec deux spécimens de cette famille pendant dix-huit mois, jusqu'au jour où j'ai décidé que j'aimais mieux mourir de faim que rester là un jour de plus. Je dois ajouter que l'antipathie était bien réciproque et que j'ai l'intention de ne jamais les revoir. Voilà ! Maintenant vous savez.

— D'une manière ou d'une autre, vous semblez avoir eu une vie assez difficile », dit Jim calmement.

Elle le regarda avec, dans les yeux, quelque chose qui le toucha. « Oui, c'est vrai. Mais maintenant, on croirait qu'on m'offre la possibilité d'avoir quelque chose que je désire beaucoup. Plus... plus que je ne peux vous dire. Je ne vais pas y renoncer. Si je dois me battre pour l'épouser, je me battrai. Je tiens à vous prévenir loyalement.

— Inutile de vous préparer à livrer bataille contre moi. Je ne suis pas le gardien de Timothy. En fait, vous n'aurez à vous battre contre personne. Ma mère ne sera pas enchantée du mariage, mais si vous vous aimez vraiment, tous les deux, elle ne s'y opposera pas. Vous n'avez rien à craindre de ce côté-là.

— Je n'ai pas peur, dit-elle très vite.

— Non ? Vous permettez que je vous donne un petit conseil ?

— Qu'est-ce que c'est ?

— S'il y a quelque chose qui vous concerne, vous ou votre famille, et que Timothy doit savoir, dites-le-lui maintenant. N'attendez pas qu'il le découvre après le mariage. D'une part, ça fait faux-jeton et, d'autre part, un cabinet de Barbe-Bleue au foyer n'est pas précisément un gage de bonheur. Désolé si je vous froisse, mais j'ai beaucoup d'affection pour Timothy et je serais catastrophé de le voir encaisser un coup dur. Il m'a l'air de vous faire aveuglément confiance, alors que vous, vous ne lui faites pas confiance du tout. C'est direct et sans ménagements, mais vous l'avez cherché, n'est-ce pas ? »

Elle rougit et ses lèvres tremblèrent. « Oui, je l'ai cherché. Je ne peux pas expliquer, seulement... s'il n'y avait pas une *vraie* raison pour m'empêcher de l'épouser... »

Il fronça les sourcils, un peu interloqué. « Je crois que je ne vous saisis pas bien. Il y a une raison quelconque ?

— Non, mais personne ne le croirait. Personne ne *pourrait* le croire.

— Voilà qui paraît bien sinistre. Voyez si Timothy le croira.

— Non, non, il ne *pourrait* pas.

— Alors, dans ce cas-là, le mariage serait hors de question, non ? » dit Jim calmement.

CHAPITRE XI

Tandis que le jeune Mr Harte poursuivait ses projets matrimoniaux, et que diverses personnes intéressées se demandaient avec inquiétude pourquoi l'inspecteur principal ne s'était pas de nouveau abattu sur elles, Hemingway n'avait pas perdu son temps. Après la visite remarquablement stérile de Grant à la banque de Seaton-Carew, les deux hommes s'étaient rendus dans la somptueuse demeure de Mr Godfrey Poulton, Belgrave Square. Admis par un maître d'hôtel majestueux qui les considéra avec une évidente aversion, ils furent introduits dans un petit salon sur l'arrière de la maison, un peu avant l'heure du déjeuner, et laissés là à faire le pied de grue pendant que le majordome allait s'enquérir du bon plaisir de sa maîtresse. Quand il reparut, en proie, selon l'impression d'Hemingway, à un violent accès de nausée, il dut faire effort pour prononcer ces mots dégradants : « Madame va vous recevoir. Veuillez me suivre, je vous prie.

— Vous allez tolérer ça, chef ? marmonna Grant touché au vif.

— Ça ne fait rien Sandy, dit Hemingway consolant.

Vous vous y habituerez. Pas la peine de croire qu'on peut entrer de force dans ces crèches-là. La police n'est pas invitée aux réceptions. Venez gentiment, ou le pauvre type va avoir une attaque. »

Le maître d'hôtel se gonfla visiblement d'indignation, mais son visage resta de marbre. « Veuillez me suivre, messieurs ! » dit-il.

Il les précéda majestueusement dans un large escalier menant au salon, puis s'arrêta pour leur demander leur nom. Il ne parut pas les trouver à son goût, mais annonça néanmoins méticuleusement : « Inspecteur principal Hemingway et Inspecteur Grant. »

Les deux policiers s'arrêtèrent sur le seuil et la porte se referma derrière eux.

« Bonjour, dit Lady Nest, assise dans un fauteuil près du feu. Asseyez-vous donc. »

La pièce, imprégnée de l'odeur de tabac égyptien et des roses de serre qui garnissaient plusieurs vases disposés sur les diverses tables et commodes, était meublée avec un mélange de bon goût insouciant et de vulgarité évanescente. Clouée au mur au-dessus d'un superbe spécimen d'ébénisterie du XVIIe siècle, la tête en plâtre colorié d'une femme aux yeux obliques était évidemment le produit d'une imagination malade ; à côté d'un charmant Wedgwood, une coupe en barbotine criarde était pleine de pot-pourri ; un portrait qui ressemblait à s'y méprendre à des morceaux de puzzle avant l'assemblage jouxtait une aquarelle de Girin ; et d'énormes photographies de spectres vus à travers le brouillard couvraient en rangs serrés plusieurs tables volantes. Pendant que son supérieur traversait le tapis d'Aubusson jonché de fleurs pour atteindre la cheminée, Grant se retira discrètement vers une chaise à côté de l'une de ces tables et se mit à examiner, mine de rien, les portraits qui s'y trouvaient. La tête d'un bel homme aux dents superbes découvertes par un sourire éblouissant retint son attention. Elle avait peu de ressemblance avec le visage convulsé que l'inspecteur avait vu dans le boudoir de Mrs Haddington, mais une inscription en grosses lettres fringantes barrait l'un des angles : « Toujours à vous, Seaton-Carew. »

Pendant ce temps, Hemingway s'était assis en face de Lady Nest et lui présentait les excuses d'usage pour le dérangement.

« Oh, du tout ! Ça ne me gêne pas ! dit la dame. C'est au sujet du pauvre Dan Seaton-Carew, n'est-ce pas ? Vous croyez que je peux vous aider ? Je le ferai certainement si c'est en mon pouvoir, mais je ne vois pas bien comment.

— Nous sommes obligés de tout vérifier, vous comprenez, Lady Nest, expliqua Hemingway. Je crois savoir que vous connaissiez très bien Mr Seaton-Carew ? »

Elle donna une pichenette à quelques parcelles de cendre de cigarette tombée sur sa robe noire d'une exquise simplicité ; ses belles mains, qu'on eût dit presque friables tant elles étaient fines, ne restaient jamais en repos. Hemingway se dit qu'il avait rarement vu une personne aussi agitée. Elle lui faisait penser à un papillon à la fin de la saison, les ailes un peu déchiquetées, mais qui voletait toujours de-ci de-là, sans but. « Oh, oui, très bien, répondit-elle.

— Vous pourriez peut-être me parler un peu de lui, suggéra Hemingway, me dire quelle était sa profession, par exemple, ou s'il était dans les affaires. »

Elle parut saisie. « Oh ! oh non, je ne crois pas ! Je veux dire, en réalité, je n'en ai aucune idée. Je suppose que c'était un genre de financier, ça ne m'intéressait pas. Je ne lui ai jamais demandé.

— Depuis combien de temps le connaissiez-vous, Lady Nest ?

— Je ne sais pas — un certain temps maintenant. Je n'ai aucune mémoire pour les dates. Je suis désolée.

— Est-ce que ce serait une question de mois ou d'années ? »

Elle eut un petit rire léger. « Comme vous êtes persistant ! Est-ce que tout ce que je dis sera noté et invoqué à titre de preuve ? Je serai sûrement arrêtée pour parjure, ou quelque chose d'épouvantable. On disait toujours de moi que je finirais sur le gibet. Il y a si longtemps ! Vous ne le croiriez pas — du moins je l'espère —, mais j'ai plus de cinquante ans. Si déprimant ! La seule chose à faire, c'est de ne pas le cacher. Ça vieillit terriblement de prétendre être plus jeune qu'on ne l'est. »

L'inspecteur principal était venu procéder à cet interrogatoire plus par routine que dans l'espoir de recueillir des renseignements de valeur, mais ce discours l'alerta aussitôt. Non seulement il sonnait faux, mais d'après l'expérience qu'il en avait, les dames appartenant à la classe de Lady Nest ne parlaient pas sur ce ton aux officiers de police. Après avoir jeté le reste de la précédente dans le feu, elle était déjà en train de glisser une autre cigarette dans un petit bijou endiamanté. Elle avait déplacé deux fois les coussins dans son dos, et croisé puis décroisé trois fois ses jambes gainées de nylon ; son visage se crispait par instants et ses mains n'étaient jamais en repos : l'une faisait tomber la cendre de la cigarette, l'autre pressait les boucles légères massées au-dessus des oreilles, ou tripotait le rang de perles autour du cou, ou pinçait un pli de la jupe.

« Eh bien, en fait, je savais que vous deviez avoir plus de cinquante ans, Lady Nest, parce que je regardais vos photos dans toutes les revues à la mode, déclara Hemingway, se payant d'audace.

— Vraiment ? Que c'est gentil ! Elle était follement amusante, cette époque-là ! Une fois, j'avais posé pour une crème de beauté, ce qui avait affolé ma famille, pauvres choux ! On m'avait donné une somme pharamineuse, mais bien entendu, je n'aurais pas voulu en mettre sur mes *pieds*.

— Je suis sûr que toutes les dames ont acheté la crème, affirma Hemingway. Vous m'avez dit que vous connaissiez Mr Seaton-Carew depuis des années, je crois ?

— Non, je n'ai rien dit et vous le savez bien. Est-ce qu'il faut *vraiment* que je sois précise ? Je ne crois pas que je pourrai. Je ne l'ai jamais été. Les gens précis sont si rasoirs et, voyons, que je réfléchisse, est-ce que c'était *mercredi* ou *mardi* ? Comme si ça avait une importance quelconque ! Des années. Oh, mon Dieu ? Combien ? Je ne sais pas. Trois, peut-être. Ou même davantage. Pas un ami intime, bien sûr, un charme dévastateur, mais juste un petit, petit brin pas tout à fait ça, dirais-je.

— Connaissiez-vous sa famille ?

— Juste ciel, non ? Il en avait une ? Je suppose qu'elle devait être tout à fait impossible. Il n'en parlait jamais. Ou du moins pas à moi. Pourquoi ne pas demander à Mrs Haddington ? Elle le connaissait tellement mieux que moi.

— Oui, je crois savoir que c'étaient de très vieux amis.

— Oh, un peu plus que ça, je crois. N'ayez pas l'air si choqué. Je vous ai dit qu'il était très séduisant, mais bien entendu, pas du tout du genre à se marier. Je ne blâme absolument pas Lilias. A sa place, j'aurais peut-être fait la même chose. Mais c'est l'ennui avec ce genre d'alliance. Un enchantement pendant qu'elle dure, seulement, en général, elle ne survit pas à la première ride. Et puis, quelle idée d'avoir une fille d'une beauté ravageuse ! Je suis si heureuse de ne pas avoir eu d'enfants ! Si ma fille m'avait pris un amant, je n'y aurais pas survécu. Aucune femme ne le pourrait. On est ridicule, tout simplement. J'admire éperdument Lilias Haddington ; elle est parvenue à faire comme si tout cela n'existait pas, avec un sang-froid, une assurance ! Elle est merveilleuse, n'est-ce pas ? Elle ne se démonte jamais.

— C'est une grande amie à vous, n'est-ce pas ? demanda Hemingway.

— Oh ! quel terme exagéré vous employez ! On la rencontre dans le monde comme tant d'autres.

— Vous avez présenté Miss Haddington l'année dernière, je crois. Du moins c'est ce qu'on m'a dit, si je me rappelle bien.

— Oui, oui, je les ai un peu prises sous mon aile. Une si jolie jeune fille !

— Eh bien, si je peux me permettre, Lady Nest, elles doivent considérer l'une comme l'autre qu'elles ont une dette envers vous. Tout le monde sait que vous faites la loi dans la haute société. »

Elle sourit, l'air incertain, et leva une main comme pour se protéger les yeux de la lumière. « Vous êtes fort aimable. Je pense que quelqu'un a dû me dire d'aller voir Mrs Haddington, cela arrive constamment. Si difficile de refuser. Et puis on se laisse entraîner, on glisse dans une certaine intimité sans vraiment s'en rendre compte. »

Les yeux d'Hemingway allèrent chercher ceux de Grant. Celui-ci se leva alors, murmura une excuse, et sortit de la pièce. Suivant l'intuition qui ne le trompait jamais, comme il le rappelait souvent à ses collègues exaspérés, Hemingway dit : « Nous ne notons pas toujours ce qui nous est dit pour le verser au dossier, en particulier quand nous sommes sur une affaire comme celle-là, qui pourrait bien s'avérer délicate. Je ne veux pas provoquer une histoire qui, à proprement parler, ne me regarde pas et je ne tiens pas du tout à aller poser à Mr Poulton des tas de questions qui risqueraient de faire des complications.

— Mon mari ? Qu'est-ce qu'il a à voir là-dedans ? demanda-t-elle d'une voix cassante. Quelles questions ? Est-ce si extraordinaire que je sois amie de Lilias Haddington ?

— Ma foi, oui, Lady Nest, je pense que ça l'est, répondit Hemingway jouant la franchise. Je l'ai pensé dès le début. Je n'évolue pas dans la haute société moi-même, mais dans mon métier on apprend forcément certains faits qu'on pourrait dire élémentaires. Pourquoi avez-vous présenté Mrs Haddington à vos amis et quel était le lien entre vous, elle et Seaton-Carew ? »

Elle se leva brusquement et alla vers la fenêtre. « Absurde !

— Est-ce que c'est Mrs Haddington qui vous a présenté Mr Seaton-Carew ?

— Non !

— L'inverse ? » suggéra Hemingway.

Elle se pressa le front à deux mains. « Non ! comment cela peut-il vous aider ? Est-ce que vous avez l'intention de poser ces... ces questions ineptes à mon mari ?

— Pas si je peux l'éviter. Si jamais il y a le moindre soupçon de chantage, nous savons être discrets. »

Elle le regarda par-dessus son épaule. « Vous êtes très fort ! Qui vous l'a dit ?

— Personne.

— Qu'est-ce qui vous fait penser...

— Mrs Haddington n'est pas votre genre du tout, ni d'ailleurs Seaton-Carew, d'après ce que je peux comprendre. »

Elle dit très vite : « Ne croyez pas cela, surtout ! Il n'a jamais été question d'une chose comme cela entre Seaton-Carew et moi. Juste une relation. Quelqu'un que j'invitais à mes réceptions.

— Et il était très lié à Mrs Haddington ?

— Rien à voir. Lui, je l'ai rencontré dans le midi de la France — alors que je ne savais même pas qu'elle existait.

— Je vois. Et vous l'avez rencontrée... »

Sa poitrine mince se souleva et elle dit, le souffle court : « Je n'ai pas à rendre compte de mes amitiés à Scotland Yard, je suppose.

— Non, répondit Hemingway. Vous n'êtes pas obligée, mais ce serait peut-être une bonne chose si vous le faisiez. Bien sûr, je ne sais pas, mais j'ai eu l'idée que vous aviez peut-être été contrainte — d'une certaine manière — à vous occuper de Mrs Haddington. Justement parce que vous ne vouliez pas avoir affaire à Scotland Yard. » Il sourit. « Il me passe souvent des drôles d'idées par la tête. Vous seriez étonnée si je vous disais le nombre de dames du grand monde qui font une imprudence et puis qui ne veulent pas en parler à la police. Certaines aiment mieux se laisser saigner à blanc. Très sot, mais c'est comme ça. »

Elle éclata de rire. « Moi ? Personne ne m'a jamais saignée, inspecteur, pas même d'un penny.

— On rencontre parfois des maîtres-chanteurs qui veulent autre chose que de l'argent, répondit Hemingway comme s'il réfléchissait en parlant. Pas souvent, c'est sûr, mais j'en ai entendu parler.

— Vous vous trompez complètement, complètement, déclara-t-elle en s'agrippant à deux mains au dossier d'une chaise.

— Eh bien, si c'est comme cela, je ne vais pas vous déranger plus longtemps, dit-il en se levant.

— J'en suis bien aise ! Et... et qu'allez-vous faire maintenant ?

— Poursuivre mes investigations », répondit aussitôt Hemingway.

Le visage de la dame se crispa. « Je vous conseille fort de ne pas faire allusion devant mon mari à ces idées vraiment insultantes que vous avez. Il a des principes assez vieux jeu et il pourrait bien réagir de façon violente — très. Ce n'est qu'un avertissement amical.

— Je vous en suis reconnaissant.

— Vous êtes supposé enquêter sur une affaire de meurtre, dit-elle, toujours agrippée à son dossier. Ni moi ni mon mari n'avons rien à y voir — comment le pourrions-nous ? Je vous conseille de faire porter votre attention sur une autre maison. Bien entendu, je ne veux rien dire contre Lilias Haddington, mais c'est elle qui était la plus liée avec Seaton-Carew et pas moi. Je devrais peut-être vous signaler que mon mari le connaissait à peine.

— En effet, il me l'avait dit. Mais enfin, vous avez

eu bien raison de me le rappeler si vous pensiez que je l'avais peut-être oublié. »

Sur ce, il prit poliment congé, ce à quoi elle ne répondit pas et se retira.

Dans le hall, il trouva Grant qui examinait gravement une peinture à l'huile. A quelque distance, le maître d'hôtel le considérait d'un œil sévère.

« Wester Ross, dit l'Écossais. Mais bien que je sache où il a été fait, il n'est pas bon. Je ne l'accrocherais pas chez moi.

— Ça se trouve bien, répliqua Hemingway, vous n'auriez pas une chance de le chauffer avec Fidèle Fido qui monte la garde. Allez, on se taille. »

Pas un battement de cil ne montra que la flèche avait atteint son but. Le maître d'hôtel se rendit majestueusement à la porte et resta impassible auprès d'elle jusqu'à ce que les deux policiers aient quitté la maison. Seule la rapidité avec laquelle il referma le battant trahit ses sentiments.

« Il m'a presque pris le talon dedans, remarqua Hemingway. Bon, enfin, qu'est-ce que vous dites de cette saynète ?

— Je n'aurais pas su quoi penser de cette dame si je n'avais pas vu ce que j'ai vu, répondit Grant. Je crois maintenant que nous avons mis le pied dans un antre d'iniquité.

— Si vous voulez dire qu'elle ressemblait étrangement à une droguée, je suis de votre avis, répliqua Hemingway. Mais ça ne nous avance pas beaucoup.

— Pendant que j'étais assis dans cette pièce, j'ai regardé les photos sur la table à côté de moi. Il y en avait une signée Dan Seaton-Carew. Je l'ai reconnu. J'avais déjà vu ce visage.

— Évidemment, fit Hemingway agacé. Vous l'avez vu hier.

— Quand je l'ai vu hier, je ne l'ai *pas* reconnu », déclara Grant, qui ajouta comme pour s'excuser : « C'est quelques années avant la guerre que je l'ai rencontré, et il ne s'appelait pas Seaton-Carew à l'époque, seulement Carew. Et un homme qui a été étranglé... »

Sur quoi, Hemingway l'adjura d'accoucher : « Qu'est-ce que c'était ? Un cheval de retour ?

— Non. On ne pouvait absolument l'accuser de rien. Je venais tout juste de passer brigadier et je travaillais avec l'inspecteur divisionnaire Darliston. Vous vous rappelez qu'il avait été chargé...

— Un de ces jours vous allez me rendre enragé, s'exclama Hemingway. Bien sûr que je me rappelle. De la drogue ! De la drogue ! Il a été soupçonné, ce lascar ?

— Je vous l'ai dit. S'il était mêlé à ce trafic de *droch*, nous n'avons pas pu le découvrir. Il n'y avait pas assez de preuves contre lui pour justifier une garde à vue. Il avait un alibi qui était peut-être valable. Depuis ce moment-là, je n'ai plus jamais entendu parler de lui. Je l'avais même tout à fait oublié jusqu'à ce que je voie sa photo dans cette maison. »

Hemingway marcha en silence aux côtés de son subordonné pendant une cinquantaine de mètres. « On avance un peu, non ? dit-il enfin. Vous avez déjà additionné deux et deux et trouvé cinq ? Non, parce que vous n'avez pas d'imagination, mais moi, je me vois très bien faire ça. Tout de même, en ajoutant votre petit débris malodorant à ce que j'ai tiré des giries de Lady Nest, je crois que ça mérite qu'on y regarde d'un peu près. Quand je vous ai fait signe de dégager la piste, je me fiais à mon flair. Je me disais qu'il y avait une petite chance qu'elle parle si j'étais seul à l'écouter. Je crois qu'elle a poussé Mrs Haddington dans la société, mais mon flair ne m'avait pas trompé. Un mot du Terrible Timothy m'a mis sur la voie. Je crois qu'elle a patronné les Haddington parce que l'heureuse mère avait barre sur elle. Pas mal de faux pas dans le passé de Lady Nest, à mon avis, et ce que vous me dites me fait penser qu'on a peut-être mis dans le mille. Si Mrs Haddington savait que Seaton-Carew lui fournissait de la drogue...

— *Och, mo thruaighe !* Vous n'avez pas demandé à cette dame si on l'avait fait chanter ? s'exclama Grant.

— Ma foi, comme je la voyais si ouverte, si amicale, j'ai pensé que j'allais risquer le coup, répondit froidement Hemingway. Si vous croyez qu'elle va porter plainte, vous vous trompez. Elle a une frousse bleue — surtout que son mari en sache quelque chose. »

Grant rumina un moment. « Si celui-là savait que sa femme se drogue — ach, alors voilà que vous me feriez bien dire que deux et deux font cinq !

— On ne va pas encore essayer l'addition. Ça regarde Cathercott et ses joyeux compères ; il pourra faire une petite visite dans l'appartement de Seaton-Carew. Je me demande quelquefois si ces gars-là ne sont pas capables de *sentir* la came.

— Si je l'avais reconnu mort, on aurait pu faire surveiller l'appartement.

— Ne vous tracassez pas ! Si vous croyez que l'erreur bouclée que nous avons vue à l'appartement était dans le coup, votre psychologie prend l'eau. Le trafic de drogue, ça n'est pas pour les petits gigolos à l'envers. Il y a des années que Seaton-Carew aurait été épinglé s'il avait utilisé des assistants de ce calibre-là.

— *Ma seadh !* Mais alors, à votre avis, Mrs Haddington, où est-ce qu'elle se situe dans tout ça ? Notez bien qu'on n'a jamais rien trouvé, ni prouvé contre cet homme-là.

— Attention ! Que vous trouviez cinq en additionnant deux et deux, je n'ai rien contre, mais six, c'est trop ! s'exclama Hemingway. Je ne crois pas que Hannah-au-Henné ait une place quelconque dans l'histoire. Ce Seaton-Carew était bien trop roublard pour prendre une bonne femme dans ses petites combines. D'ailleurs, pourquoi est-ce qu'il l'aurait fait ? Et puis, ce n'est pas de servir de la came qui l'aurait introduite dans les meilleures maisons sous l'aile de Lady Nest. On ne se lance pas dans un des rackets criminels les plus dangereux simplement pour être reçu dans le monde. Oui, je sais, vous êtes des plus réticents au sujet de Seaton-Carew, mais moi je connais Jim Darliston depuis quinze ans, et s'il pensait que le gars était à surveiller, ça me suffit. On va retourner illico au Yard et envoyer Cathercott dans cet appartement. En attendant, vous m'avez sorti le dossier de Beulah Birtley Meriden ?

— Oui, patron. Une des affaires d'Underbarrow.

— Par exemple ! Oui, maintenant que j'y repense, je m'en souviens. Plutôt vachard, hein ?

— Il est comme ça, dit Grant.

— En effet, et un de ces jours, il aura des ennuis. Continuez.

— Le jury a délibéré plus d'une heure, dit l'inspecteur, en choisissant ses mots. On pourrait croire, au vu des preuves, qu'il n'y avait rien qui puisse les arrêter si longtemps, mais j'ai parlé un peu avec Bingham — vous vous souvenez qu'il était attaché à cette division-là — et d'après ce qu'il m'a dit, le président laissait subsister beaucoup de doutes dans son résumé des débats. En Écosse...

— Si vous croyez que je vais perdre mon temps à discuter avec vous pour savoir si « non prouvé »[1] est une bonne chose ou pas, vous vous trompez, mon brave ! interrompit Hemingway. Pourquoi est-ce que le résumé du président était favorable à la fille ?

— Ça, répondit Grant, je n'en sais rien, mais d'après ce que m'a dit Bingham, il a été très dur avec le jeune Maxstoke ; il l'a rudement malmené quand l'autre a témoigné. Il faut que je dise que c'était dans l'entreprise de Maxstoke que la jeune fille était employée. Elle sortait d'une de ces écoles de commerce et le jeune Maxstoke l'a prise comme secrétaire. Il est le neveu de Jaspar Maxstoke et, à l'époque, il était associé à l'affaire, le vieux monsieur n'ayant pas de fils et...

— A l'époque ?

— On m'a dit qu'il avait quitté la maison trois mois après, mais je ne sais pas pourquoi.

— Je me demande quelquefois pourquoi je vous supporte ! s'exclama Hemingway exaspéré. Elle était accusée de quoi ?

— Il a été avancé qu'elle avait imité la signature de Mr Harold Maxstoke sur divers chèques et les avait touchés ; de plus, il a été prouvé qu'elle avait eu en sa possession quelques billets de banque dont les numéros avaient été relevés. Vous auriez dit que c'était du tout cuit.

— Ce qui signifie, je suppose, que je n'aurais rien dit de pareil. Je ne crois pas que j'étais au tribunal quand ce Maxstoke a témoigné. Quel genre de type ?

1. En Angleterre, deux verdicts possibles seulement : coupable ou non-coupable. En Écosse, un troisième : non prouvé.

— Je ne l'ai pas vu. Le brigadier Bingham me dit — mais, ajouta Grant avec un rien de sévérité, c'est un homme vulgaire — que c'était le genre à pincer et à peloter une fille, un *droch duine,* voilà comment il l'a appelé.

— Ça, je suis sûr qu'il s'en serait bien gardé. Je ne sais pas ce que ça veut dire et je n'ai pas du tout envie de le savoir, mais quelle idée de fourrer des mots pareils dans la bouche du pauvre Bingham ! Conclusion : tout ça était un coup monté ? Ma foi, j'ai déjà entendu parler de choses comme ça, mais pas souvent, et je dois dire que la belle Beulah ne m'a pas tellement plu. L'air d'être capable de buter sa grand-mère pour six sous. *Mais* une de ses copines de taule l'a envoyée à Seaton-Carew en croyant qu'il pourrait l'utiliser, et j'ai bien l'impression qu'il n'a pas tardé à constater qu'il ne pouvait pas — pas comme il aurait voulu, du moins. Alors ça, c'est très intéressant, Sandy. A mon avis, servir de la came, ça n'était pas son seul racket, bien loin de là. Il n'avait pas besoin d'un représentant pour ça ! Je ne serais pas du tout épaté qu'il ait eu une petite affaire de chantage comme à-côté. C'est là où il pourrait se rejoindre avec Hannah-au-Henné ! Je ne dis pas que c'est ce qui est arrivé, mais il faut garder ça dans l'idée, comme une possibilité. Si elle n'a pas fait chanter Lady Nest, je veux bien bouffer mon galure. Elle a plein de sous aussi, bien plus qu'elle devrait en avoir, à notre époque où les gens honnêtes ne peuvent guère se bourrer.

— Les domestiques ne m'ont rien dit qui confirmerait ça, fit observer Grant, dubitatif.

— Je le pense bien. Ce qu'ils avaient à dire d'après ce que je comprends, ils auraient aussi bien pu le garder pour eux. Ça ne risque pas de nous aider. Aucun n'est là depuis plus de deux ans et même moitié moins pour la plupart. C'est une mauvaise patronne, mais ça ne veut pas dire que ce soit une criminelle.

— Exact. Mais ils disent qu'elle n'est pas une lady malgré tous les gens huppés qui viennent la voir.

— Un point pour vous, concéda Hemingway, généreux. S'ils le disent, ils ont raison ; ils le savent toujours. »

Il soupa ce soir-là dans la coquette petite maison de Bromley où l'ex-divisionnaire Darliston s'était retiré. Pendant le repas, auquel présida Mrs Darliston, flanquée d'une théière presque aussi énorme qu'elle, il ne fut question que des perspectives des trois fils de l'ancien policier, de l'intelligence stupéfiante de ses cinq petits-enfants, de la conduite éhontée de ses poules et du succès remporté par ses tomates à la dernière foire locale ; mais quand il eut relâché sa ceinture d'un cran ou deux, puis tiré une pipe et une vieille blague à tabac de sa poche, son épouse souleva ses formes massives de sa chaise, empila toute la vaisselle sur un plateau et dit : « Bon, eh bien, je vais aller laver tout ça. Si Stanley est venu pour te parler de la nouvelle serre, Herbert, je n'ai pas épousé un policier il y a trente ans, dinde que j'étais ! Non, je n'ai pas besoin qu'on m'aide, Stanley. Merci quand même. Ouvrez-moi seulement la porte et finissez donc de faire le joli cœur. »

Ce disant, cette femme admirable empoigna le plateau et disparut dans la cuisine.

« On ne peut pas mener la maman en bateau, observa Darliston, sagace. Tenez, prenez donc du mien. Alors, qu'est-ce qui vous tracasse, jeune homme ?

— Je suis venu vous tirer les vers du nez, chef, dit Hemingway.

— Ah ! dit Darliston en se renversant dans son siège. Je pense que j'en ai oublié plus que vous en saurez jamais.

— Bon, eh bien... tâchez de vous rappeler, grand-père ! répliqua Hemingway, fort peu respectueux. On croirait bien, à vous entendre, que vous êtes Mathusalem et moi à ma première paire de pantalons longs ! »

La masse de Mr Darliston trembla légèrement, à peine secouée par un gloussement. Il désigna le cruchon de bière d'un geste du pouce éloquent et invita son hôte à vider son sac. Il écouta son exposé en silence, remarquant à la fin : « Oui, je me rappelle le jeune Grant. Un brave type. Il réussit ?

— Bien, pour un têtard comme lui. Je lui dirai que vous ne l'avez pas oublié, ça lui fera plaisir, beaucoup plus qu'à moi. Ce que *moi* je voudrais que vous vous rappeliez...

— Lent, mais très consciencieux, poursuivit Darliston. Bien sûr, il devait beaucoup à la formation qu'il avait eue sous mes ordres. Vous vous entendez avec lui ?

— J'en ai connu de pires. En fait, si ça n'était pas cette triste manie de me souffler du gaélique dans le nez, je n'aurais absolument rien à dire. Il en a une éruption épouvantable en ce moment. Ils ont eu la mauvaise idée de lui donner un congé à Noël et il a sauté dans le premier train pour Inverness. D'après ce que j'ai compris, il ne lui a pas fallu loin de vingt-quatre heures pour arriver dans son village, mais il a l'air de croire que ça en valait la peine. Assez sur ce sujet. Vous vous souvenez de ce Seaton-Carew, alias Rien-du-Tout-Carew ?

— Oui, très bien, et je peux vous dire que vous avez un champion de l'esquive sur le paletot. Glissant comme une couleuvre.

— Eh bien ! s'il se glisse en dehors de la morgue, je saurai que vous aviez raison. En attendant, je voudrais bien que vous me disiez si vous marchiez au flair quand vous l'avez filé, ou si vous aviez des renseignements sur lui ?

— Des renseignements, pas vraiment. Disons des tas d'indices. Pas un ne m'a mené à sa porte. Je pourrais sortir mes vieux carnets de notes si vous voulez, mais ça ne vous apprendrait pas grand-chose.

— Non, pas la peine. Quand vous avez liquidé cette bande-là, qu'est-ce qu'il est devenu, l'ami Carew ?

— Aucune idée. Il s'est échappé et j'ai eu l'impression qu'il avait giclé en France.

— La Sûreté n'a jamais rien demandé sur lui ?

— Pas que je sache.

— Je vois. J'ai mis Cathercott sur son appartement, mais la drogue, ça n'est pas mon truc et j'aurais bien besoin d'un ou deux tuyaux. Est-ce qu'il la garderait chez lui ?

— Probablement, chaque fois qu'il en aurait eu un peu à sa disposition — mais j'ai rencontré un gars, une fois, qui la mettait dans un coffre. C'est d'ailleurs comme ça que je l'ai pincé. Ça ne paraissait pas naturel, un type qui allait à son coffre deux ou trois fois par semaine.

— Il aurait pu la cacher dans un petit appartement sans que son domestique la voie ?

— Facilement. S'il la servait à des clients comme votre Lady Nest, c'était de la blanche — sans doute de la coco ou de l'héroïne, peut-être même de la morphine. Mais c'est peu probable. Ne vous amusez pas à rechercher une livraison de cannabis. La blanche vaut bougrement plus que son pesant d'or et la quantité qu'il pouvait avoir, il l'aurait cachée très facilement chez lui, presque n'importe où. Prenez les cigarettes que vous trouverez — mais Cathercott connaît la musique ! Probablement servie à ses clients dans des petits paquets de poudre bien pliés. Un des filous les plus malins que j'aie arrêtés collait des étiquettes de pharmacien sur ses paquets avec Acide borique écrit dessus et il les cachetait à la cire rouge. On aurait cru des vrais. Tellement culotté qu'on ne s'en méfiait pas.

— Ça serait plus le genre de notre gars que de distribuer des boîtes de cigarettes, dit finement Hemingway. Si c'était son racket, je suis persuadé qu'il servait sa clientèle à toutes ces réceptions où il allait. Il était terriblement roublard et, à moins que je trouve une cachette où il aurait mis ses papiers, il a dû détruire les preuves écrites jusqu'à la dernière. Je ne serais pas étonné que ça soit votre faute ; vous lui avez fait peur, à ce pauvre bougre, et alors moi je trouve un beau pétrin.

— Ma foi, dit Darliston en tendant la main pour prendre le cruchon de bière, je ne vous blâme pas de vouloir épingler le type qui l'a tué, Stanley, parce que c'est votre boulot. Mais j'ai vu un peu les horreurs sur lesquelles lui et des vermines comme lui s'engraissent, et ce que je dis, c'est que celui qui l'a supprimé a fait du bon travail et qu'on devrait lui donner une médaille. En fait, ajouta-t-il en remplissant le verre de l'inspecteur, ce sont ces salopards-là qui me font croire à l'enfer. Si je ne pensais pas qu'ils sont en train de rôtir là en bas, je ne pourrais pas dormir la nuit. »

CHAPITRE XII

Arrivé à Londres peu après neuf heures, l'inspecteur principal se rendit à Scotland Yard, où il trouva Grant qui l'attendait patiemment dans son bureau. Assis à une table, il étudiait un dossier, mais il se leva quand son chef entra et referma la chemise : « Je pensais que vous passeriez, remarqua-t-il.

— Je dois dire, Sandy, que vous êtes un type consciencieux, répondit Hemingway en accrochant chapeau et pardessus. Quelque chose pour moi ?

— Très peu, hélas. Cathercott a appelé, il y a un moment. Il voulait savoir s'il devait continuer la perquisition, ou si c'était un nid de coucou qu'il recherchait. Ils ont trouvé un coffre caché dans un endroit très bizarre et ils ont eu beaucoup de mal à l'ouvrir. Dedans, il y avait deux ou trois cents livres en billets de banque, quelques titres et pas trace de neige, ni rien qui puisse montrer qu'il y en avait eu. Och, le *truaghan !* Avec la rage de dents qu'il a eue toute la journée et la peine qu'il s'est donnée pour ouvrir le coffre, et puis rien comme récompense, il était d'une humeur massacrante ! Il y avait un tiroir secret dans le bureau, que le brigadier Cringleford a trouvé et ouvert — complètement vide aussi. »

Hemingway sourit, mais demanda : « Vous lui avez dit de continuer ?

— Oui, le *duine bochd,* mais ça m'a fendu le cœur. S'il en avait eu, vous ne croyez pas que Seaton-Carew l'aurait mise dans le coffre ?

— Je ne sais pas. On pourrait le croire, mais le vieux Darliston vient de m'avertir que c'était un bougre rudement glissant. Ce serait un truc pas bête d'installer un coffre bien caché juste pour dérouter des gens comme Cathercott. Vous avez dit qu'il y avait deux ou trois cents livres dedans ? Cathercott était si occupé à flairer la drogue qu'il n'a pas senti une vilaine odeur de rat. Moi si. Qu'est-ce qu'il voulait faire de tout cet argent chez lui ? Il se préparait à lever le pied en moins de deux au cas où on le serrerait de trop près ?

— Bah, dit l'inspecteur, indulgent, ça n'est pas un délit d'avoir de l'argent chez soi.

— Non, et s'il avait eu une grande propriété, il aurait été obligé d'avoir de grosses sommes sous la main de temps en temps pour payer les salaires des domestiques, etc. Si vous pouvez me dire ce qu'il allait faire d'un matelas de billets dans un appartement en ville, vous serez malin. Vous avez vérifié ce que la jeune Birtley a dit concernant une scène que Mrs Haddington aurait faite à cause d'un essuie-main dans les toilettes ?

— Je n'ai pas pu. La domestique à qui elle en aurait parlé, *si* elle en a parlé, c'est la première femme de chambre, et elle a la grippe depuis deux jours. Vous n'auriez pas voulu que je m'introduise de force dans sa chambre ?

— Très juste, on n'est jamais trop prudent,

approuva son incorrigible supérieur. Ce serait du beau si les membres de la police étaient compromis !

— Je suis sensible à la grippe, dit Grant, très boutonné. Notez que j'aurais bien pris le risque si j'avais jugé que c'était indiqué.

— C'est bon, c'est bon, dit Hemingway, apaisant. Il faudra vérifier la chose, mais je dois avouer qu'en effet, ça n'aurait pas été convenable du tout. Un individu qui balance une pelletée de boue sur un autre, pas de quoi s'exciter. Mais enfin, il y a des tas de choses sur Mrs Haddington que j'aimerais bien me faire expliquer. Si je pouvais croire qu'une bonne femme qui m'a l'air aussi passionnée qu'une morue assassinerait son petit ami parce qu'il s'est trotté avec sa fille, je l'épinglerais illico. »

L'inspecteur Grant connaissait bien son chef ; néanmoins, cette sortie lui coupa le souffle. « Il n'y a aucune preuve ! *Thoir ort,* vous plaisantez !

— Je suis convaincu, dit sévèrement Hemingway, que quand vous me balancez votre sale gaélique en pleine poire, c'est tout simplement pour me filer une insolence, en comptant que je n'y entraverais que dalle ! Un de ces jours, je vais l'apprendre et alors vous ne tarderez pas à être rayé des cadres, mon gaillard ! Il n'y a de preuve — ce que *vous* vous appelleriez une preuve — contre aucun et c'est bien ça l'ennui. Prenez la dame Haddington. Elle a eu une engueulade avec Seaton-Carew plus tôt dans la soirée...

— Miss Birtley aussi.

— Exact, et n'allez pas vous imaginer que je l'ai éliminée, parce que ce n'est pas le cas du tout. Mais jusqu'à présent, elle ne paraît pas avoir une raison quelconque pour étrangler le type.

— Elle avait peut-être peur qu'il dise à Mr Harte qu'elle avait fait de la prison.

— Peut-être, admit Hemingway. Maintenant, dites-moi ce que ce gus avait à gagner à raconter quoi que ce soit sur elle au Terrible Timothy ?

— Ça, je n'en sais rien.

— Non, ni personne d'autre. A ce compte-là, elle aurait à liquider pas mal de monde. Si vous voulez mon avis, ce serait bien plutôt Mrs Haddington qui risque de cafter. Il ne ferait pas un mauvais parti pour sa fille, pas mauvais du tout. Si je me rappelle bien, son père est non seulement baronnet, mais très galetteux. Laissez Birtley de côté pour le moment. Qu'est-ce qu'on a contre Hannah-au-Henné ? Elle s'est querellée avec Seaton-Carew, on sait qu'il a été son amant, il ne paraît guère douteux qu'il courait après la fille de la susdite, elle savait qu'on allait l'appeler au téléphone ce soir-là, elle a eu la possibilité matérielle de commettre le meurtre, et ce qu'elle dit de ses mouvements n'est pas corroboré. Plus j'y pense et plus je crois que je suis idiot de ne pas l'agrafer immédiatement.

— *Seadh !* mais il y en a d'autres ! Et le jeune Butterwick ?

— C'est bien pourquoi elle court encore, répondit Hemingway, toute honte bue. Vous l'avez vu cet après-midi ?

— Je l'ai vu et je ne sais vraiment pas quoi en penser. Il craint pour sa vie, c'est sûr, mais à un moment donné il pleure comme une *caileag* et cinq minutes après il est dans une telle fureur qu'il a l'air prêt à tuer n'importe qui. Pourtant, j'avais juste fait allusion à ce que Mrs Haddington avait dit, qu'il n'était venu que deux fois chez elle, chaque fois à une grande réception et qu'il n'avait pas dû avoir la possibilité d'entendre sonner le téléphone. Il est devenu tellement blanc que j'ai cru qu'il allait s'évanouir, et si furieux qu'il pouvait à peine parler. Il a dit qu'il avait dîné une fois avec les Haddington et qu'il avait très nettement entendu le timbre. Il a dit que je devrais me demander pourquoi Mrs Haddington m'avait raconté ces mensonges. Il a dit que nous étions des imbéciles de croire qu'il aurait tué son ami et il a parlé de lui dans des termes qui vous auraient fait rougir, chef. Il a dit aussi qu'il allait devenir fou, et c'est peut-être la seule chose vraie qu'il ait dite ! Il ne lui a pas fallu plus de cinq minutes pour me prouver que c'étaient Mrs Haddington et Miss Birtley et Mr Poulton et Mr Harte qui avaient tué Seaton-Carew. Et après ça, le pauvre niais, il a essayé de me faire croire qu'il ne s'était pas querellé avec son ami ce soir-là, que c'étaient de méchants racontars. Och, il n'y avait rien à en faire.

— Oui, il est difficile, admit Hemingway en se grattant le menton. Avec les névropathes, on ne sait jamais où on en est. Mais je dois dire que je ne le vois pas très bien dans le rôle.

— Il a plus de mobiles que n'importe qui.

— Pas sûr. Tout dépend de ce que Cathercott trouvera dans cet appartement. Oui, entrez ! »

L'inspecteur Cathercott en personne entra, enveloppé dans un énorme pardessus poilu, une écharpe enroulée autour du bas du visage. Il l'écarta pour dire, en posant un paquet bien ficelé sur le bureau : « Vous avez gagné, patron. Regardez-moi ça ! Il y en a deux.

— De la neige ? Bon travail, où l'avez-vous trouvée ?

— Plusieurs bouquins dans la bibliothèque étaient factices, creux. Je les aurais peut-être repérés plus vite sans ce coffre-fort ! Un malin, le Seaton-Carew ! Je regrette qu'il soit mort. J'aurais bien aimé le tenir là une demi-heure, mais, dit Cathercott qui ressemblait à un terrier flairant un rat, je crois que ça pourrait bien me donner des idées sur ce petit gang qu'on piste depuis quatre mois.

— Ça va m'aider ? » demanda Hemingway.

Cathercott le regarda avec une totale indifférence. « Vous aidez ? Ah, votre petit meurtre ? Non, chef, je ne crois pas. Avec un peu de chance, ce joli petit monde pourrait bien nous mener à ceux qui introduisent la drogue dans le pays. Je vais faire un rapport sur cette trouvaille au divisionnaire Heathcote à la première heure demain matin. » Il se frotta les mains. « Il va être intéressé — très intéressé.

— J'en suis sûr, dit Hemingway. Rentrez vous mettre au lit, avec de l'huile de girofle sur votre dent. Vous avez bien travaillé et vous n'avez sûrement pas envie d'écrire des rapports à cette heure-ci.

— Ma foi, si vous n'avez plus besoin de moi, je file, dit Cathercott en reprenant son précieux paquet. Ou je me suis planté jusqu'à la garde, ou c'est bel et bien de la neige. Il y a de quoi entretenir votre ami au Ritz pendant des mois. Bonsoir, chef, bonsoir, Sandy.

— Vous parlez d'une voie à sens unique, déclara Hemingway dès que la porte se fut refermée derrière Cathercott. Des petits détails comme un assassinat, c'est zéro pour lui. Bon, eh bien maintenant, on a une ligne d'approche des plus intéressantes pour cette affaire. Demain matin, deuxième visite à Lady Nest.

— Pas à Mrs Haddington ? demanda l'inspecteur avec l'ombre d'un sourire.

— Non, parce que moi, je ne circule pas sur une voie à sens unique », riposta Hemingway.

Mais quand ils arrivèrent à Belgrave Square le

lendemain, ils furent informés que la dame de céans n'était pas chez elle.

« Si vous voulez dire qu'elle ne reçoit pas, remettez-lui simplement ma carte, voulez-vous ? » dit Hemingway.

D'une voix soigneusement dépourvue de tout triomphe indigne, le maître d'hôtel annonça que Lady Nest avait quitté Londres la veille au soir. Il regrettait de ne pas être en mesure de donner son adresse à l'inspecteur principal, ni de l'informer de la date de son retour. Il suggérait que ces questions fussent plutôt posées à Mr Poulton.

« Ah, alors, lui n'est pas parti ?

— Non, répondit le maître d'hôtel en haussant les sourcils.

— Est-ce qu'il est chez lui ?

— Mr Poulton n'est jamais chez lui pendant la journée. Vous le trouverez à son bureau, inspecteur. Y a-t-il autre chose que vous souhaitiez me demander ?

— Oui, l'adresse de Mr Poulton dans la City. »

Elle lui fut donnée et les deux policiers se replièrent sur la voiture qui les attendait. Tandis qu'ils roulaient vers l'est, Grant dit lentement : « Ça ne me paraît pas bien qu'elle soit partie de chez elle juste en ce moment et sans vous en avoir dit un mot hier.

— Elle n'avait pas de raison de m'en parler, elle n'est pas soupçonnée. Mais vous avez raison, c'est louche, remarquablement louche ! Elle doit bien savoir que son mari n'est pas du tout tiré d'affaire. Drôle de moment pour aller se balader à la campagne. Enfin, nous allons voir ce que notre Poulton Face-de-Bois va nous en dire ! »

Godfrey Poulton, après qu'une secrétaire compétente l'eut déclaré en réunion, ne laissa pas ses visiteurs faire longtemps antichambre. Au bout de quelques minutes, ils furent introduits dans une pièce de belles dimensions.

Là, assis à un grand bureau ministre, Godfrey Poulton était en train de téléphoner ; il se contenta de faire un petit signe de tête aux nouveaux arrivés et leur désigna des sièges. Sans manifester la moindre perturbation, il les regarda d'un air absent tandis qu'il écoutait ce que l'on disait à l'autre bout du fil.

« Très bien... Je regrette, non. Je pourrais vous donner » — il regarda l'agenda ouvert devant lui — « vingt minutes à onze heures quarante-cinq demain... oui ? Je vous attends à cette heure-là, alors. Au revoir. » Il reposa l'appareil et dit : « Je ne veux pas être dérangé pendant que ces messieurs sont dans mon bureau, Miss Methwald. Bonjour, inspecteur ? Que puis-je faire pour vous ?

— Vous pouvez, si vous le voulez bien, me dire où je trouverai Lady Nest Poulton, répondit Hemingway. Je crois comprendre qu'elle a quitté Londres.

— Où vous trouverez ma femme ? dit Poulton d'un air étonné. Puis-je savoir ce que vous lui voulez ? A ma connaissance, elle n'a aucun lien possible avec votre affaire.

— Je voudrais néanmoins avoir son adresse.

— Je suis persuadé que vous pourrez poursuivre votre tâche sans cela.

— Dois-je comprendre que vous refusez de la dévoiler, ou que vous ne la connaissez pas ? demanda Hemingway.

— Que je refuse, répondit calmement Poulton. Vous avez déjà interrogé ma femme une fois — je ne sais vraiment pas pourquoi — et elle ne souhaite pas être de nouveau dérangée au sujet de cette affaire.

— Sans doute, mais...

— Je ne le souhaite pas non plus pour elle, ajouta Poulton. S'il était envisageable qu'elle ait quelque chose, si peu que ce soit, à voir avec ce meurtre, bien entendu la situation serait très différente et je n'hésiterais pas une seconde à vous communiquer le renseignement que vous me demandez. Les choses étant ce qu'elles sont, je crois que je suis dans mon droit en le refusant.

— Non, monsieur. Personne n'a le droit d'entraver le cours de la justice, riposta Hemingway.

— Est-ce que j'ai dit cela ? En quoi l'absence de ma femme entrave-t-elle le cours de la justice, inspecteur ?

— C'est moi qui en décide. Il y a certaines questions que je désire poser à Lady Nest.

— C'est fâcheux... mais peut-être puis-je y répondre ?

— Peut-être ; néanmoins, je préfère les poser à votre femme.

— Je regrette, inspecteur, je ne peux pas vous autoriser à la voir. Cela épargnera du temps et j'espère des discussions, si je vous dis qu'elle est extrêmement souffrante et incapable de recevoir des visites.

— Désolé d'apprendre ça. Très subite, cette maladie, n'est-ce pas ?

— Non, répondit Poulton. Voilà des semaines que ma femme est au bord de la dépression. La malheureuse affaire de Charles Street n'a fait que précipiter la crise. Je suis étonné que vous n'ayez pas vu vous-même hier à quel point elle était déjà fatiguée.

— J'ai certainement eu l'impression qu'elle n'était pas dans un état normal, lança Hemingway, assez féroce.

— Je l'imagine sans peine, lui fut-il imperturbablement répondu. Elle est très nerveuse, un rien la bouleverse et elle souffre de neurasthénie depuis un certain temps.

— Ce n'est pas tout à fait ce que j'ai pensé. »

Poulton eut l'air légèrement amusé. « Vous êtes médecin, inspecteur ?

— Non, simplement officier de police. Il y a certains symptômes que nous arrivons à reconnaître dans notre métier.

— Vraiment ? Je ne sais absolument pas ce que vous voulez dire, c'est bien mystérieux. Mais ni la maladie de ma femme ni son lieu de résidence n'ont quoi que ce soit de mystérieux. Je vous dirai tout de suite qu'elle est dans une clinique et que son médecin lui interdit toute visite au moins la semaine prochaine. Même moi je ne pourrai la voir pendant cette période. » Il marqua une pause : « Si vous en doutez, je vous suggère...

— Je n'en doute pas, Mr Poulton. Je veux bien croire que Lady Nest est dans une clinique et qu'elle ne peut voir personne. Dans ce cas, je suis forcé de parler plus franchement que j'aurais aimé le faire si j'avais pu rencontrer votre femme d'abord. Mais ce que j'ai à dire ne vous étonnera pas vraiment, je pense, étant donné la situation. Quand je suis venu voir Lady Nest hier matin, nous avons tout de suite constaté, moi-même et l'inspecteur Grant ici présent, qui a pas mal d'expérience dans ce domaine, qu'elle avait l'habitude de se droguer.

— Je crois, dit Poulton, impassible, qu'elle prend beaucoup trop de phénacétine. Ah, oui, et aussi de la valériane — sur prescription médicale, inutile de le dire.

— Non, pas ce genre de drogue. Ce que nous

appelons la blanche : cocaïne, héroïne, morphine. Cocaïne, dans le cas de votre femme. »

Poulton, qui jouait avec un crayon, le posa et dit sur un ton glacial : « Voilà, inspecteur, une insinuation infâme.

— Vous pouvez m'en croire, ça n'est pas le genre d'accusation que je porterais contre qui que ce soit sans de bonnes raisons.

— C'est une accusation que vous regretterez peut-être d'avoir portée contre Lady Nest.

— Si je me trompais, je le regretterais énormément. Je vais vous dire maintenant qu'une quantité considérable de cocaïne a été trouvée dans l'appartement de Seaton-Carew. »

Le visage impénétrable qu'il avait devant lui ne trahit ni surprise ni inquiétude. Poulton fronçait toujours les sourcils. « Vraiment ! Je connaissais trop peu l'homme pour savoir si c'était là une chose à laquelle il fallait s'attendre ou pas. Je suis sûr, en tout cas, que ma femme n'était au courant de rien. Vous semblez vous imaginer qu'ils étaient très amis : il n'en était rien. Cette erreur, jointe à l'état dépressif de Lady Nest, vous a conduits à supposer que Seaton-Carew lui fournissait des drogues. Je comprends très bien, évidemment, que si tel avait été le cas, j'aurais eu une excellente raison de supprimer cet individu. Je peux ajouter, au vu d'une telle révélation, que je suis plein de sympathie pour celui qui l'a étranglé. Mais enfin, il n'est pas question de cela. Vous pouvez perquisitionner chez moi avec mon autorisation pleine et entière ; de plus, je vous recommande d'aller voir le médecin de ma femme. Vous l'avez déjà rencontré. C'est le Dr Westruther. Demandez-lui de vous expliquer la nature de l'affection dont elle souffre. Maintenant, comme je suis raisonnablement certain que vous n'avez pas de mandat d'arrêt contre moi avec des griefs aussi inconsistants, je vais vous prier de vous retirer. Je suis très occupé, et je n'ai ni le loisir ni le goût d'écouter des théories policières qui ne sont rien de moins qu'insultantes. Bonjour messieurs. »

Une fois sur le trottoir devant l'immeuble de bureaux, Grant s'essuya le front : « Ouf ! souffla-t-il.

— Il a été bon, hein ? dit Hemingway, connaisseur. Depuis la première minute il a joué le monsieur à qui l'on vient vendre un aspirateur dont il n'a pas besoin. Un toupet d'airain. D'ailleurs, il avait un avantage ; il savait qu'on allait venir l'interroger. Quelque chose me dit qu'on doit avoir du mal à prendre ce gars-là à contre-pied.

— Ma foi, déclara Grant qui revoyait la scène, il s'est comporté comme un homme convenable à qui on dit que sa femme se drogue, alors que ça n'est pas vrai.

— Au modèle et en teintes naturelles, convint Hemingway. Jusqu'à m'inviter à perquisitionner. Quoique ça, c'était peut-être un peu exagéré.

— Il vous a donné le nom du médecin. Bizarre qu'on le retrouve encore, celui-là. Vous allez le voir ?

— Obligé, bien entendu. Il ne me dira rien, à part un chapelet de gros mots que je ne comprendrai pas, mais ça ferait mauvais effet que je n'y aille pas.

— Je me disais que c'était du temps perdu. Il couvrira sa malade, bien sûr.

— Je sais. Et si je n'y allais pas, qu'est-ce qui se passerait ? " Vous avez interrogé le médecin ? — Non — Et pourquoi ? — Parce que je savais qu'il ne me raconterait que des blagues. " Vous me voyez tomber dans ce piège pour débiles du premier âge ?

— Il y a ça, évidemment, convint l'inspecteur. Mais

si Mr Poulton savait que sa femme se droguait, pourquoi est-ce qu'il a attendu jusqu'à maintenant pour la faire soigner dans une clinique ? Vous diriez que c'est un très mauvais moment, parce que ça éveille forcément les soupçons.

— Je ne dirais rien du tout de ce genre. Dans son état, elle est capable de se trahir, et même de faire plonger le mari. Il sait très bien qu'interrogée un peu vigoureusement, elle s'effondrera. De plus, comme son approvisionnement est tari, elle va forcément être encore un peu plus maboule. Il court bien moins de risques avec ce procédé-là que s'il la laissait traîner en liberté. Je suppose que c'est la mort de Seaton-Carew qui l'a décidée à se faire soigner. On ne peut pas fourrer de force dans un hôpital les gens qui ne veulent pas être désintoxiqués.

— Je sais, oui.

— Et en plus, il a très bien pu espérer soit que nous ne perquisitionnerions pas dans l'appartement de Seaton-Carew soit que nous n'y trouverions rien. Je me demande si le gars en avait sur lui le soir où il a été refroidi. Quand on l'a vue, Lady Nest était en manque. Il devait peut-être lui en filer un petit paquet pendant la soirée, c'est bien possible. La personne qui l'a bousillé aurait eu largement le temps de glisser les doigts dans les poches du macchabée et de prendre ce qui l'intéressait.

— C'est une théorie, dit Grant. Vous ne la prouverez jamais.

— Il y a bien des choses qui forment un dossier et qui ne sont jamais prouvées, répliqua Hemingway. Mangeons un morceau maintenant et, après ça, vous pourrez aller voir si vous arrivez à prouver que Beulah Birtley disait la vérité quand elle a affirmé que

Mrs Haddington était allée dans les toilettes après qu'elle-même y avait laissé le rouleau de cordon. Je ne crois pas que Mrs Haddington laisse ses domestiques traîner au lit une minute de plus qu'il le faut, et si cette femme de chambre avait deux jours pour sa grippe, elle doit être remise en circulation maintenant. Je n'ai pas besoin de vous chez le toubib et je retournerai au Yard. Quand j'en aurai fini avec lui, je veux regarder de très près une ou deux des pièces à conviction. Allons-y. »

A trois heures, après avoir poireauté un certain temps dans le salon d'attente, il fut introduit dans le cabinet du Dr Westruther, jolie pièce en camaïeu gris, depuis la teinte perle la plus pâle des murs et des voilages en mousseline impalpable jusqu'au gris éléphant de la moquette. Quelques gravures chinoises du meilleur goût ornaient les murs et un magnifique écran de jade sur la cheminée était flanqué par deux statuettes de Kuan-Yin (période Ming). Les pieds enfoncés dans l'épais tapis, Hemingway se demanda si les patients les plus atteints du médecin étaient apaisés par ce décor discret mais luxueux. Westruther avait la réputation de traiter presque uniquement les femmes riches de la haute société et, sans être précisément connu des services de police, il avait cependant été frôlé de très près une ou deux fois par les effluves de vilains scandales. Il possédait la majorité des parts dans une clinique extrêmement luxueuse où le personnel était rétribué avec une exceptionnelle générosité. Toujours très bien habillé, en jaquette et col à coins cassés comme le voulait la tradition d'une époque plus stricte, il possédait, outre la maison de Harley Street, une charmante résidence au bord de la Tamise, à Marlowe, et s'arrangeait en général pour passer plusieurs semaines dans l'année à Biarritz ou Juan-les-Pins.

Il accueillit l'inspecteur principal avec un sang-froid parfait, s'excusant de l'avoir fait attendre parce qu'il avait été appelé en consultation et venait juste de revenir à son cabinet. Comme Hemingway l'avait pensé, il ne dit rien de ce que celui-ci aurait voulu savoir. Lady Nest Poulton était une femme qui, en langage de profane, vivait sur ses nerfs. Il n'avait pas l'intention d'assommer l'inspecteur principal avec des termes techniques, mais il pouvait être assuré que c'était un état bien connu de tout praticien. Il admettait que certains symptômes pouvaient être confondus par les non-initiés avec ceux qu'induisait l'usage des drogues et, en raison de ce que la police avait découvert chez Seaton-Carew, il pouvait excuser l'inspecteur principal d'avoir commis cette erreur, mais il se sentait obligé de lui signaler qu'une telle allégation contre une dame aussi bien née que sa patiente était une chose très grave. Il comprenait parfaitement que l'inspecteur principal souhaitait interroger Lady Nest et il espérait que dans une semaine ou deux il lui serait possible de la voir. Pour l'heure, il ne pouvait autoriser aucune visite. Le calme le plus absolu lui était indispensable.

L'inspecteur principal retourna donc dans son bureau, d'où il envoya un message au service de dactyloscopie et, quand l'inspecteur Grant le rejoignit enfin, il le trouva en train d'étudier à la loupe des photographies, un jeune homme blond à côté de lui. Au bruit de la porte, il leva la tête et dit :

« Entrez et venez voir ça. Vous allez me dire ce que vous en pensez. »

Grant s'approcha du bureau, en faisant un petit signe de tête au jeune homme blond : « Je regrette d'être resté parti si longtemps. La jeune fille dormait, mais j'ai dit que j'attendrais. Elle est descendue à l'office pour prendre le thé. Pendant ce temps, j'ai parlé avec la femme de chambre personnelle de Mrs Haddington — pour me faire bien voir. Qu'est-ce que vous avez là ? Les empreintes sur le téléphone ? »

Il se pencha pour regarder de près les photos qui y étaient étalées. « Je les ai déjà vues. Pas trace de celles de Seaton-Carew sur l'appareil.

— Ne vous occupez pas de ça. Il n'y a pas autre chose qui vous frappe ? »

Un pli se creusa sur le front de l'inspecteur. Il prit deux autres photos sur le bureau et les compara avec celles qu'il tenait encore dans la main droite. « Je vois ce que je me rappelle avoir déjà vu. Une empreinte nette du pouce et des deux premiers doigts de Miss Birtley. Les cinq doigts ont peut-être été posés sur l'appareil, mais les empreintes des troisième et quatrième sont brouillées. J'observe une empreinte distincte de l'index du maître d'hôtel — mais celle-là, je crois qu'elle n'a pas de rapport avec l'affaire.

— Aucun. Regardez donc à la loupe celle qui est brouillée », dit Hemingway en la lui tendant.

Grant la prit et étudia de très près la photo. Puis il écarta une de celles qu'il tenait dans la main gauche et soumit l'autre à un examen minutieux. Voyant celle qu'il avait rejetée, Hemingway tira un paquet de cigarettes de sa poche et l'offrit au jeune homme à côté de lui en disant : « Tenez ! Même un pauvre Écossais repère ce que vous, vous avez loupé.

— On ne l'a pas loupé, patron, protesta Thirsk en tirant une cigarette du paquet. Seulement elle est si peu nette que personne ne pourrait jurer qu'il est sûr de son identification devant un tribunal. »

Grant leva les yeux, les deux photos désormais tenues en éventail dans sa main. « Vous pensez qu'il y a une empreinte du doigt de Mrs Haddington superposée à celle des troisième et quatrième doigts de Miss Birtley, dit-il. Je suis de l'avis de Thirsk. Je ne voudrais pas en jurer. Tout ça est bien brouillé.

— Ouais, vous avez tout de même vu où je voulais en venir, fit observer Hemingway.

— *Ma Seadh !* Mais Miss Birtley n'a peut-être pas mis les cinq doigts sur l'appareil et les empreintes de Mrs Haddington, on s'attendait à les trouver.

— Maintenant, dites-moi que l'histoire racontée par cette fille n'était que des mensonges et vous serez content, recommanda Hemingway. C'est bon, Thirsk, j'en ai fini pour le moment, vous pouvez les emporter. » Il attendit que le jeune expert fût parti : « Alors, Sandy, on me dit tout. C'était vrai ?

— D'après mon opinion, c'était vrai, répondit Grant. Je n'accorderais pas beaucoup d'importance à ce que peut dire une jeunesse dans sa position, parce que je sais bien qu'elles mentent sans raison du tout, ou simplement parce qu'elles n'aiment pas la police ; mais je crois que Mrs Haddington a regardé dans les toilettes avant l'arrivée des invités, et je suis très sûr qu'elle a grondé Elsie parce qu'elle n'avait pas pris l'essuie-mains qu'il fallait dans le placard. On utilise du linge de couleur dans cette maison et Elsie a pris un de ceux qui vont dans la chambre de Mrs Haddington, c'est-à-dire couleur pêche, au lieu de ceux qui sont réservés aux toilettes, c'est-à-dire *abricot.* » Il sourit : « Moi, je ne verrais pas la différence ! Mais enfin, Elsie n'a pas remarqué de cordon sur l'étagère quand elle a changé l'essuie-mains. C'est ce qu'elle dit et ce n'est peut-être pas vrai. Il n'y a pas de raisons pour qu'elle le nie si elle l'a vu, mais *tha eagal oirre !* Elle a peur qu'on l'accuse du meurtre, la bécasse ! Pourtant, je ne crois pas qu'elle l'ait vu. L'autre fille — Gwenny Mapperley — elle n'a pas peur, celle-là. Elle est plutôt effrontée et serait bien contente de faire tout le mal qu'elle peut à sa maîtresse. Elle s'en va à la fin du mois, d'après ce qu'elle m'a dit. Elle a parlé — och, elle a parlé, oui ! — de toutes les histoires qu'il y a eu dans la maison — maintenant qu'est-ce qu'il faut en croire ? A vous de juger. Il y a d'abord les domestiques qui ne veulent pas rester avec Mrs Haddington, sauf le chef et le maître d'hôtel à qui elle donne des gages énormes ; il y a Miss Birtley que le personnel n'aime pas, seulement ça, je crois que c'est de la jalousie parce qu'elle est au service de Mrs Haddington, elle aussi, mais au-dessus d'eux ; quand la dame est mal polie avec elle, elle lui répond — et très vertement, paraît-il. D'après tout ce que j'entends dire, elle est très violente. Il y a eu une fameuse dispute entre elles ce matin. Des difficultés aussi avec Miss Cynthia — je l'ai aperçue, chef, une vraie beauté, comme on en trouve pas souvent, mais des caprices à n'en plus finir et des virées à travers la ville. Elle s'est couchée à plus de trois heures la nuit dernière : elle dansait quelque part avec le jeune lord... Guisborough je crois. Ça n'est pas convenable, n'est-ce pas ? Seulement, Mrs Haddington a beau être décidée à lui faire faire un beau mariage, ils disent qu'elle ne tiendrait pas au lord et que c'est Mr Harte qu'elle guigne. Mais les domestiques savent aussi bien que vous ou moi que c'est Miss Birtley et pas du tout Miss Haddington qui amène ce jeune homme dans la maison. Et je crois que vous aviez peut-être raison quand vous pensiez que Mrs Haddington a barre sur Lady Nest, parce que Gwenny Mapperley l'a entendue lui parler au téléphone comme si elle n'avait qu'à donner des ordres pour que l'autre lui obéisse.

— Eh bien, au moins, vous avez bien bavardé, hein ? dit Hemingway. Mais, en tenant compte d'un peu d'exagération, je ne serais pas étonné qu'on vous ait fait un tableau assez exact. Votre petite copine, Gwenny, ne vous a rien dit de feu Seaton-Carew ?

— Si, mais je crois que c'était surtout de la malveillance contre sa maîtresse. Il s'occupait beaucoup de Miss Cynthia et je suis bien sûr que la mère de la jeune fille n'aimait pas ça. Pourtant, malgré tout ce qu'ils peuvent raconter, aucun ne savait si elle avait été sa maîtresse. En tout cas, pas depuis qu'elle est venue vivre à Londres.

— Qu'est-ce qu'ils pensent de sa réaction à cette mort ? Elle m'a paru bien calme quand je l'ai vue.

— Allez donc savoir, avec cette espèce-là ! Les domestiques veulent vous faire croire qu'elle n'a pas bronché, mais le docteur est venu la voir ce matin et il est resté un bon moment, alors elle est peut-être plus remuée qu'elle en a l'air. » Il ajouta : « C'était le Dr Westruther. Il vous l'a peut-être dit ?

— Non, parce que je ne lui ai pas demandé. Ça ne m'étonne pas, cependant... sauf que je ne l'aurais pas cru du genre à faire sa tournée des malades avec sa petite sacoche à la main. Enfin, je suppose qu'il lui compte ses visites à prix d'or. Il a un décor très coûteux à entretenir, je peux vous le dire.

— Encore le médecin qui reparaît, chef.

— Plutôt dans leur habitude, non ? Si vous pensez que c'est lui qui a serré le cordon autour du cou du défunt, permettez-moi de vous dire qu'il aurait eu des façons bien plus " classe " d'arriver au même résultat ! Non, plus j'y réfléchis, Sandy, plus je crois qu'on va aller Charles Street tous les deux pour une vraie conversation à cœur ouvert avec Mrs Haddington.

— Vous croyez toujours que c'est elle ? demanda Grant, curieux.

— Je n'irai pas jusque-là. Je ne *sais* pas, mais je trouve que tous les indices convergent vers elle.

— *Seall,* chef, avec tout ce qu'on a appris aujourd'hui, vous en tenez toujours pour elle ? protesta Grant. C'était un mobile que vous vouliez, et qui en a un en dehors de Poulton ?

— Je sais », répondit Hemingway. Il pointa le crayon qu'il tenait en direction du téléphone. « C'est ça qui me reste en travers du gosier. Et depuis le début. On peut trouver tout ce qu'on veut, sur n'importe qui, j'en reviens toujours à ça.

— Parce que vous avez vu des empreintes qui ressemblent beaucoup à celles de Mrs Haddington sur un appareil qu'elle aurait tout naturellement manipulé ?

— Parce que j'ai l'idée que ces empreintes ont été faites après que Miss Birtley a reposé le combiné et parce que je n'ai jamais compris comment ledit combiné était resté à pendouiller au bout de son fil si on ne l'avait pas volontairement mis comme ça, et ne me dites pas qu'il est tombé de la table pendant une lutte parce que j'ai peut-être l'air jobard, mais je ne le suis pas du tout. Seaton-Carew aurait pu renverser la table d'un coup de pied, mais il ne l'a pas fait. Il n'a jamais touché le combiné...

— Est-ce qu'il aurait pu empoigner le fil ? demanda Grant sans y croire.

— Non, et s'il l'avait fait, tout l'appareil serait tombé de la table. Que je vous torde quelque chose autour du cou et on verra la réaction — dans la mesure où vous auriez le temps de réagir, et il ne serait pas long selon ce que me dit le docteur Yoxhall. Vous n'empoignerez pas le téléphone, vous empoignerez ce que vous avez autour du cou, mon bon. »

L'inspecteur resta silencieux. Hemingway se leva et prit son pardessus accroché à un portemanteau dans un coin de la pièce. « Ne perdons pas de temps, dit-il. Cap sur Charles Street.

— Elles seront en train de s'habiller pour le dîner, protesta Grant.

— Oh, je ne pense pas que nous serons bien accueillis, pas du tout, convint Hemingway. Ça ne va pas m'empêcher de dormir. En fait, c'est justement ce que j'espère : les surprendre avant qu'elles aillent affûter leurs gambettes dans toute la ville. »

CHAPITRE XIII

L'inspecteur n'avait pas exagéré l'atmosphère de tension et d'anxiété qui régnait dans la maison de Charles Street. Malgré la défense de sa mère, Cynthia avait passé la soirée précédente avec Lord Guisborough dans un night-club, après quoi, revenue chez elle à l'aube, elle s'était jetée sur son lit sans même prendre la peine de se démaquiller. Sa mère, sortant de sa chambre dans un déshabillé de velours majestueux, la rencontra sur le palier et se répandit en reproches auxquels l'autre répondit, avec une diction des plus incertaines, qu'elle refusait qu'on l'espionne. Puis elle rentra chez elle et claqua la porte.

Elle fut réveillée, à neuf heures, par la bonne qui apportait le plateau du petit déjeuner, provoquant ainsi une mini-crise de nerfs.

« Laissez-moi tranquille, ordonna-t-elle. Emportez ce plateau répugnant. Je n'en veux pas.

— Cynthia, ma chérie, prends au moins un peu de café, dit Mrs Haddington, qui avait suivi la domestique dans la pièce. Tu te sentiras mieux et tu sais qu'il faut que tu te lèves. Miss Spennymoor vient t'essayer cette robe. Posez le plateau sur la table, Mary.

— Oh, au diable Miss Spennymoor ! grogna Cynthia. Et si c'est votre vieille robe, je ne la mettrai pas. »

Mrs Haddington versa une tasse de café, y ajouta du sucre et la lui tendit : « Assieds-toi et bois ça, dit-elle. Voyons, ma petite enfant, pour me faire plaisir. »

De très mauvaise grâce, Cynthia se hissa sur son séant. « Oh, c'est bon ! Où est le lait ?

— Il ne t'en faut pas, dit Mrs Haddington sans pitié. Qu'est-ce que tu as bu hier ?

— Du champagne, bien sûr. Lance m'a emmenée...

— Cynthia, je t'avais dit de ne pas sortir avec lui et je vois maintenant à quel point j'avais raison. Tu as beaucoup trop bu, ma chérie. Ça montre bien le genre d'homme qu'il est. Ce n'est pas toi que je blâme, ma minette, mais tu sais, il n'y a rien qui rebute autant les garçons bien qu'une jeune fille qui aime trop boire. En plus, si des gens comme les Petworth te voyaient, eh bien, tu peux m'en croire, jamais plus tu ne serais invitée chez eux ! Je veux que tu laisses tomber Lance complètement. Il n'y a pas que les titres dans la vie... »

Cynthia haussa les épaules : « Grand Dieu, je m'en moque complètement de son idiotie de titre ! Il se trouve qu'il me plaît. Lui au moins il n'est pas toujours en train d'essayer de me convertir — sauf pour son imbécillité de communisme, bien sûr, et je peux toujours le faire taire. Il ferait *n'importe quoi* pour moi. Il m'a même emmenée chez Frinton, hier soir et il n'est pas membre. » Elle gloussa nerveusement. « Vraiment, je trouve que c'était génial, Maman, parce qu'il avait fait un fameux écart quand je lui ai dit que je voulais y aller. Il a fait ça avec un panache, un toupet simplement superbes ! Et ces mortels Kenelm Guisborough qui étaient là avec un tas d'empaillés, et Lance qui a obligé Kenelm à lui servir de caution ! Kenelm était livide d'être obligé de le faire, c'était crevant. Lance et moi, on a ri pendant des *heures !* »

Ce naïf exposé des amusements préférés de sa fille chérie parut porter un coup sévère à Mrs Haddington. Elle ne dit rien, aussi Cynthia ajouta-t-elle : « Si on peut arriver à lui faire oublier les millions d'affamés, et c'est *facile,* Lance est *trop* flashant. Bien sûr, il est beaucoup moins beau que Timothy, mais Timothy n'aurait pas le culot d'entrer de force dans un club auquel il n'appartient pas, et de toute façon, ce n'est pas moi qu'il guigne. »

Mrs Haddington était essentiellement réaliste, mais elle avait aussi un angle mort : elle ne pouvait imaginer qu'un homme ayant eu l'occasion d'admirer sa fille pût regarder deux fois une autre femme, quelle qu'elle fût. « Quelle bêtise ! Si ce n'est pas pour toi, pourquoi vient-il ici ? Tu sembles oublier que je t'ai trouvée pratiquement dans ses bras hier après-midi.

— Oui, c'était si amour-amour de sa part, convint Cynthia en grignotant un morceau de pain grillé. Maman chérie, vous êtes *trop* floue ! Timothy ne *voit* que Beulah Birtley. Je ne dis pas que je n'aurais pas pu l'avoir, parce que, honnêtement, je pense que cette Birtley n'aurait pas eu une chance, n'est-ce pas ? Mais je suis pratiquement sûre que Lance est *beaucoup* mieux mon type. »

Les souvenirs désagréables se précipitaient dans l'esprit de Mrs Haddington. Elle lança, furieuse : « Ce gibier de prison ! Sale petite intrigante ! Je vais lui régler son compte et vite. Mais tout ça ne tient pas debout, ma poupette. Pas un homme ne la regarde quand tu es là. Je suis bien persuadée qu'elle essaie de mettre le grappin sur lui, mais je vais faire cesser ça tout de suite.

— Oh, zut, on s'en balance ! » dit Cynthia en se laissant aller sur ses énormes oreillers bordés de dentelle. « *Moi*, je n'en veux pas. J'aime mieux Lance. D'ailleurs, vous n'empêcherez rien. Elle a dîné avec lui hier soir chez Armand. Moira y était et elle les a vus.

— Vraiment ! » Mrs Haddington pinça encore des lèvres déjà minces, regarda sa fille, hésita, puis dit d'un ton léger : « Laissons cela ! Je veux que tu t'habilles maintenant, ma chérie, et que tu descendes dans mon boudoir, parce que Miss Spennymoor t'attend pour l'essayage. »

Cette requête, pourtant formulée en termes prudents, déclencha une crise. Cynthia, qui avait pris fantaisie de s'asperger de parfum à l'aide d'un vaporisateur en cristal taillé, jeta ce coûteux joujou dans la cheminée, où il explosa. Mais cet accès de mauvaise humeur eut pour heureux effet de l'inciter à se lever : nul n'aurait pu tenir dans une atmosphère si chargée de parfums d'Arabie qu'elle faisait tourner la tête. Boudeuse et pleurnichante, elle descendit donc l'escalier menant au boudoir, où Miss Spennymoor l'attendait patiemment.

Elle se laissa dévêtir, puis passer par la tête la robe de laine noire maternelle en se contentant de rechigner. « J'ai l'air d'un épouvantail en noir et elle griche de partout.

— C'est seulement pour l'enterrement, ma minette, affirma Mrs Haddington, apaisante. Ne bouge pas, que Miss Spennymoor puisse voir ce qui ne va pas. Ma chérie, ne te tiens pas sur une jambe !

— Oh, Maman, je ne vais pas être obligée d'aller à

l'enterrement, n'est-ce pas ? gémit la jouvencelle. Je ne veux pas ! C'est *trop* et Dan dirait que ce n'est pas la peine que j'y aille, je le *sais*. Oh, Seigneur, j'ai l'air de quoi dans cette horreur ? Enlevez-moi ça ! »

Miss Spennymoor glouglouta aimablement.

« Oh, comment pouvez-vous dire ça, Miss Haddington, juste au moment où moi, je pensais que vous étiez si mignonne. On dit toujours que le noir est le fard des blondes, n'est-ce pas ? Les mariages... eh bien je ne sais pas comment ça se fait, mais si je veux pleurer tout mon content je vais voir un de ces grands mariages qu'ils font à St Margaret. Les enterrements, c'est très différent — très différent, c'est sûr. Naturellement, ça fait réfléchir quand le cercueil est descendu dans le caveau, mais il faut toujours voir le bon côté des choses et neuf fois sur dix, c'est une délivrance, comme pour ma pauvre mère quand Papa est mort et une fois la bière sortie de la maison, c'est étonnant la différence que ça a fait ; ça ressemblait plutôt à une partie de plaisir. Jamais on aurait cru que Maman avait passé la moitié de la nuit à faire cuire le jambon. Pour vous, bien sûr, ça n'est pas la même chose, puisque vous n'avez pas le corps dans la maison, mais je suis bien sûre que le monsieur aura un bel enterrement malgré tout. Ça ressemblait plus à une fête qu'à des funérailles, pour mon père. Qu'est-ce qu'on s'est amusés ! »

Sans tenir le moindre compte de cette consolation inspirée par un bon naturel, Cynthia marmonna : « Si Lance me voyait dans cet accoutrement-là, il aurait une crise !

— Ma chère enfant, à ta place, je ne me laisserais pas guider par les idées de ce jeune homme sur ce qui est convenable et ce qui ne l'est pas.

— Mon Dieu, non », dit Miss Spennymoor assez

indistinctement. Elle retira plusieurs épingles de sa bouche. « Excusez-moi, mais naturellement je sais à qui vous faites allusion. J'ai très bien connu sa maman, comme je vous ai dit l'autre jour, Mrs Haddington. Oh oui, je l'ai bien connue, la pauvre Maudi Stratton. Quel numéro ! Elle voulait à toute force appeler son môme Lancelot. Elle avait lu un poème sur un bonhomme de ce nom-là dans un livre que son Hilary lui avait donné et ça l'avait emballée, je me demande encore pourquoi parce que, tout ce qu'il trouvait à dire dans le poème quand il voyait la jeune fille toute nue dans une barque, c'est qu'elle avait une jolie figure. Enfin, tout ça, c'est très bien et je suppose qu'il était très beau lui aussi avec son casque et sur son cheval — parce que un cheval, il n'y a rien de tel pour donner du *ton* à quelqu'un, n'est-ce pas ? J'y pense toujours si jamais j'ai le temps d'aller à Hyde Park, ça m'arrive quelquefois. Mais enfin, les apparences, ça n'est pas tout et, à mon idée, c'est pas naturel de perdre la tête pour quelqu'un qui se promenait en chantant Tirralirra comme le Lancelot, qui ne faisait pas autre chose si j'ai bien compris. Il y a de quoi rire. Enfin c'était comme ça, Maudi n'avait qu'une idée, pas deux, appeler son gamin Lancelot. Elle était tellement sûre que ça serait un garçon ! Et moi, je lui disais que c'était tenter la providence et c'est bien ce qui est arrivé, puisqu'elle a eu des jumeaux panachés. Ce que j'ai ri ! J'ai cru que j'allais en étouffer. Si vous voulez bien vous tourner, Miss Cynthia, je pourrais voir si elle tombe droit. »

Mrs Haddington, qui avait écouté ces réminiscences dans un silence glacial, rencontra à ce moment le regard de la petite couturière et, selon les termes de celle-ci par la suite, la « transperça comme un couteau ». Miss Spennymoor, couverte de confusion, toussa et dit très vite : « Mais je bavarde, je bavarde... » Et dans son agitation, planta une épingle dans la chair tendre de Cynthia. Lorsque cette damoiselle ultrasensible eut retrouvé (à grand-peine) son indifférence boudeuse, toute idée de Lord Guisborough et de sa romantique génitrice avait fui l'esprit de Miss Spennymoor et elle poursuivit sa tâche sans mot dire.

Elle venait juste de se retirer dans la solitude de la lingerie au deuxième étage, quand Beulah entra dans le boudoir pour présenter le total des factures de la semaine à Mrs Haddington, qui fronça les sourcils et dit : « Je vais vérifier avec les livres de comptes. »

Beulah rougit. « Certainement. Les voici.

— Sauve-toi, ma chérie, dit la maîtresse de maison à sa fille, sur un tout autre ton. A ta place, je ne courrais pas à travers la ville aujourd'hui. Pourquoi ne pas téléphoner à Betty pour lui demander si elle n'aimerait pas faire un tour avec toi dans le parc ? Vous reviendriez déjeuner ici. Ça ne serait pas charmant ?

— Non, odieux, répondit Cynthia avec une parfaite franchise. Je vais m'allonger. Je suis mal foutue à crever. »

Sur ces élégantes paroles, elle s'en alla en négligeant de fermer la porte derrière elle.

Mrs Haddington s'assit à son bureau et tendit la main pour que Beulah lui donne les livres de comptes. Celle-ci les posa devant la dame, avec l'addition qu'elle avait faite.

« Votre total semble exact, dit celle-ci après une pause.

— Non, pas possible ? répliqua Beulah. J'étais persuadée d'avoir chauffé un demi-penny.

— Je vous conseille de ne pas être impertinente, ma

fille. Vous constaterez qu'ici ça ne paie pas. » Elle sortit son chéquier d'un tiroir et trempa sa plume dans l'encrier en argent. « Il y a encore autre chose dont j'aimerais vous parler. D'après ce que je sais, vous avez dîné avec Mr Harte hier chez Armand.

— Et alors ? » lui lança Beulah.

La plume glissait lentement sur le chèque. « J'ai à peine besoin, je pense, de vous demander si Mr Harte est au courant de votre passé, disons, assez peu ordinaire ? » poursuivit Mrs Haddington.

Le fard de l'indignation s'était effacé sur les joues de Beulah, les laissant très blanches. « Je ne vois pas en quoi ça vous regarde, dit-elle.

— Ça me regarde directement. Mr Harte a fait votre connaissance sous mon toit et je serais obligée, en conscience, de lui glisser un mot d'avertissement dans l'oreille. »

Beulah s'agrippa au marbre de la cheminée.

« Je vois bien la manœuvre, dit-elle, le souffle court. Après m'avoir rejetée avec dégoût, Timothy tomberait dans les bras de votre fille. J'ai bien peur qu'il n'en fasse rien ; son goût ne le porte pas vers les blondes sans cervelle. » Elle s'arrêta net et ajouta très vite : « Désolée ! Je n'aurais pas dû dire ça. »

Mrs Haddington pressa un buvard sur le chèque et se retourna dans son fauteuil pour regarder Beulah de la tête aux pieds. « Alors, vous vous imaginez vraiment que vous allez prendre ce jeune homme dans vos filets ? Très amusant. Mais quelque chose me dit que les Harte ne vont pas chercher leurs épouses à Holloway. Nous verrons bien. »

Beulah lâcha la cheminée et s'avança d'un pas. « Quoi que vous fassiez, il n'épousera pas Cynthia, dit-elle.

— Miss Cynthia, corrigea Mrs Haddington — sans acrimonie.

— Oh, ne soyez donc pas si stupide ! Ma famille vaut cent fois la vôtre. Vous essayez de me faire perdre patience, mais je vous avertis, ça pourrait être dangereux. Je n'ai pas soufflé la place de votre fille auprès de Timothy, jamais un instant il n'a pensé sérieusement à elle. Qu'est-ce que ça peut vous faire que je l'épouse ? Il y a des douzaines d'hommes qui seraient trop heureux de l'avoir et vous ne voulez pas me laisser le seul qui me préfère. Pourquoi ? Je vais l'épouser non pas parce qu'il est riche et bien né et futur baronnet, mais parce que je l'aime. Si vous croyez que vous pourrez m'en empêcher, vous vous trompez comme jamais vous ne vous êtes trompée de votre vie. Je ne suis plus une oie blanche, alors méfiez-vous ! J'ai supporté votre langue de vipère pendant tous ces mois parce que ça m'arrangeait de garder ce travail, mais je ne supporterai aucune ingérence dans ma vie privée. Si vous me poussez à bout, je ne reculerai devant rien. Si je ne peux pas avoir Timothy, je me moque de ce qui peut m'arriver. Maintenant, vous savez. »

Sur le seuil, Thrimby toussa avec une insistance extrêmement appuyée. « Je vous demande pardon, madame, mais je croyais que Miss Cynthia était ici. Lord Guisborough la demande au téléphone. »

Beulah le foudroya du regard en se mordant les lèvres. Mrs Haddington dit froidement : « Voici le chèque, Miss Birtley. Vous voudrez bien payer les notes demain matin, avant de venir travailler. Descendez, je vous prie, auprès de Mrs Foston pour qu'elle vous dise ce qu'il faut acheter aujourd'hui. Miss Cynthia se repose, Thrimby. Je vais répondre à Lord Guisborough. »

Racontant par la suite cet intéressant épisode à sa collègue, l'intendante, il devait déclarer avec une assurance impressionnante : « Rappelez-vous bien ce que je vais vous dire, Mrs Foston, elle sait cacher son jeu, cette jeune femme-là. J'ai toujours eu mon idée sur la question, depuis le début, et je me méfie.

— Ma foi, répondit Mrs Foston, aussi joviale qu'elle était grosse, quoi qu'il en soit, moi je la plains, Mr Thrimby, aussi vrai que je vous cause. Je n'ai jamais eu de mots avec elle, mais enfin, bien faire et laisser dire, c'est ma devise. Je resterai ici jusqu'à la fin de la saison parce que je l'ai promis à Mrs H., mais pas un jour de plus. Je n'ai pas été habituée à des choses pareilles et c'est la pure vérité. Seulement, de nos jours où les meilleures maisons diminuent leur personnel... » Gros soupir. « Vous savez ce que c'est, Mr Thrimby.

— Je sais. » Soupir de même calibre. « On se demande quelquefois où on va.

— On ne parle que des Travailleurs, dit Mrs Foston en secouant une nappe à thé, qu'elle examina minutieusement avant de la replier. On croirait bien qu'il n'y a que dans les usines ou les chantiers navals ou sur les routes qu'on travaille. Qui est-ce qui s'occupe de personnes comme vous ou moi ou comme mon frère qui avait quatre aides jardiniers sous ses ordres et qui se loue à la journée parce que personne n'a plus les moyens de se payer un chef jardinier ? Ça me casse les bras, Mr Thrimby.

— Ah, c'est le progrès, Mrs Foston, répondit-il vaguement.

— Oui, et c'est probablement aussi à cause du progrès que n'importe quelle gamine qui n'a pas eu plus de formation que mon canari, arrive, hardie comme un page, en demandant autant qu'une bonne femme de chambre qui a commencé toute petite et monté les échelons. Quelque chose pour rien, voilà ce qu'on demande aujourd'hui. Et le pire, c'est qu'on leur donne ! Ça me met hors de moi. »

Là, Mr Thrimby sachant son éminente collègue montée sur son cheval de bataille, jugea prudent de se retirer, et Mrs Foston se trouva obligée d'achever sans public sa harangue inspirée.

A l'exception de l'intendante, qui avait déclaré qu'elle préférait ne rien dire, et de Mr Gaston, le chef, qui professait une sublime indifférence pour tout ce qui se produisait hors des frontières du domaine sur lequel il régnait, les domestiques étaient unanimes pour assurer qu'ils n'avaient pas l'habitude des meurtres, ni l'intention de la prendre. La première femme de chambre, reprenant des forces avec une tasse de Bovril, informa la subordonnée venue apporter ce breuvage reconstituant à son chevet que les cadavres étranglés n'étaient pas ce qu'elle appellerait plaisants, et la bonne qui servait à table donna ses huit jours en disant que la mort de Mr Seaton-Carew lui avait tourné les sangs. Exemple qui aurait certainement été suivi par la fille de cuisine, orpheline que sa tante ne voulait plus laisser dans une maison où il se passait des choses pareilles. Mais elle avait trop peur de Mr Gaston pour donner son congé sans qu'il le lui permette ; or, comme elle était la moins stupide des souillons qui lui avaient été allouées, il ne le lui donna pas, soutenant avec une ferveur toute méditerranéenne que ce qui se passait dans les étages ne les regardait ni lui ni elle. Margie, aisément influençable, fut domptée par tant d'éloquence et le reste du personnel, tout en déplorant le laxisme de Mr Gaston, conclut qu'il ne fallait pas oublier qu'il était français.

Malgré l'outrage infligé à leurs plus nobles sentiments, il était indéniable que l'événement procurait un plaisir non négligeable aux domestiques. Non seulement c'était un sujet de discussions inépuisable, mais il les rendait plus intéressants aux yeux d'amis et de relations moins expérimentés, et il leur fournissait une série de sensations qui n'étaient pas toutes désagréables. Il donna même une excellente excuse à la deuxième femme de chambre quand elle cassa la théière de Mrs Haddington et oublia de tirer les rideaux dans la salle de bains. Elsie, arrachée, chancelante, à son lit de douleurs, pouvait bien prétendre que l'interrogatoire de l'inspecteur Grant avait gravement compromis ses chances de se remettre de la grippe, cette visite lui avait aussitôt donné de l'importance, et elle n'y aurait pas renoncé pour un empire. Thrimby, écoutant depuis l'office une brève conversation au téléphone entre sa maîtresse et Lord Guisborough, put réduire de telles prétentions en prenant des airs renseignés assortis de ces phrases ambiguës que Hamlet recommandait à ses amis d'éviter.

La journée fut d'ailleurs mémorable pour le personnel, car même la visite du Dr Westruther fut revêtue d'une signification sinistre. La prosaïque gouvernante eut beau faire remarquer que l'événement n'était pas sans précédent, le fait que le praticien resta claquemuré avec Mrs Haddington pendant près d'une heure fut jugé suffisant pour donner naissance aux spéculations ; en effet, comme le signala Miss Mapperley toujours sagace, si la vieille n'avait voulu qu'un sédatif pour ses nerfs en lambeaux, il n'aurait pas fallu plus de vingt minutes pour faire une ordonnance. Sur les talons du médecin arriva l'inspecteur et, bien que sa descente au sous-sol eût provoqué l'émoi de la fille de cuisine, qui se retrouva « toute drôle » dans le lavoir, elle procura un plaisir considérable à tous les autres domestiques, car cette démarche conférait une certaine distinction à l'office, et de plus on put constater qu'il n'était « pas fier ». Il accepta les tasses de thé avec force compliments et bavarda de la façon la plus agréable, même avec des participants aussi humbles que la femme de ménage venue aider aux Gros Travaux. En fait, il plut tellement que même son accent chantant, d'abord jugé particulièrement risible, passa en fin de compte pour ajouter à son charme, au point qu'à l'heure où la table fut mise pour le thé, Mrs Foston, mue par l'inspiration, sortit de son placard un pot de miel qui lui semblait être une production typiquement écossaise. S'il avait encore manqué la moindre chose pour asseoir la popularité de l'inspecteur, cette lacune fut comblée par le tact avec lequel il se précipita dans la brèche qu'avait causée la gaffe de la deuxième femme de chambre ; elle avait en effet lu tout haut l'étiquette du pot, qui proclamait que le contenu était du Miel Surfin, butiné par des abeilles sans conteste anglaises. Elsie, descendue en chancelant, bien décidée à tourner de l'œil, émergea triomphante de son entretien avec le policier et put en prime donner une information exclusive à ses pairs : l'enquête publique sur la mort du pauvre Mr Seaton-Carew aurait lieu le lendemain. Personne n'avait osé poser cette question essentielle à l'inspecteur, mais si tous étaient reconnaissants à Elsie de leur avoir fait connaître le jour et l'heure, l'état précaire de sa santé ne la mit pas à l'abri des flèches de Miss Mapperley, qui l'adjura de ne pas faire des histoires comme si elle se prenait pour Mata Hari.

L'inspecteur à peine parti, une sensation de moindre intensité fut provoquée par l'arrivée de Mr Sydney

Butterwick. Le fait en lui-même n'avait pas grande importance, mais il revêtait un certain piquant supplémentaire, parce que, une des domestiques l'avait rapporté, il avait appelé Mrs Haddington au téléphone plus tôt dans la journée et comme on lui demandait s'il voulait laisser un message, il avait répondu non d'un ton furieux et coupé brutalement. N'ayant reçu aucune instruction à ce sujet, Thrimby fit donc monter le jeune homme au salon, où Mrs Haddington, ayant fini son thé une demi-heure auparavant, essayait de convaincre sa fille qu'il serait à la fois imprudent et peu convenable de se rendre à un cocktail ce soir-là. Cynthia venait de l'informer que la moindre restriction imposée à ses mouvements la rendrait folle quand Mr Butterwick entra, lui aussi dans un état de fébrilité extrême, et sans égard pour les conventions, éclata, avant même que Thrimby l'eût annoncé, en disant d'une voix tremblante : « Je veux vous parler, Mrs Haddington ! »

Jamais encore le maître d'hôtel n'avait souhaité avec autant d'ardeur un prétexte pour s'attarder ! La table à thé avait été retirée ; par ce triste après-midi de février, il avait tiré les rideaux de toutes les pièces de séjour dès quatre heures ; le feu pétillait dans la cheminée, et il semblait que pas un cendrier n'eût été à vider. Il fut obligé de se replier sur le palier, voire, deux minutes plus tard, dans son propre domaine, parce que Cynthia, saisissant l'occasion d'échapper à l'autorité maternelle, sortit du salon et faillit bien le surprendre. Il put seulement rapporter à Mrs Foston que Mr Butterwick avait demandé à Mrs Haddington comment diable elle avait eu le culot de raconter des tas de mensonges sur lui à la police. Et quand elle lui avait répondu d'un ton glacial qu'elle ne comprenait pas ce qu'il voulait dire, il s'était exclamé : « Vous comprenez bougrement bien ce que je veux dire ! Et ce que je voudrais savoir, moi, c'est pourquoi vous tenez tant à ce qu'on me soupçonne d'avoir tué Dan. »

Un quart d'heure plus tard, alors que Mr Butterwick était encore avec Mrs Haddington, Thrimby ouvrit la porte à un nouveau visiteur. C'était Lord Guisborough et, comme le maître d'hôtel avait écouté la conversation téléphonique de celui-ci avec la dame dans la matinée, il l'attendait. Le jeune lord avait appelé pour proposer à Cynthia de passer une autre soirée avec lui, à quoi Mrs Haddington avait répondu qu'elle tiendrait beaucoup à avoir un petit entretien avec lui et serait heureuse qu'il pût venir la voir dans le courant de l'après-midi. Rendez-vous avait été pris pour six heures moins le quart. Mrs Foston, dodelinant du chef, avait pronostiqué une explication sur le fond, ajoutant qu'il était grand temps ; mais Miss Mapperley soutenait que la vieille cloche lui reprocherait plutôt de faire veiller Miss Cynthia jusqu'à point d'heure.

Comme le noble jeune homme n'avait pas de chapeau, ses boucles noires étaient encore plus en désordre qu'à l'accoutumée, ce qui ne semblait pas le troubler davantage que l'absence de gants ou de canne. Il refusa de laisser Thrimby l'aider à quitter son pardessus en le régalant au lieu de cela d'une courte dissertation sur l'Égalité des Hommes qui ne fit qu'accroître le mépris du domestique pour lui. Dans son égarement, il alla jusqu'à dire que ce n'était pas la peine de l'annoncer, mais Thrimby put déjouer cette révoltante manœuvre en le précédant d'autorité dans l'escalier.

A ce moment, une porte s'ouvrit sur le palier du premier et la voix de Mr Butterwick se fit entendre qui assurait à Mrs Haddington que pour rien au monde il ne remettrait les pieds dans cette maison. Il descendit l'escalier comme un bolide, faillit renverser Thrimby, poussa un juron, aperçut Lord Guisborough qui montait au premier étage dans le sillage du maître d'hôtel, rougit, marmonna un bonjour inaudible et poursuivit sa course jusque dans le hall. Après un instant d'hésitation, Thrimby reprit son ascension majestueuse, ouvrit la porte du salon et annonça le visiteur.

« Ah, Lord Guisborough, je suis ravie que vous puissiez me donner quelques minutes ! » dit Mrs Haddington se levant du sofa la main tendue.

A coup sûr, pas de drame à attendre pendant cette visite. Thrimby se retira donc, prêt en cas de nécessité à aider Mr Butterwick à enfiler son pardessus. Mais quand il arriva au rez-de-chaussée, plus trace du jeune homme, à part sa canne qu'il semblait avoir oubliée dans son agitation. Thrimby retourna donc dans son office et s'installa commodément pour lire le journal du soir. A peine plus d'une demi-heure plus tard, il sursauta en entendant la porte d'entrée claquer avec violence à faire trembler toute la maison et, un instant après, la sonnette du salon se mit à tinter avec obstination. Il s'arracha donc à son fauteuil, se lissa les cheveux, redressa sa cravate et s'engagea dans l'escalier. Le tout sans hâte, parce qu'il était corpulent et devait en outre veiller à sa dignité. Il fut interpellé depuis le palier du demi-étage par sa maîtresse, qui souhaitait savoir pourquoi il lui fallait la journée pour répondre à la sonnette. Puis, sans lui laisser le temps de s'expliquer, elle lui dit sur son ton le plus tranchant : « Lord Guisborough vient de sortir. Veuillez noter qu'à l'avenir je ne serai jamais chez moi s'il me demande.

S'il appelle, à n'importe quel moment, vous direz que ni moi ni Miss Cynthia ne pouvons venir au téléphone. C'est bien compris ? »

Thrimby, qui était fort loin de comprendre quelle pouvait être la raison d'une volte-face aussi brusque, se contenta de s'incliner en murmurant : « Certainement, madame.

— Et dites à Miss Birtley que je veux la voir avant qu'elle parte.

— Miss Birtley est partie il y a un quart d'heure, à six heures, fit Thrimby.

— Ah, les consignes du syndicat, je suppose, ricana désagréablement Mrs Haddington. Très bien, aucune importance. Vous pouvez apporter les cocktails dans le salon maintenant. »

Thrimby s'inclina de nouveau, parvenant par ce simple geste à faire savoir qu'il avait toujours eu l'intention d'apporter les cocktails dans le salon et que si sa maîtresse les voulait une demi-heure plus tôt que d'habitude, elle les aurait. Mais qu'il garderait pour lui ses inévitables réflexions. « Et puis, enchaîna la dame sur le ton cassant qui ne manquait jamais d'exaspérer ses domestiques, j'ai perdu ma broche en émeraudes. »

Thrimby se raidit : « Vraiment, madame ? J'en suis bien désolé et je peux vous assurer...

— Je ne vous accuse pas de l'avoir volée. Le fermoir de sûreté ne tient pas bien et il a dû s'ouvrir. Je vous dis simplement qu'elle est quelque part dans la maison et qu'il faudra la trouver quand on fera le ménage demain matin.

— Certainement, madame. Je vais prévenir les femmes de chambre moi-même », assura Thrimby.

Quand il remonta avec le plateau des cocktails, le salon était vide, mais Mrs Haddington descendit du second pendant qu'il était en train de redresser les coussins et de remettre une bûche dans le feu. Les sourcils froncés, elle lui demanda : « Savez-vous si Miss Cynthia est sortie, Thrimby ?

— Je ne pourrais pas vous dire, madame.

— Elle ne vous a pas demandé d'appeler un taxi ou autre chose ?

— Non, je n'ai pas vu Miss Cynthia.

— Ah, bien, elle est peut-être dans le boudoir. » L'espoir l'emportait sur la conviction. Elle avait trouvé dans la chambre de sa fille maintes preuves d'un rapide changement de costume et, s'il n'était pas impossible que Cynthia eût décidé d'arborer une tenue assortie à une soirée passée au coin du feu, elle avait plus vraisemblablement filé dans sa nouvelle robe de cocktail (fort osée) pour se rendre à la réception défendue.

Le boudoir était plongé dans l'obscurité. Mrs Haddington referma la porte, constata que Thrimby l'avait suivie et dit : « Je pense que Miss Cynthia est sortie. Vous direz à Gaston que je ne l'attendrai pas pour le dîner si elle n'est pas rentrée à huit heures. Oh, grand Dieu, qui ça peut-il être encore ?

— Dois-je dire que vous êtes sortie, madame ? demanda Thrimby en se préparant à descendre pour répondre à la sonnette de la porte d'entrée.

— Oui... non ! Si c'est Lady Nest, ou Sir Roderick, ou Mr Harte, des gens comme ça, je les recevrai », répondit-elle en reculant pour ne pas être dans la ligne de vision de la grande porte.

Ce n'était aucune de ces personnes. Aux aguets sur le palier, Mrs Haddington entendit la voix unie de Godfrey Poulton qui demandait à être annoncé. Elle s'avança en haut de l'escalier, en disant sur son ton le plus mondain : « Mr Poulton ! Quelle agréable surprise. J'étais justement en train de recommander à mon maître d'hôtel de dire que j'étais sortie, mais naturellement vous, vous êtes toujours le bienvenu. La très chère Nest n'est donc pas avec vous ? »

Poulton tendit gants et écharpe à Thrimby, puis regarda en haut de l'escalier : « Bonsoir, Mrs Haddington. Non, malheureusement, ma femme n'est pas avec moi. Je vous serais très obligé de bien vouloir m'accorder quelques minutes.

— Bien sûr, répondit-elle toujours souriante, mais la bouche un peu crispée. J'espère que vous ne m'apportez pas de mauvaises nouvelles de Nest ? »

Il monta l'escalier pour la rejoindre et lui dit, sans répondre à la dernière question : « Puis-je vous voir en privé ? Je ne vous retiendrai pas longtemps. »

Elle ouvrit la porte du boudoir. « Vraiment, vous m'inquiétez, Mr Poulton. Entrez chez moi. Personne ne nous dérangera. Savez-vous que j'ai pensé à Nest toute la journée ? Cela lui ressemble si peu de ne pas m'avoir passé un coup de fil. »

Il la suivit dans la pièce et ferma la porte. Thrimby redescendit au sous-sol où, rencontrant Miss Mapperley, il lui confia qu'il y avait Anguille sous Roche

« Parce que Mr Poulton n'a guère l'habitude d'entrer ici, comme ça en passant, déclara-t-il. Et d'après la tête qu'il faisait, il n'est pas venu juste pour parler de la pluie et du beau temps.

— Ça ne m'étonnerait pas, suggéra Miss Mapperley, agréablement titillée, qu'il soit venu dire qu'il ne veut plus que Lady Nest mette les pieds dans cette maison. Pensez, après ce qui s'est passé ! Je l'ai vu à la soirée de bridge et il avait l'air rudement autoritaire. Un peu comme Cary Grant, en plus vieux, bien sûr, et moins beau. Je l'ai dit tout de suite à Elsie. Je donnerais cher pour savoir ce qu'il est en train de dire à la vieille sorcière. »

Mais ni elle ni Thrimby n'étaient destinés à être éclairés sur ce point capital. L'entretien ne dura pas longtemps puisque, au bout d'un peu plus de vingt minutes, la sonnette appela Thrimby pour qu'il reconduisît le visiteur.

En arrivant dans le hall, il trouva Godfrey Poulton qui descendait l'escalier sans se presser, le visage de marbre, impénétrable comme à l'accoutumée. Il remercia le maître d'hôtel qui l'aidait à renfiler son pardessus, prit le chapeau et les gants qu'il lui tendait et sortit afin de retrouver la voiture qui l'attendait. Le chauffeur bondit pour lui ouvrir la portière, il monta et la voiture démarra à l'instant où Thrimby refermait la porte de la maison.

Miss Mapperley, qui attendait avec impatience le rapport du maître d'hôtel, fut déçue, mais se dit que l'humeur de Mrs Haddington au moment de la toilette du soir lui indiquerait sans doute si la visite lui avait apporté quelque satisfaction ou pas. « On voit toujours quand quelque chose la contrarie, observa-t-elle. Je parie que ce soir je ne ferai rien de bien. »

Mrs Haddington tarda à sonner. Aucun appel n'avait encore alerté Miss Mapperley lorsque Thrimby monta dans la salle à manger mettre le couvert. Il était en train de plier les serviettes en forme de lotus quand des pas légers dans le hall le firent sortir sur le palier. Beulah Birtley allait ouvrir la porte d'entrée pour s'en aller.

« Je croyais que vous étiez rentrée chez vous, Miss », dit Thrimby.

Elle sursauta et se retourna vivement, très rouge.

« Oh, je ne savais pas que vous étiez là. Oui, j'étais bien rentrée chez moi, mais j'avais oublié le chèque de Mrs Haddington et j'ai été obligée de revenir le chercher. Pour l'amour du ciel, ne le lui dites pas ! »

Thrimby savait parfaitement que Miss Birtley avait une clef pour qu'il ne soit pas obligé de venir lui ouvrir chaque fois que Mrs Haddington l'envoyait faire une course, mais il préféra prendre un air de profonde désapprobation. « Mrs Haddington souhaitait vous voir avant que vous partiez, Miss, alors c'est une chance que vous soyez revenue. Je pense que vous la trouverez dans son boudoir.

— Je n'ai pas la moindre envie de la trouver, merci ! répondit Beulah. Mon service s'est terminé à six heures, et je rentre chez moi. Il n'y a absolument aucune raison pour lui dire que je suis revenue.

— Si vous voulez bien attendre un instant, Miss, dit Thrimby, implacable, je vais voir si Mrs Haddington a un message pour vous. »

Il constata, non sans satisfaction, que ces mots avaient fait naître un pli soucieux sur le front de Miss Birtley et se mit en devoir de gravir l'escalier de son pas majestueux.

— Oh ! je ne savais pas que vous [illegible] ! Oui, j'avais bien remarqué [illegible] de [illegible] revenu [illegible] chercher [illegible] dites [illegible]

Il [illegible] avait [illegible] pour qu'il [illegible] pas obligé de [illegible] [illegible] l'autre [illegible] course [illegible] Miss [illegible] vous [illegible] trouvé dans [illegible]

— [illegible] merci, [illegible] terrain [illegible] sa bonne [illegible] pour la campagne [illegible]

— Si vous voulez bien [illegible] Miss [illegible] pour vous.

Il [illegible] satisfaction, que [illegible] Miss [illegible] de son [illegible]

CHAPITRE XIV

Il était à peine plus de sept heures et demie quand Hemingway arriva à Charles Street. La porte fut ouverte avec une exceptionnelle célérité par Thrimby, qui dévisagea les deux policiers comme s'il n'en croyait pas ses yeux et s'exclama : « Jamais je n'aurais cru que vous arriveriez si vite !

— Si vite ? demanda Hemingway, notant d'un coup d'œil certains signes de désordre dans la tenue du maître d'hôtel. Je veux voir votre maîtresse.

— Oui, bien sûr, dit Thrimby en avalant sa salive avec difficulté. Si vous voulez bien me suivre. » Il attendit que les deux hommes eussent jeté leur pardessus sur une chaise et les conduisit dans le boudoir. Il en ouvrit la porte sans dire un mot, et s'effaça, les yeux soigneusement détournés, pour laisser entrer les inspecteurs.

Dans le fauteuil à côté du téléphone, Mrs Haddington était assise, les yeux horriblement exorbités, la langue pendante, deux bouts de cordon à tableaux dressés derrière la tête.

L'inspecteur principal s'immobilisa, pétrifié, et

entendit Grant qui murmurait sur le seuil derrière lui : « *A Mhuire Mhathaid !* » Il pivota brusquement sur ses talons et fit face au maître d'hôtel : « Quand est-ce que ça s'est passé ? »

Thrimby secoua la tête en se mordant les lèvres : « Je ne sais pas. Il n'y a pas plus de dix minutes que je l'ai trouvée. J'ai appelé Scotland Yard. On m'a dit que vous seriez là dans quelques minutes.

— Nous devions être déjà partis, marmonna Hemingway. Qu'est-ce qui a pu faire ça ? Vous avez une idée ?

— Oui, inspecteur. Ça ne peut être que Mr Poulton ou Miss Birtley. J'en suis sûr. Je garde Miss Birtley dans la bibliothèque, Mr Poulton a quitté la maison il y a près d'une demi-heure.

— C'est bon ! dit Hemingway, très bref. Je vous verrai dans un moment ; pour l'heure, vous pouvez disposer.

— Merci, inspecteur », répondit avec une réelle gratitude Thrimby qui s'empressa de disparaître.

Hemingway referma la porte du boudoir. Il posa ensuite ses doigts un bref instant sur le poignet de Mrs Haddington, puis observa d'une voix posée : « J'ai bien l'air de m'être planté, hein ? Du joli travail ! Je suppose que la boîte a déjà envoyé un médecin, mais il vaut mieux téléphoner, en cas d'accident. Je ne sais pas depuis combien de temps elle est morte, ce qui est sûr, c'est qu'elle est encore chaude. Dites-leur que j'ai un meurtre en double exemplaire sur les bras et que je veux qu'on m'envoie le sac à malices habituel. »

Grant sortit son mouchoir, dont il entoura l'appareil avant de le prendre. Pendant qu'il parlait, son supérieur examinait minutieusement le corps de la victime. Le fauteuil dans lequel elle était assise avait un peu glissé en s'éloignant de la table, la tête était rejetée en arrière, la nuque appuyée sur l'encadrement en bois doré du dossier capitonné ; les jambes se raidissaient devant elle, les bras pendaient, inertes, hors des accoudoirs et sa robe était remontée d'un côté. Hemingway jeta un regard perçant autour de la pièce.

Grant replaça le combiné. « Les gars sont en route, annonça-t-il. Empreintes et photos. *Mo thruaighe*, c'est vraiment terrible. »

Hemingway hocha la tête.

« Vous croyez que c'est un fou ?

— Je n'en sais rien du tout.

— Tout est à l'identique, dit Grant, les yeux rivés sur le cadavre.

— Vous trouvez ? Eh bien, moi pas. D'abord, à moins que je me trompe du tout au tout, elle n'était pas assise dans ce fauteuil quand elle a été tuée, regardez donc la position ! Pour être tombée en arrière, le cou contre le dossier, il aurait fallu qu'elle soit assise tout à fait au bord du siège, et alors elle serait tombée en avant pas en arrière. Et puis regardez ces marques sur le tapis. A mon avis elle était assise devant le feu et ce sont ses talons qui ont laissé ces traces quand on l'a traînée là où on la voit maintenant. »

Grant regarda la moquette. Deux diagonales la rayaient, deux lignes de poils rebroussés.

« Mais pourquoi ? demanda-t-il, incrédule.

— Pas la moindre idée. Vous avez peut-être raison et c'est un fou. Ou alors simplement quelqu'un qui a un sens de l'humour un peu particulier. Allez savoir !

— Poulton n'a rien d'un fou, déclara Grant. Je n'ai jamais vu un homme plus sensé.

— Pour l'amour du ciel, Sandy, pas de conclusions précipitées ! dit Hemingway agacé. Ça nous débarquerait dans un beau pétrin. Il est vrai qu'on y est déjà. Il en a un culot, tout de même, ce type, buter une deuxième victime pendant que je suis encore en train d'enquêter sur le premier crime ! Et ne me dites pas que Poulton en a pour deux parce que je le sais déjà.

— *Ch'an abair mi dad !*

— Si vous essayez de me rendre enragé... Qu'est-ce que ça veut dire ? »

L'autre s'excusa : « Ça m'a échappé. Ça signifie que je ne dirai rien.

— Si vous la fermez hermétiquement, alors peut-être en effet que je pourrai tirer cette affaire-là au clair », dit Hemingway. Puis il s'adoucit et ajouta : « Désolé, Sandy. Vous comprenez, je croyais vraiment que j'allais pouvoir opérer une arrestation ce soir.

— Je comprends bien, oui, répondit Grant sans conviction.

— Enfin, bon, vous avez certainement l'air de marquer un point. Ce qui m'attend, c'est un coup de savate au train des plus officiels. Voyez donc qui c'est. »

Grant alla ouvrir la porte et le médecin légiste entra. Le Dr Yoxhall jeta un coup d'œil sans passion au cadavre dans le fauteuil et posa son sac. « Bonsoir, Hemingway. Qu'est-ce que c'est encore que ça ?

— Encore un petit boulot pour vous. Ça devient monotone, n'est-ce pas ? »

Sans daigner répondre, le médecin se pencha sur le corps et déclara au bout de très peu de temps : « Je ne peux rien vous dire que vous ne soyez capable de trouver tout seul. Morte il y a moins d'une heure ; strangulation ; méthode identique à celle du premier crime dans cette même pièce. A qui est-ce que vous avez donc à faire inspecteur ? Un fou criminel ?

— On croirait bien, n'est-ce pas, docteur ? Elle est morte où nous la voyons ? »

Les yeux vifs du médecin étudièrent la position du corps. « Difficile à dire. Elle a pu glisser dans le fauteuil pendant son agonie. Je ne me serais pas attendu à la trouver comme ça, mais je me refuse à conclure que sa posture est impossible. Féroce, ce meurtrier : bonne chance, Hemingway. Faites envoyer le corps à la morgue quand vous en aurez fini. D'ailleurs, je ne pourrai pas vous en dire quoi que ce soit de plus. Une affaire assommante, et je l'ai pensé dès le début. Bonne nuit.

— En voilà un qui s'intéresse uniquement au genre d'affaire où vous retrouvez la moitié de la profession médicale dans le box, jurant comme un seul homme que le noir est blanc juste pour l'emporter sur l'autre moitié.

— Oh, voyons, voyons, dit l'inspecteur, toujours raisonnable. Voilà Bromley. »

Plusieurs personnes entrèrent dans la pièce et Hemingway salua leur responsable. « On ne prend pas les mêmes et on recommence, Tom ! Appuie sur le champignon, tu veux ? Prends-moi l'ensemble avec le corps et ces marques sur la moquette. Inutile que je te dise où tu dois chercher, Bromley. Passe en revue tous les meubles, la cheminée, tous les endroits où un homme a pu poser la main. Restez ici, Sandy, vous pourrez laisser les ambulanciers emporter le corps dès que les gars auront fini. Fermez la pièce à clef. »

Il sortit tout en parlant et descendit dans le hall. Là, Thrimby l'attendait. Il lui dit : « Voyons un peu ce que vous avez à dire. Entrons ici. »

Il l'emmena dans la salle à manger. La table était mise pour deux, ce qui sembla affecter profondément le maître d'hôtel. Il frissonna et dit : « Je venais à la minute de finir ma table.

— Quelle minute ?

— Je ne sais pas au juste. Ça devait être peu après sept heures. J'ai entendu un pas furtif dans le hall, comme si quelqu'un marchait sur la pointe des pieds, alors je suis allé à la porte, comme ça, et j'ai trouvé Miss Birtley qui s'apprêtait à sortir de la maison. »

L'inspecteur principal ne parut pas impressionné. « Et pourquoi elle ne serait pas sortie ? A quelle heure est-ce qu'elle finit son boulot tous les jours ?

— A six heures, à moins que Mrs Haddington lui demande de rester plus tard. Et c'est ce qu'elle a fait, inspecteur, parce que je l'ai vue de mes yeux s'en aller à cette heure-là.

— Alors comment est-elle entrée ?

— Elle a un double de la clef. J'ai été extrêmement étonné de la voir et il m'a semblé qu'elle s'efforçait de ne pas être entendue. Quand je lui ai parlé, elle a sursauté et paru très décontenancée.

— Ah oui, vraiment ? Pourquoi était-elle revenue ?

— Elle m'a informé, inspecteur, qu'elle avait oublié de prendre le chèque que Mrs Haddington lui avait remis le matin pour payer les notes. Inutile de dire que je ne voudrais à aucun prix causer des ennuis à mon prochain — à aucun prix — mais sur le moment, ça m'a paru étrange — je ne dirais pas suspect, mais étrange. Sachant que Mrs Haddington avait souhaité lui parler avant qu'elle s'en aille, je l'ai priée d'attendre pendant que j'allais savoir s'il y avait un message pour elle. » Il ménagea une pause, puis ajouta sur un ton très appuyé : « Miss Birtley n'y tenait pas du tout. En fait, elle ne voulait pas que je monte au boudoir. Mais je suis resté de marbre. Je suis monté et c'est ça que j'ai trouvé. Je ne crois pas que j'aie jamais eu un choc pareil, inspecteur.

— Et quels ont été vos mouvements ? » demanda Hemingway.

Thrimby n'était pas homme à se laisser détourner si aisément et il enchaîna : « Dès que je me suis rendu compte que Mrs Haddington avait été assassinée, j'ai ordonné à Miss Birtley d'aller dans la bibliothèque et envoyé immédiatement quelqu'un dire à Mrs Foston, la gouvernante, de rester avec elle jusqu'à votre arrivée.

— Et vous, quels ont été vos mouvements ? répéta Hemingway.

— Après le départ de Mr Poulton, c'est-à-dire vers sept heures et quart, si je me rappelle bien, je suis resté dans mon office jusqu'à ce que je monte mettre la table.

— Oui, bon. Alors, si vous me disiez exactement qui se trouvait ici ce soir-là ? suggéra Hemingway.

— Il faut peut-être que je vous dise d'abord inspecteur, que j'ai entendu une scène très désagréable ce matin entre Mrs Haddington et Miss Birtley. Je préférerais ne pas en parler, certes, mais il me semble que c'est mon devoir de vous informer que Miss Birtley a employé des termes, je dirais menaçants. Elle a dit qu'elle ne voulait pas qu'on intervienne dans ses affaires et qu'elle ne reculerait devant rien si on la poussait à bout. Ensuite elle a ajouté, et je dois avouer que j'ai été choqué, que si elle ne pouvait pas avoir Mr Harte — elle l'a appelé Timothy — elle se moquait de ce qui pouvait lui arriver. A ce moment, j'ai jugé opportun d'intervenir, inspecteur et je l'ai fait. Elle avait l'air vraiment sanguinaire, Miss Birtley, c'est du moins ce que j'ai pensé sur le moment. »

Hemingway l'écouta sans passion. Il était intéressé,

mais désappointa le maître d'hôtel en ne manifestant aucun signe de surexcitation. Il faut dire qu'il n'en éprouvait aucune. A son avis, Miss Birtley pouvait avoir étranglé sa patronne mais il avait interrogé trop de témoins pour ne pas reconnaître le désir de nuire quand il s'y trouvait confronté. En le cuisinant habilement, il obtint de Thrimby un récit assez cohérent des événements de la journée. « Donc, si l'on excepte la visite du médecin, personne n'est venu ici entre le moment où il est parti et celui où Mr Butterwick est arrivé ? Très bien. Vous me dites que Lord Guisborough est arrivé avant que Mr Butterwick ait quitté la maison. Est-ce que vous avez raccompagné Mr Butterwick ?

— Non, parce que j'étais occupé à faire monter Lord Guisborough au salon. Quand je suis descendu à nouveau, Mr Butterwick était parti. Je n'ai pas non plus raccompagné Lord Guisborough, bien que je l'aie entendu partir. Il n'a pas voulu que je m'occupe de lui et il a claqué la porte avec une violence considérable. Mrs Haddington avait l'air tout à fait fâchée et elle m'a parlé sur un ton auquel je ne suis pas habitué, venant jusqu'en haut de l'escalier pour me demander ce qui m'avait retenu. Il n'y avait rien du tout, inspecteur, mais je n'ai pas l'habitude de foncer dans les escaliers. Elle m'a alors chargé de dire à l'avenir qu'elle ne serait pas chez elle si Lord Guisborough venait ici, ou appelait au téléphone. Je suis persuadé qu'il ne revenait pas, pourrait-on dire, à Mrs Haddington. Bien sûr, ça n'est pas à moi d'avancer une opinion, mais on ne peut pas s'empêcher de tirer ses petites conclusions. Quand on pense que Lord Guisborough courait après Miss Cynthia de façon à se faire remarquer, et que Mrs Haddington lui avait demandé de venir la voir cet après-midi, et puis qu'il est sorti de la maison et qu'elle a dit ce qu'elle a dit, on peut être sûr qu'elle l'a prévenu que ce n'était pas la peine de penser à Miss Cynthia parce qu'elle ne donnerait pas son consentement. Je dois vous signaler que Miss Cynthia est mineure. Tout à fait entre nous, inspecteur, tout le monde sait bien, à l'office, que c'est Mr Harte que Mrs Haddington voulait pour Miss Cynthia. Quand il a commencé à venir ici, je dois dire que j'ai pensé qu'il y avait quelque chose. Mais tout à coup il a eu l'air de s'amouracher de Miss Birtley, et puis il y a eu des heurts, parce que cette demoiselle n'est pas commode et pas toujours aussi polie qu'elle devrait l'être, je suis au regret de le dire. Vraiment, j'ai été choqué, ce matin, et bien entendu, j'ai été obligé de me rappeler les mots qu'elle avait eus avec Mr Seaton-Carew le soir où il a été tué. Presque les mêmes, bien que je ne me les rappelle plus exactement maintenant. Menaçants, voilà ce que je dirais.

— Laissez tomber Miss Birtley pour le moment ! Une fois Lord Guisborough parti, qu'est-ce qui s'est passé ? »

Le maître d'hôtel réfléchit : « Je suis descendu chercher le plateau des cocktails, que j'ai monté au salon. Je crois que Mrs Haddington a dû aller dans la chambre de Miss Cynthia parce qu'en redescendant, elle a demandé si je savais où elle était. Mapperley — c'est la femme de chambre personnelle de Mrs Haddington — pense qu'elle a dû aller à une réception, mais je ne l'ai pas vue partir, alors je ne peux rien dire. Elle n'est pas encore rentrée.

— Ça vaut mieux, marmonna Hemingway. Ensuite ?

— Mrs Haddington est allée voir si Miss Cynthia

était dans le boudoir et c'est à ce moment-là que Mr Poulton est arrivé, vers six heures vingt-cinq si je me rappelle bien.

— Est-ce que Mrs Haddington a eu l'air contente de le voir ou pas ?

— Eh bien, j'ai trouvé qu'elle avait l'air plus contente de le voir que lui d'être ici. Je ne crois pas qu'il soit venu plus de deux ou trois fois. J'avais l'impression qu'il n'aimait pas beaucoup Mrs Haddington. Mais il est de ceux qui ne montrent pas ce qu'ils pensent. Il a demandé à avoir un entretien en privé avec elle, et elle l'a emmené dans le boudoir, et c'est la dernière fois que je l'ai vue vivante.

— Je vois. Redites-moi encore une fois exactement ce qui s'est passé quand vous avez entendu la sonnette du boudoir.

— Quand j'ai entendu la sonnette, répondit le maître d'hôtel en pesant ses mots, naturellement, je l'attendais. Je suis monté depuis le sous-sol et, quand je suis arrivé dans le hall, j'ai vu Mr Poulton qui descendait du premier.

— Est-ce qu'il était agité ? Ou est-ce qu'il avait l'air comme d'habitude ?

— Pour autant que j'en puisse juger, il était comme d'habitude. Mais je ne le connais pas bien et, comme je vous l'ai dit, il ne laisse rien paraître. Il est descendu lentement et il ne s'est pas non plus pressé d'enfiler son pardessus. Sa voiture l'attendait et il est parti comme je vous l'ai dit.

— Bon. Ça me semble très clair. Vous avez dit que j'allais trouver Miss Birtley dans la bibliothèque, je crois ?

— Oui, inspecteur. Je ne pouvais pas prendre la

responsabilité de laisser Miss Birtley quitter la maison. Mrs Foston est avec elle.

— Bien. Je connais le chemin. »

Il trouva Beulah et la gouvernante assises de chaque côté du radiateur électrique. Beulah avait ôté son chapeau, mais gardé son manteau de tweed et enfoncé les mains dans ses poches. Elle était pâle, l'air effrayé. Mrs Foston, qui s'était levée à l'entrée de l'inspecteur, plia le tricot qui l'avait occupée pendant l'attente et dit : « Miss Birtley et moi, nous avons pensé qu'il fallait prévenir la tante de Miss Cynthia, Miss Pickhill.

— Très bien.

— J'ai aussi demandé à Mr Harte de venir, dit Beulah.

— Vous avez parfaitement le droit de faire venir qui vous voulez, répondit le policier, vous avez encore appelé quelqu'un ?

— Non.

— Tant mieux, ça n'aiderait vraiment personne d'avoir la moitié de Londres ici. Merci, Mrs Foston, vous pouvez disposer. »

Mrs Foston jeta un coup d'œil à la jeune fille. « Ça se peut bien, monsieur, mais si Miss Beulah veut que je reste avec elle, je ne demande pas mieux. Parce que personne ne me fera croire qu'une jeune demoiselle irait faire une chose aussi affreuse et cruelle. Thrimby peut toujours causer. Je vais lui dire ce que j'en pense, et dans pas longtemps.

— Eh bien, allez-y donc tout de suite ! conseilla Hemingway. Ici vous ne servez à rien et ceux qui vous ont dit que la police circulait avec des poucettes dans les poches vous ont raconté des mensonges. On n'a pas le droit.

— Ne vous inquiétez pas, dit Beulah, se forçant à

sourire. Je ne répondrai à aucune question avant l'arrivée de Mr Harte.

— Ma foi, si vous êtes sûre, Miss... »

Hemingway ouvrit la porte et poussa gentiment la dame dehors. Puis il se retourna et regarda Beulah : « Vous avez le chic pour vous mettre dans des situations gênantes, hein ? » remarqua-t-il, jovial.

Il l'avait prise au dépourvu. « Celle-ci, c'est la pire. Ne vous imaginez pas que je ne le vois pas. On vous a déjà dit, je suppose, que je me suis disputée avec Mrs Haddington ce matin ?

— Oh oui ! Je sais tout ça. Vous l'avez même menacée, n'est-ce pas ? Assez sot, si vous aviez l'intention de la tuer.

— Je ne l'ai pas tuée.

— Bon, partons de là. Quand avez-vous quitté la maison ?

— Je ne dirai pas un mot de plus. Je sais exactement où ça vous mène de parler à la police.

— Écoutez, dit Hemingway, patient, je suis tout prêt à croire que vous avez été maltraitée il y a dix-huit mois. Si vous essayiez de croire que je ne suis pas le grand méchant loup ? Je ne suis même pas l'inspecteur Underbarrow ; en fait, j'en suis bien loin.

— Si vous voulez parler de l'inspecteur qui s'est occupé de mon affaire...

— Exactement, et c'est tout ce que nous en dirons. Il est très bien, à sa manière, mais ça n'est pas la mienne et plus vite vous vous mettrez ça dans la tête, mieux nous nous entendrons.

— Je suppose que c'est le gant de velours ? dit Beulah. *Je n'ai pas assassiné Mrs Haddington* — et c'est tout. »

A cet instant, la porte s'ouvrit pour laisser passer

Grant, qui dit quelques mots à voix basse à son supérieur.

« Ah, il est là ? Bon, eh bien, oui, faites-le entrer. Pas d'objection. Un instant. J'ai un mot à vous dire. » Il prit Grant par le bras et l'entraîna dans le hall, où il trouva Timothy et son frère qui posaient leur pardessus. Il leur dit : « Voyons, voyons, qu'est-ce que c'est que ça ? Il va encore venir combien de personnes ici ? On croirait bien qu'il y a une soirée, ou quelque chose comme ça. Bonsoir, Mr Kane. Est-ce que je peux vous demander qui vous a envoyé chercher ?

— Désolé que ça vous déplaise, dit Jim. Mais je me trouvais avec mon frère quand Miss Birtley a téléphoné et, tout bien considéré, j'ai pensé que je viendrais avec lui.

— Pour le surveiller, je suppose. Oui, on ne peut jamais savoir ce qui risque de lui passer par la tête, n'est-ce pas ? Notez qu'à mon avis, il est tout à fait capable de se débrouiller seul — trop même ! Si vous voulez dire un mot à Miss Birtley, Mr Harte, vous la trouverez là. » Il désigna la bibliothèque de la tête, ajoutant, comme Timothy passait devant lui : « Et si vous pouvez la convaincre que la pire sottise qu'elle peut faire, c'est de se refuser à me répondre, je me réjouirai qu'elle vous ait appelé.

— Je t'attendrai, Timothy, déclara Jim.

— Si tu veux, mais je t'ai déjà dit que c'était parfaitement inutile, lança le jeune homme par-dessus son épaule.

— L'histoire extraordinaire que Miss Birtley a racontée à mon frère était donc vraie ? demanda Jim dès que la porte de la bibliothèque se fut refermée.

— Si elle vous a dit que Mrs Haddington avait été

assassinée, c'est bien vrai, oui. Voulez-vous attendre dans la salle à manger ? Il y a un bon feu.

— Très bien. Je ne sais pas l'importance que vous aviez donnée au manque d'alibi de mon frère dans l'autre affaire, mais j'imagine que ce nouveau développement le met à l'abri de tout soupçon, n'est-ce pas ?

— Il n'a certainement pas commis ce meurtre, en effet, répondit Hemingway. Et si ça peut vous tranquilliser, je n'ai pas l'intention de perdre mon temps à lui demander ce qu'il a fait cet après-midi. D'abord, on peut le parier sans crainte de perdre, vous jureriez à en perdre le souffle que vous avez été avec lui tout le temps, et puis j'en ai assez sur les bras sans essayer de prouver que vous me racontez des blagues énormes. »

Jim rit et s'en alla dans la salle à manger. L'inspecteur principal se tourna alors vers Grant : « Allez épingler Poulton, Sandy. Pas de chefs d'accusation, vous l'emmenez simplement au Yard pour répondre à quelques questions. J'ai relevé bien assez de choses contre lui pour justifier ça. Vous le traitez avec ménagement et vous le laissez mariner jusqu'à ce que je revienne. Ça ne lui fera pas de mal. »

CHAPITRE XV

Dans la bibliothèque, Beulah, qui avait relevé la tête d'un air de défi en entendant la porte s'ouvrir, se jeta dans les bras de Mr Harte : « Timothy ! Oh mon Dieu, qu'est-ce que je vais faire ? »

Habitué par les circonstances à agir avec sang-froid dans les pires moments, le jeune homme doucha aussitôt ce qu'il diagnostiqua très justement comme les prémices d'une crise de nerfs : « Salut, mon petit canard, dit-il en embrassant sa promise avec une considérable affection. Ne me jetez pas par terre ! Vous avez de la poudre dans votre sac ?

— Oui, bien sûr, mais...

— Eh bien, mettez-en un peu sur votre nez, supplia Mr Harte. Il faut tout de suite partir du bon pied, si j'ose dire. Petite écervelée ! Vous ne savez donc pas que tout l'art de plaire à un jeune mari, c'est de toujours se présenter impeccablement élégante à ses yeux ? Et je tiens à vous signaler que cet adjectif singulièrement déplaisant englobe tout depuis la poudre...

— Merci, je peux compléter ce qui manque, interrompit Beulah un peu remise par ce traitement de choc. Ne vous moquez pas de moi. De ma vie je n'ai été dans une situation pareille. J'étais *ici*, Timothy. Je me suis disputée avec elle ce matin et Thrimby nous a entendues. Et je n'aurais pas dû être ici.

— Évidemment, l'échafaud semble inévitable. Calmez-vous mon amour ! »

Elle se dégagea. « Il y a pire. Je ne vous avais jamais dit — mais à quoi bon ? Si je ne vous le dis pas, c'est ce policier qui le fera et il vaut mieux que vous l'appreniez de moi.

— Minute, papillon ! ordonna Mr Harte. Je ne nie pas que j'aimerais savoir exactement ce qu'a été votre lourd passé, mais si vous vous imaginez que Hemingway dévoilera quelque hideux secret à mes chastes oreilles ou à d'autres qui le seraient moins, chassez vite cette idée-là. Il ne le fera pas. »

Elle ouvrit son sac et sortit son mouchoir, puis après s'être mouchée avec une violence assez inutile, elle dit d'une voix étranglée : « Vous êtes si incroyablement *gentil !* Votre frère m'a pratiquement déclaré que j'étais une sale minable de ne pas me confier à vous et je pense qu'il avait raison.

— La seule chose qui m'empêche de foncer instantanément pour lui donner le choix entre l'épée et le pistolet, c'est ma conviction qu'il n'a jamais rien dit de pareil, répliqua Thimothy.

— Oh ! il n'a pas employé ces mots-là, mais c'est ce qu'il voulait dire. Eh bien, voilà — j'ai fait de la prison. »

L'effet de cette annonce l'étonna beaucoup. Elle s'était préparée à voir Mr Harte faire une chevaleresque tentative pour cacher ses sentiments, ou reculer avec horreur. Mais elle n'avait pas prévu qu'il s'effondrerait dans un fauteuil près du bureau, se prendrait la tête à deux mains et murmurerait d'une voix chevrotante : « Non, quel rôle pour une tournée en costumes ! Franchement, ma chérie, c'est du tonnerre !

— Mais c'est vrai ! dit-elle, désespérée.

— Oh, non, je n'y résisterai pas. Pourquoi vous a-t-on emballée, ma douce ? Homicide dû à un excès de vitesse ?

— Usage de faux et détournement de fonds », lui jeta-t-elle brutalement, ce qui lui fit relever la tête. Il la regarda un instant, puis lui tendit la main et presque involontairement elle la prit. Il l'attira sur ses genoux : « Mon pauvre trésor ! Racontez-moi tout ! » dit-il.

Au lieu d'obéir à cette injonction, Beulah s'écroula sur la poitrine de Timothy en sanglotant à perdre haleine. Très sagement celui-ci se borna à des adjurations apaisantes, telles que « Ne vous tourmentez pas ! » et « Là, là ! » tout en se frottant la joue contre la chevelure déjà hirsute de l'éplorée et en lui tapotant le dos comme à un nouveau-né affligé du hoquet. Ce traitement judicieux produisit son effet. Beulah s'arrêta de pleurer et répéta dans un murmure épuisé :« Je ne l'ai pas fait, je ne l'ai pas fait, Timothy !

— Attention, mon petit canard, ne me relancez pas ! supplia Mr Harte. Vous n'avez pas besoin de me dire ça. Qui diable vous a défendue ?

— Je... j'ai oublié. J'avais demandé l'assistance judiciaire et on m'a donné un vieux bonhomme. Ils l'ont appelé un baluchonneur ou quelque chose comme ça.

— Ma chérie, pas un mot de plus ! Je comprends tout, dit Timothy. C'est la première fois dans ma carrière que je regrette de ne pas avoir choisi d'aller battre le tambour à Old Bailey. Si seulement j'avais pu vous défendre !

— Oh, Timothy ! Oh, Timothy, sanglota-t-elle sur

l'épaule de Mr Harte, ça n'aurait servi à rien. J'ai été tellement *idiote*. Personne ne m'a crue. Je pensais que personne ne me croirait jamais. Je ne pouvais rien apporter comme preuve que je ne l'avais pas fait, ni que si je suis allée au bureau après les heures de travail c'est qu'il m'avait téléphoné pour me demander de prendre une enveloppe dans le coffre. Il m'a dit qu'il l'avait oubliée et que ça lui ferait des ennuis avec son oncle et que je la lui poste — mais c'était ma parole contre la sienne et, bien qu'à mon avis le juge m'ait crue à moitié, le jury, lui, n'a rien voulu entendre. Dans ces conditions-là pourquoi les autres m'auraient-ils fait plus confiance ? »

Sans essayer de démêler ces propos haletants, Mr Harte sortit un grand mouchoir, essuya les yeux de Beulah avec et dit : « Vous me raconterez tout ça quand nous serons sortis de ce pétrin, ma poulette. Voyons, maintenant, on se redresse et on cesse de me mouiller jusqu'à la chemise. Nous allons voir apparaître mon-ami-le-brigadier, alias inspecteur principal Hemingway, d'un moment à l'autre et vous n'aimeriez pas qu'il vous trouve en larmes. Et puis, ne vous imaginez pas qu'il va vous arrêter pour meurtre simplement parce que vous avez été condamnée pour détournement de fonds autrefois ; il est bien trop malin pour faire ce genre de chose.

— Je ne vous ai pas tout dit, reprit Beulah, apparemment décidée à faire des aveux complets. Birtley n'est pas mon nom, enfin si, mais pas en entier.

— Donnez-moi un instant pour que je me cuirasse, supplia Timothy. Parce que si c'est Snooks ou quelque chose de ce genre-là... »

Elle eut un petit rire tremblé : « Non, non ! C'est Meriden.

— Et qu'est-ce qu'on pourrait trouver de mieux, je vous le demande ? Mis à part le fait que les seuls Meriden de ma connaissance sont une famille assez collet monté du Warwickshire pleine de Bons Principes et de complexes.

— Ce sont eux, souffla Miss Birtley, le nez dans le veston de son vis-à-vis.

— Désolé, ma petite, mais dans ce cas nos fiançailles sont rompues. La moitié de la valeur que vous aviez pour moi venait de ce que vous n'étiez pas encombrée par ce genre de parenté. Ayez la bonté de descendre de mes genoux. »

La hâte avec laquelle Beulah obtempéra à cette injonction était due à la réapparition de l'inspecteur principal Hemingway. Elle se rendit devant la glace qui surmontait la cheminée et se mit en devoir de restaurer son teint quelque peu malmené, en se bornant à un petit sanglot convulsif de temps à autre.

« Entrez donc, dit Timothy. L'atmosphère en sera sans doute éclaircie si je vous dis que je sais Tout. Donc, ne faites pas votre petit timide, inspecteur. Je viens de dire à notre gibier de potence que vous ne l'arrêteriez pas uniquement parce qu'elle s'est laissé entraîner dans un bourbier avant d'avoir eu le privilège de disposer de mes conseils juridiques et de mon appui.

— Non, certainement, répondit Hemingway. Mais je vous avertis, Miss Birtley : si vous continuez à me traiter comme si j'étais toute la Gestapo à moi seul, je risque de devenir très méchant, et il y aurait bien des chances que je vous signale à Underbarrow, parce que vous ne vous êtes pas présentée comme vous deviez le faire. Vous voilà avertie ! »

Elle se tourna vers lui, un peu de rouge aux joues.

« Vous êtes forcément mal disposé à mon endroit, et

moi, l'expérience que j'ai de la police ne m'a pas incitée à lui faire des confidences.

— L'inspecteur vous dira, mon amour, qu'il y a de bons et de mauvais policiers. N'est-ce pas, Hemingway ?

— Je n'irai sûrement pas jusque-là, riposta Hemingway. Tout ce que je pourrai dire, c'est que certains sont meilleurs que d'autres. Mais juste pour vous montrer que Himmler n'a jamais été un grand copain à moi, Miss Birtley, je vous dirai bien volontiers qu'à mon avis votre cas pourrait être revu d'un peu plus près et je sais que le partenariat entre Mr Harold Maxstoke et son oncle a été rompu. »

Ses yeux sombres s'éclairèrent. « Oh, vous croyez ?

— Je ne crois rien du tout, dit fermement Hemingway. En fait, ça ne m'intéresse pas parce que ça n'était pas mon affaire et que la seule chose qui m'intéresse, c'est l'homicide. Maintenant, dites-moi un peu. Pourquoi êtes-vous revenue ici ce soir ? »

L'air hésitant, elle regarda Timothy qui lui dit aussitôt : « Asseyez-vous et répondez bien franchement au gentil policier, mon enfant. »

Elle obéit mais à regret : « Ça paraît si invraisemblable !

— La plupart des histoires que je suis obligé d'écouter le sont, dit Hemingway, philosophe. Et ce ne sont même pas toujours des mensonges.

— Eh bien ! ce matin, Mrs Haddington m'a donné un chèque, comme chaque semaine. Je l'encaisse et je paie toutes les factures de la maison. Je l'ai mis dans un tiroir de ce bureau et je l'ai oublié. Je suis donc revenue le prendre parce que je dois régler les dépenses le lendemain matin avant de venir prendre mon travail ici.

— Je peux le voir, ce chèque ? »

Elle fouilla dans son sac. « Oui, tenez ! Je n'ai ni les livres de comptes ni les factures ici, je les ai laissés chez moi. Mais si vous voulez envoyer quelqu'un les chercher, je peux vous dire exactement où ils sont. Le chèque est fait juste pour la somme qu'elles représentent. »

Hemingway prit le chèque, le regarda et le lui rendit. « Un chèque au porteur. Vous l'encaissez où ?

— A l'agence de Mrs Haddington, à Piccadilly.

— Bon, eh bien tout ça me paraît en ordre. Vous avez une clef pour la porte de devant ?

— Oui.

— Quand êtes-vous rentrée de nouveau dans la maison ?

— Je... je ne sais pas. Je n'ai pas regardé l'heure.

— Voyons si nous pouvons arriver à la retrouver. Quand êtes-vous partie d'ici pour la première fois ?

— A six heures, répondit-elle sans hésiter. La pendule sonnait dans le hall. J'avais fini tout ce que j'avais à faire depuis un temps fou, mais Mrs Haddington ne veut pas me laisser partir avant six heures.

— A ce moment-là, qu'est-ce que vous avez fait ?

— Je suis allée à pied à la station de Green Park et j'ai pris un train pour Earl's Court.

— Vous habitez Nevern Place, n'est-ce pas ? Disons cinq à sept minutes de marche à chaque bout du trajet. Et ensuite ? »

Elle plissa le front, sous l'effort de la mémoire. « J'ai allumé le radiateur à gaz dans une pièce et j'ai ôté... non, j'ai mis les livres de comptes et les feuilles volantes dans mon bureau. C'est alors que j'ai regardé si j'avais bien le chèque et constaté que je ne l'avais pas. C'est... c'est bête, je sais, mais je me disais que si je revenais ici tout de suite, Mrs Haddington serait en train de s'habiller pour le dîner et qu'elle n'en saurait rien ; elle était en général très désagréable pour ce genre de chose et, si elle m'avait surprise ici demain matin en train de récupérer le chèque, elle me l'aurait reproché jusqu'à la fin des temps. Je me serais entendu rabâcher que je perdais le temps de mon employeur par ma négligence, etc. Alors je suis revenue.

— Par le métro ?

— Oui. Je... j'ai une clef. J'ai pu me glisser dans la maison sans qu'on m'entende et entrer dans cette pièce.

— Pas si vite, dit Hemingway. Revenons une minute en arrière. Avant que vous quittiez la maison à six heures, est-ce que quelqu'un est venu voir Mrs Haddington ? »

Elle hésita. « Je n'ai vu personne, mais j'ai entendu la sonnette de la porte d'entrée une fois ou deux.

— Autre chose ? »

Ses yeux cherchèrent ceux de Timothy qui lui dit tranquillement : « Ne soyez pas ridicule, ma chérie ! Est-ce que vous avez entendu quelque chose et si oui, quoi ?

— Oh, rien, en réalité. J'ai cru reconnaître la voix de Mr Butterwick. Mais j'ai bien pu me tromper. Je ne faisais guère attention. »

Hemingway hocha la tête : « Et après ça ? »

De nouveau elle hésita : « Eh bien ! Lord Guisborough est arrivé. Je savais qu'on l'attendait ; les domestiques en avaient parlé dans l'après-midi. Ils discutaient ferme au sujet de ses intentions. Je l'ai entendu parler à Thrimby.

— Savez-vous quand il a quitté la maison ? »

Elle secoua la tête. « Ou quand Lord Guisborough est parti ?

— Non, il était encore avec Mrs Haddington quand moi, je suis partie. J'ai vu son pardessus accroché dans le hall. »

Hemingway jeta un coup d'œil à ses propres notes. « Bon. Maintenant, venons-en à votre deuxième visite ici. Combien de temps avez-vous attendu une rame à Earl's Court ?

— Je n'ai pas attendu du tout. J'ai eu de la chance, j'ai même dû courir pour l'attraper.

— Combien de temps, à votre estime, vous prend le trajet en métro, habituellement ?

— Un quart d'heure à vingt minutes, répondit-elle aussitôt. Je compte en général une demi-heure de porte à porte.

— Une idée du temps que vous avez passé chez vous ? » Elle réfléchit. « Pas longtemps. C'est un peu difficile... pas plus de dix à quinze minutes, je dirais.

— Bien, alors nous ne serons pas loin du compte si nous situons l'heure de votre arrivée vers sept heures dix, n'est-ce pas ? dit Hemingway.

— Non, j'imagine qu'il devait être à peu près cette heure-là, convint-elle en le regardant non sans inquiétude du coin de l'œil.

— Avez-vous remarqué s'il y avait encore un pardessus dans le hall ?

— Non, je n'ai pas pensé à regarder. Désolée. Je suis venue tout droit ici. La seule chose que j'aie remarquée, c'est que la lumière était allumée dans la salle à manger, mais je n'ai entendu aucun bruit de mouvement et j'espérais que Thrimby était au sous-sol. Il ne peut pas me souffrir — je le lui rends bien d'ailleurs — et je savais qu'il le dirait à Mrs Haddington s'il me voyait. J'ai ouvert ce tiroir » — elle montra du doigt le premier du secrétaire — « j'ai pris le chèque et tenté une sortie discrète. Mais Thrimby était dans la salle à manger et il m'a entendue. Vous savez le reste. Comme une idiote, je lui ai demandé de ne pas me dénoncer. J'ai essayé de l'empêcher de monter dire à Mrs Haddington que j'étais dans la maison. Je savais qu'elle me donnerait une course à faire, n'importe quelle niaiserie. Mais ce n'est pas la peine que je vous raconte ça ! Même moi, je me rends compte que ça sonne complètement faux, conclut amèrement Beulah.

— Oh, je ne suis pas de cet avis, répondit Hemingway en jetant une autre note dans son calepin.

— Je ne comprendrai jamais pourquoi elle a voulu que je vienne lui tenir la main, fit remarquer Timothy. Un bon témoin, inspecteur. Je n'hésiterais pas à l'appeler à la barre. »

Beulah sourit faiblement.

« Une question encore, Miss Birtley. Vous préféreriez peut-être que je vous la pose sans que votre conseiller juridique soit là. Il peut aller bavarder avec Mr Kane dans la salle à manger. Vous n'auriez qu'à pousser un hurlement et il se précipiterait sûrement tête baissée pour vous sauver.

— Comment, encore de hideuses révélations ? » demanda Timothy.

Beulah secoua la tête. « Non, je... je crois qu'il vaut mieux que je n'aie plus de secrets pour Mr Harte, qu'est-ce que c'est ?

— A quel sujet vous êtes-vous disputée avec Mrs Haddington, ce matin ? »

Elle rougit : « Oh...

— Je vous avais prévenue.

— Apparemment, vous savez déjà. Je suis bien

persuadée que Thrimby a tout écouté. Eh bien, tant pis, ça m'est égal ! Mrs Haddington a su que j'avais dîné avec Mr Harte hier soir et elle était furieuse.

— Oui ? » Hemingway jouait les souffleurs.

Elle avala sa salive. « Elle... elle a menacé de lui dire, pour mon affaire. » Elle leva les yeux. « Enfin, plus que ça. Elle a dit qu'elle lui dirait.

— Et qu'est-ce que vous avez répondu à ça ?

— Oh, pourquoi me le demander ? Vous savez exactement ce que j'ai dit.

— Non, justement pas, coupa Timothy. Il sait seulement ce que Thrimby dit que vous avez dit, donc, donnez-lui votre version... Je quitterai la pièce si vous voulez.

— Ça n'est pas ça ! Mais vous me dites de me passer une corde autour du cou !

— Dieu bénisse cette pauvre égarée ! s'exclama Timothy. Après cette sortie mémorable, mon amour, ne perdez pas un instant pour révéler à l'inspecteur exactement ce que vous avez dit. Ça ne peut pas être aussi dommageable que les idées que vous lui avez mises dans la tête.

— J'ai dit que j'allais vous épouser et que je ferais n'importe quoi pour y parvenir, ou quelque chose comme ça. Je ne me rappelle pas les mots exacts, parce que j'étais dans une rage épouvantable. J'ai dit que je ne la laisserais pas m'en empêcher. Je crois avoir dit qu'il n'y avait pas grand-chose qui m'arrêterait si elle essayait de se mettre en travers, mais ça ne voulait pas dire que je la tuerais.

— Non ? dit Hemingway. Si vous m'expliquiez exactement ce que ça signifiait, Miss Birtley ? »

Elle parut un peu déconcertée. « Rien. On dit des choses comme ça... sans penser.

— Eh bien, pensez maintenant, recommanda Hemingway. Ça pourrait être important. Vous avez proféré une menace, vous l'admettez. Si ça ne signifiait pas la violence, qu'est-ce que ça signifiait ? Quel mal pouviez-vous faire à Mrs Haddington ? »

Timothy, qui ne quittait pas l'inspecteur des yeux, tourna la tête : « A votre place, je répondrais à cette question, dit-il. Savez-vous quelque chose qu'elle ne voulait pas ébruiter ?

— Je... j'avais certains soupçons, mais... écoutez, je n'étais pas sérieuse. J'ai dit ça pour l'effrayer. Je ne voulais pas faire de chantage, même vis-à-vis de Mrs Haddington.

— Qu'est-ce que vous soupçonniez, Miss Birtley ?

— Je préfère ne pas le dire. Je n'ai aucune preuve et — elle est *morte !*

— Oui et j'essaie de trouver celui qui l'a tuée », dit Hemingway.

Elle le regarda fixement un instant. « Je sais, oui, répondit-elle lentement. Et si quelque chose de ce que je dis pouvait... vous faire découvrir le meurtrier... » Elle s'arrêta, puis ajouta d'un air de défi : « Je le regretterais.

— Vos sympathies personnelles n'entrent pas en ligne de compte, dit Timothy. Je devine ce que vous soupçonniez et Hemingway, je le pense bien, aussi. Elle *tenait* Lady Nest Poulton, n'est-ce pas ? Comment ? »

Elle regarda ses mains crispées. « Oui, je crois. Un jour j'ai entendu quelque chose. Je ne l'ai pas fait exprès, elles étaient debout tout à fait dans le fond du salon et moi je suis entrée, venant du palier. Elles se sont arrêtées dès qu'elles se sont aperçues que j'étais là, bien sûr.

— Qu'est-ce qu'elles ont dit ? » demanda Hemingway.

Elle répondit à regret : « Lady Nest a dit : “ Je veux bien être pendue si je le fais ”, et Mrs Haddington a répliqué avec ce rire méchant qu'elle avait : “ Je crois que vous ferez exactement ce que je vous demande de faire, ma chère Nest, parce que vous serez certainement pendue si vous ne le faites pas. ”

— Merci, dit Hemingway.

— Ça n'avait peut-être pas le sens que je lui donnais, dit-elle très vite.

— Ne vous inquiétez pas de ça. C'est mon affaire. Autre chose. Quand vous avez été envoyée à feu Seaton-Carew, vous avez été recommandée par quelqu'un qui croyait que vous apparteniez au milieu de la délinquance, n'est-ce pas ?

— Je suppose, répondit-elle avec une certaine lassitude. J'avais pensé qu'elle croyait ce que je lui disais.

— Très peu probable. Mais quand il vous a vue, il a constaté que vous n'étiez pas le genre de personne qu'il cherchait. C'est ce que vous m'avez dit, n'est-ce pas ?

— Oui.

— Est-ce que vous avez eu une idée du travail pour lequel il voulait une jeune fille comme vous ?

— Pas tout de suite. Seulement quand j'y ai repensé par la suite et que je me suis rappelé le genre de questions qu'il m'avait posées. D'ailleurs, par elles-mêmes elles n'avaient rien de suspect — j'ai commencé à me demander s'il ne m'avait pas destinée à une sorte de mouchardage. »

Hemingway approuva du chef : « Une raison quelconque de penser qu'il y avait collusion entre lui et Mrs Haddington ?

— Je ne peux pas répondre à ça. Honnêtement, je ne

sais pas. Ils étaient très intimes, c'est tout ce que je peux dire. »

Il referma le calepin et le remit dans sa poche. « Bon. Je ne vais pas vous retenir plus longtemps ce soir, Miss Birtley. Je vais vous confier à votre conseiller juridique et je ne vous cache pas que, pendant qu'il vous fera souper, je vais envoyer un de mes hommes vérifier votre histoire. C'est de la routine, comme Mr Harte vous le dira. Il faut que je sache si ces comptes sont bien là où vous dites. Comme je n'ai pas envie de faire jaser, si vous voulez écrire un mot à votre logeuse pour autoriser le porteur à prendre les livres et les factures dans votre bureau, il ne sera pas obligé de montrer sa carte. »

Elle se leva et alla au bureau. « Merci. C'est très délicat de votre part. Je vais le faire ; seulement, je ne peux pas partir d'ici avant l'arrivée de Miss Pickhill. Cynthia Haddington peut rentrer d'une minute à l'autre et il faut qu'il y ait quelqu'un ici, en dehors des domestiques. Miss Pickhill vient de Putney, vous comprenez. »

Au moment où elle prenait une feuille de papier, le téléphone sonna. Elle fit mine de soulever le combiné, puis s'arrêta net et regarda Hemingway d'un air interrogateur.

« Ne vous inquiétez pas, dit-il. Un de mes gars va s'en occuper. »

Elle se mit donc à écrire et au moment où elle glissait la feuille pliée dans une enveloppe, un homme en civil entra discrètement et remit à l'inspecteur principal un bout de papier arraché à un carnet. Il le lut et dit : « C'est bien, je vais le prendre ici, Snettisham. Je veux que vous alliez à cette adresse » — il lui tendit la lettre de Beulah — « et que vous donniez çà à la logeuse.

Inutile de dire que vous êtes de la police. Elle vous mènera dans la chambre de Miss Birtley et vous autorisera à emporter une pile de factures et des livres de comptes, au nom de Mrs Haddington ; vous les trouverez dans le bureau. Il n'est pas fermé à clef, Miss Birtley ?

— Non, la clef est dans la serrure. Il verra les factures dès qu'il ouvrira l'abattant. Est-ce qu'il pourrait aussi fermer le gaz ? J'ai laissé le radiateur en marche et comme j'ai mis un shilling ce matin, il doit encore brûler.

— Et fermez le gaz, compléta Hemingway. Je veux que vous y alliez par le métro — station Green Park — et que vous reveniez par le même moyen. Minutez les parcours. C'est tout. » Il lui adressa un petit signe de tête et se tourna vers Beulah : « Est-ce qu'il faut me passer la communication dans cette pièce, ou est-ce que je peux la prendre directement ?

— Directement. Si Miss Pickhill arrive, est-ce que je peux m'en aller ou dois-je attendre que cet homme soit revenu ?

— Non. Je compte sur Mr Harte pour vous avoir à l'œil », répondit-il en ouvrant la porte.

Elle s'attarda un instant. « Merci. Je... je regrette d'avoir été impolie avec vous au début.

— Pas de bobo, répondit-il. Vous m'avez bien aidé. »

Il referma la porte sur le duo et alla s'asseoir au bureau, où il prit le téléphone. « Allô ?

— C'est vous, chef ? demanda la voix de Grant.

— Affirmatif. Où êtes-vous ?

— Dans votre bureau. Mr Poulton s'est fait conduire directement de Charles Street à l'aéroport de Northolt et il est parti de là pour Paris. »

CHAPITRE XVI

Le silence qui suivit cette annonce fut si long, que l'inspecteur Grant finit par demander : « Vous êtes toujours là, chef ?

— Oui, je suis là, répondit Hemingway. Où avez-vous appris ça ?

— Quand je vous ai quitté, je suis allé à Belgrave Square et c'est le maître d'hôtel qui m'a dit que Mr Poulton était parti pour Paris, où il avait une réunion d'affaires demain matin. Je lui ai demandé quand il devait revenir et il m'a dit demain soir. Pour ça, j'ai des doutes.

— Vous êtes allé à Northolt ?

— *Cinnteach !* Mais l'avion avait déjà décollé. J'ai vu le chauffeur. Il avait reçu ses ordres avant-hier.

— Est-ce qu'il les a aussi pour demain soir ?

— *Ma seadh !* Mais qu'est-ce que ça prouve ? Il peut aller à l'aéroport et revenir sans son maître, non ? Vous voulez que je demande l'extradition ?

— Non, absolument inutile. Je n'ai pas assez de charges contre lui pour espérer l'obtenir.

— Vraiment ? Est-ce qu'il y a une autre personne avec autant de mobiles pour ces deux meurtres ?

— C'est ce que je ne sais pas encore. Vous pouvez m'en croire, les intérêts de la Haute Finance ne vont pas être inquiétés avec ce que j'ai comme preuves. Demain matin à la première heure, vous pourrez aller au bureau de Poulton vérifier cette histoire de conférence. Moi, en attendant, il me vient des tas de drôles d'idées sur cette affaire. Je suis obligé de me répéter que les premières sont les meilleures. Je reste ici jusqu'à ce que la sœur de Mrs Haddington arrive. Vous faites un saut chez Mr Sydney Butterwick — où est-ce qu'il crèche, déjà ? Vous devez avoir l'adresse — Park Lane quelque chose comme ça — et vous lui extirpez sa version. A moins d'une révélation sensationnelle, vous pourrez flanocher jusqu'à demain matin.

— Et où irez-vous, monsieur l'inspecteur principal, quand vous quitterez Charles Street ? » demanda poliment Grant.

Hemingway sourit largement : « Au Yard.

— Alors je vous y verrai.

— C'est bien, Sandy. Vous êtes une buse en trois dimensions, mais à part cette manie de me balancer du gaélique à tous les tournants, je ne me souviens pas d'un subordonné avec qui je m'entendais mieux.

— *Moran taing !* » dit l'inspecteur.

Un déclic indiqua qu'il avait reposé le combiné. Hemingway suivit son exemple, non sans se jurer de découvrir dans les plus brefs délais le sens de ce mystérieux adieu. Il sortit dans le hall, où il trouva un de ses hommes qu'il chargea d'aller fermer à clef et sceller les portes de la chambre à coucher et du boudoir de Mrs Haddington. Le policier était à peine arrivé au palier du demi-étage que la sonnette de la porte d'entrée retentit. Devançant Thrimby, qui s'était retiré dans sa forteresse souterraine, Hemingway ouvrit et se trouva nez à nez avec Miss Violet Pickhill, laquelle présentait toutes les apparences de quelqu'un qui a pris le premier chapeau et le premier manteau tombés sous sa main. Elle extirpa non sans mal de sa poche un pince-nez attaché à une longue chaîne fine et le mit en place d'un coup sec. Puis elle soumit l'inspecteur à un examen critique. « Qui êtes-vous donc ? » demanda-t-elle.

Hemingway se présenta, agacé de constater qu'il avait l'air de s'excuser.

« Dégoûtant ! » déclara Miss Pickhill en ôtant son pince-nez. Après quoi, elle ajouta sur un ton moins acerbe : « Pas vous, évidemment, mais dire qu'on en est arrivé là ! Ah, je savais bien que Lily finirait mal ! Combien de fois je lui ai dit qu'avec la vie qu'elle menait, mon pauvre père devait se retourner dans sa tombe ! Et maintenant nous voyons comme j'avais raison. Où est ma nièce ?

— Miss Haddington n'est pas encore rentrée, répondit Hemingway. Les domestiques croient qu'elle est allée à une réception ou une autre, mais on l'attend pour le dîner. Miss Birtley, la secrétaire de Mrs Haddington...

— Je sais très bien qui est Miss Birtley, interrompit Miss Pickhill. Elle m'a appelée et j'ai beaucoup apprécié son geste. Il témoignait d'un bon esprit, quoi qu'en dise ma sœur. Non pas, bien sûr » — elle se reprit scrupuleusement — « que ma sœur puisse dire quoi que ce soit maintenant, parce que je peux vous avertir tout de suite que je ne suis pas adepte de ce Spiritisme et je ne le serai jamais. »

A cet instant, et au grand soulagement de l'inspecteur, un chauffeur de taxi créa la diversion, entrant en scène pour décharger une malle dans le hall et réclamer son dû. Miss Pickhill le lui donna après des fouilles approfondies dans son vaste réticule, et décidée à prévenir toute critique, l'informa que s'il avait voulu un pourboire plus généreux, il n'aurait pas dû augmenter son tarif. Puis elle ajouta, afin de couper court à toute contestation, que s'il avait quelque chose à dire, il pouvait s'adresser à Hemingway, qu'elle présenta comme « ce policier ». Le chauffeur décida très sagement de se retirer sans exprimer les quelques explétifs qui frémissaient sur le bout de sa langue, et Miss Pickhill referma la porte sur lui, puis se tourna vers l'inspecteur et demanda à être mise en possession des faits concernant la mort de sa sœur.

Il l'emmena dans la bibliothèque et lui dit brièvement que Mrs Haddington avait été étranglée dans son propre boudoir. Elle commença par s'exclamer que c'était le doigt de Dieu, puis ordonna à Hemingway de lui dire qui avait commis l'acte. Mais elle accepta sans commentaire, ce qui ne manqua pas de le surprendre, qu'il lui avouât son impossibilité de lui répondre, disant : « Ma foi, je confiais encore hier à Mr Brosley — notre curé et un homme *très* éclairé — qu'une femme sans religion était comme un bateau sans gouvernail. Je peux dire qu'il était absolument de mon avis. Bien entendu, nous ne parlions pas de ma pauvre sœur. Quoi que j'aie pu penser, je suis trop loyale pour discuter de *n'importe* quel membre de ma famille, même avec le cher Mr Brosley. Mais enfin, ça vous montre bien... Dès l'instant où elle a épousé Hubert Haddington — tout à fait contre la volonté de mon père, je peux bien le dire — Lily (je n'ai jamais voulu l'appeler Lilias) s'est mise à mal tourner. Mon père disait toujours — il avait une façon très peu conventionnelle de s'exprimer tout en étant irréprochablement pratiquant — que Hubert ne valait pas tripette. Évidemment, Lily était du côté *Whalley*— impossible de dire le contraire. La famille de ma mère — je ne veux pas dire un mot contre elle, mais enfin, on ne peut pas le nier, ce n'étaient pas des Pickhill ! Ma mère était différente, bien sûr, mais je me rappelle avoir entendu dire à mon cher père que certains de ses parents étaient extrêmement déplaisants. Tout à fait irréligieux, j'en ai bien peur, et avec ce que mon père appelait un œil sur le solide. C'était la même chose pour Lily. Dure comme du fer. La seule personne dont elle se souciait un peu, c'était ma nièce et, comme toujours dans ces cas-là, elle la gâtait honteusement. Combien de fois je le lui ai dit, mais j'aurais aussi bien pu parler à un mur. Résultat ? Cette enfant passe sa vie à se maquiller et à aller à des cocktails, et ma pauvre sœur a été assassinée. Bien sûr, s'il n'avait pas été déjà mort, j'aurais dit que c'était ce Mr Seaton-Carew.

— Vraiment, Miss ? demanda Hemingway sur un ton bénin qui n'aurait pas trompé Grant une fraction de seconde. Je me demande ce qui vous fait dire ça.

— Je me fie toujours à mon flair, répondit Miss Pickhill très sombre. Il ne me trompe jamais. Jamais ! Dès l'instant où j'ai jeté les yeux sur lui, j'ai *su*. Un ami de Hubert Haddington, inutile de le dire ! Et je vous en prie, ne me demandez pas quelles étaient ses relations avec ma malheureuse sœur. C'est une chose à laquelle je préfère ne pas penser. Ne pas *entendre* le mal, ne pas *dire* le mal, ne pas *voir* le mal.

— Tout à fait édifiant, approuva Hemingway. Si je peux me permettre, quelle était la profession de feu Mr Haddington ?

— Si vous pouvez découvrir *ça*, répondit Miss

Pickhill avec emphase, vous en saurez plus que mon père. Pour lui, Hubert était un aventurier, c'est le terme qu'il employait. Un jour, ils circulaient dans des Rolls, et le lendemain, ils n'avaient pas un sou devant eux. Jamais je n'oublierai le jour où nous avons découvert que Lily passait devant le tribunal de première instance pour une facture impayée à sa couturière. C'était vraiment trop ! Comme l'a dit mon père à l'époque, on peut passer sur beaucoup de choses, mais *pas* sur un tribunal. Seulement, quand nous l'avons vue la fois suivante, elle avait voiture et chauffeur ; aussi, bien entendu, mon père a-t-il dû l'autoriser à entrer dans la maison, alors qu'il avait juré à un moment donné qu'elle n'y mettrait plus les pieds. C'était il y a des années, bien sûr, quand Cynthia était bébé. Après la mort de Hubert, ma sœur a préféré courir la prétentaine à travers toute l'Europe au lieu de venir vivre à la maison avec moi comme je le lui avais instamment demandé, parce que, quels que soient mes sentiments, j'ai toujours estimé que la famille était ce qu'il y avait de plus important et Cynthia aurait pu aller au lycée, qui, à mon avis, aurait bien mieux valu pour elle que cette école suisse ridicule où Lily l'a envoyée. Mais ça n'était pas digne d'elle ! Cynthia devait avoir tout ce qui se fait de mieux. Figurez-vous, même quand elle était bébé, Lily voulait que toutes ses petites robes soient brodées à la main. Dieu seul sait ce qu'elle a gaspillé pour cette enfant. Bien sûr, je ne nie pas qu'elle soit très jolie, mais s'acharner comme ma sœur à lui faire faire un grand mariage, c'était tenter la providence. J'ai dit une fois à Lily : “ Tu vas voir qu'elle finira par se sauver avec le chauffeur. ” Et je n'oublierai jamais ma chère vieille Tante Maud quand elle m'a demandé si Lily avait jeté son dévolu sur le prince de Galles, pour sa fille ! C'était une façon de parler bien entendu, parce qu'à cette époque-là nous n'avions pas de prince de Galles et Tante Maud le savait aussi bien que quiconque — ce n'était que sur certains sujets que son esprit s'égarait, et encore seulement tout à fait à la fin. »

Elle s'arrêta pour reprendre haleine et Hemingway qui, tout en appréciant cette mercuriale à sa juste valeur, en était arrivé à conclure que la demoiselle ne savait rien des affaires privées de sa sœur, saisit l'occasion pour lui demander si elle pouvait lui donner le nom du notaire de Mrs Haddington.

« Ma foi, si Lily a retiré ses affaires à notre cher Mr Eddleston, ce serait la première nouvelle pour moi, répondit Miss Pickhill. Bien sûr, je suppose que c'est le *jeune* Mr Eddleston qui s'occupe des choses maintenant, mais je *sais* que son testament est déposé chez eux, parce que Lily m'a dit qu'elle me nommait tutrice de la pauvre petite Cynthia s'il lui arrivait quelque chose, ce qu'elle ne prévoyait pas du tout, ni moi non plus d'ailleurs — Mr Eddleston étant le tuteur. Je lui avais dit à l'époque : “ Ne nomme pas Mr Lowick, sinon je refuserai toute responsabilité. ” Mr Lowick est le second associé et, quand je vous aurai dit que le jour où je suis allée le trouver au sujet du bail, non seulement il m'a fait attendre dix minutes, mais il m'a reçue la pipe à la main, vous comprendrez pourquoi j'ai dit cela. Il y a des limites ! »

Notant le nom dans son calepin, Hemingway dit : « Eh bien, Miss, je crois que c'est tout pour l'instant. Je vais prendre contact immédiatement avec Mr Eddleston. Vous comprenez bien que je vais être obligé d'examiner les papiers de Mrs Haddington en présence de son notaire, évidemment. Jusqu'à ce moment, j'ai fait fermer à clef le boudoir et la chambre. »

De toute évidence, Miss Pickhill prit assez mal la chose, car elle se rebiffa et répliqua sèchement : « Je ne vois vraiment pas ce que vous voulez faire des papiers personnels de ma pauvre sœur ; quant à fermer sa chambre à clef, ça me paraît être un excès de zèle caractérisé.

— Simple question de routine, déclara Hemingway.

— Je n'en doute pas, coupa Miss Pickhill. C'est exactement ce que Mr Broseley me disait l'autre jour. Abus de pouvoir ! Depuis la guerre, les fonctionnaires ont l'air de croire qu'ils peuvent faire exactement ce qu'ils veulent, et je suis persuadée que la police ne vaut pas mieux que le ministère du Ravitaillement, qui se mêle de tout et qui dit aux gens comment cuire les choux alors que nous le savions tous bien avant qu'eux soient nés.

— Je ne songerais pas à vous dire comment cuire les choux, Miss, l'assura Hemingway. D'une part, je ne sais pas le faire, et d'autre part...

— J'espère bien que non ! Vous devriez plutôt faire faire l'exercice à certains de vos jeunots, permettez-moi de vous le dire. Dans ma jeunesse, les hommes de la police se tenaient admirablement droits, la tête dégagée, mais maintenant, chaque fois que je vais à Londres je vois des tas de jeunes plantés là, poitrine rentrée, ventre ressorti et bouche ouverte. Je ne leur demanderais même pas l'heure. De quoi faire retourner mon père dans sa tombe ! »

Non sans se dire que le fantôme de Mr Pickhill devait être le plus agité qui eût jamais troublé la paix d'un cimetière, Hemingway emboîta docilement le pas : « C'est un scandale. Je me le suis souvent dit.

Mais je pense que vous ne voudriez pas que j'arrête mes recherches pour trouver qui a tué Mrs Haddington.

— Certainement pas. En dehors de mes sentiments personnels, j'estime que je suis une bonne citoyenne. Le civisme a d'ailleurs été le sujet de la dernière conférence à l'Institut féminin du Parti conservateur. *Très* intéressante. Mais je ne vois vraiment pas en quoi le fait de fouiner dans les lettres et les affaires de ma sœur pourrait vous aider à trouver qui l'a tuée. En fait, ajouta Miss Pickhill, obscure et terrifiante, tout ça *va de pair !* »

Heureusement, l'inspecteur fut sauvé de ces eaux profondes par l'arrivée de Bagby, enquêteur de son état, qui l'informa que Miss Haddington venait d'arriver à l'instant et qu'elle était retenue par Miss Birtley.

Miss Pickhill frissonna et se leva en disant : « J'y vais. Pauvre enfant ! Elle ne se doute guère. Nous ne savons ni le jour ni l'heure. Je pense qu'elle n'a jamais entendu ces paroles si justes ; élevée dans un pays étranger, comment aurait-elle pu ? »

Cynthia Haddington, ravissamment vêtue de jaune jonquille sous un manteau de vison foncé, un petit toquet de plumes dégradées brun et jaune posé sur sa chevelure blonde, avait consenti à entrer dans la salle à manger où elle examinait Mr James Kane avec intérêt. Elle tenait une cigarette entre les doigts d'une main et balançait de l'autre un sac ainsi qu'une paire de gants. Seul un puriste l'aurait dite ivre. Même les talons démesurés de ses souliers décolletés ne la faisaient pas trébucher et si son regard était un peu vague, son rire irréfléchi un peu trop fréquent, sa diction demeurait parfaitement nette. « Ah, vous êtes le frère de Timothy ? disait-elle. Merveilleux. Oh, Timothy chéri, pourquoi n'étiez-vous pas à la soirée de June ? Vous auriez pu m'emmener dîner quelque part. Je me suis trouvée empêtrée de Philip Arnecliffe, et il était tellement ivre qu'il a laissé cette abominable Terrington se coller à nous *avec* son dernier petit ami. Vraiment *trop !* Je me suis dit, non, *certainement* pas, et je suis rentrée. Est-ce que Maman est vraiment livide de rage ? Je ne pouvais pas supporter l'idée d'une soirée *entière* à la maison. June a un nouveau cocktail absolument merveilleux qu'on fait avec de l'absinthe. Vous vous sentez merveilleusement bien après. Terrifiant. Oh Dieu, c'est vous Tante Violet ? Qui diable êtes-vous ? »

Hemingway, à qui cette dernière question s'adressait, garda un silence plein de tact, un peu assommé par cette première vision de la fille de Mrs Haddington. On lui avait dit, certes, qu'elle était très jolie, mais il ne s'attendait pas à tant de beauté vide.

Miss Pickhill parvint à adoucir la sécheresse de son ton habituel pour lui dire qu'elle avait de mauvaises nouvelles à lui annoncer et lui proposa de l'accompagner dans sa chambre.

Cynthia la dévisagea, totalement incapable de comprendre ce qui se passait : « Ah fichtre non, je ne veux pas me trimballer jusqu'à ma chambre, protesta-t-elle. D'ailleurs, pour quoi faire ? Nous n'avons personne à dîner. Je reste comme je suis. » Elle cligna des yeux comme pour s'éclaircir la vue, et demanda soudain : « Qu'est-ce que vous faites donc tous ici ? Vous n'avez pas *déjà* dîné ? Où est Maman ? »

Miss Pickhill se racla la gorge : « Ta chère Maman a — a eu un accident, Cynthia, dit-elle.

— Un accident ? Qu'est-ce qui s'est passé ?

demanda la jeune fille en jetant le bout de sa cigarette dans l'âtre.

— Oh, Seigneur, je ne sais pas comment lui dire ! s'exclama Miss Pickhill en s'asseyant brutalement, si troublée qu'elle renifla bruyamment dans un des robustes gants qu'elle tenait à la main.

— Dites-lui, Timothy, souffla Beulah à voix basse. C'est vous qui le ferez le mieux. »

Le jeune homme qui avait amorcé avec Mr James Kane un mouvement de repli discret hors de la pièce, lança un regard de reproche à sa promise, mais répondit à son appel. Il alla à Cynthia et lui prit la main en disant :

« Il n'y a pas de bonne façon de lui dire. Il faut vous préparer à recevoir un choc, Cynthia.

— Oh, Maman n'est pas morte, n'est-ce pas ?

— Si, répondit Timothy. Elle est morte. »

Cynthia le dévisagea lui, puis ses compagnons silencieux et rit, incertaine : « Oh, ne soyez pas ridicule ! Vraiment *pas* drôle du tout, chéri.

— En effet, dit Timothy fermement.

— Mais comment est-ce qu'elle *peut* être morte ? Elle n'avait rien du tout au moment du thé. Vous ne voulez pas dire qu'elle a été renversée par une voiture ou quelque chose comme ça ?

— Non, pas renversée. Elle a été tuée, Cynthia. »

Il sembla que pendant quelques instants elle comprît à peine ce qu'on lui disait. Elle répéta stupidement : « Tuée ? Tuée comme Dan ?

— Oui, comme Dan.

— Mais ça n'est pas possible ! Pas possible, cria-t-elle d'une voix suraiguë. Qu'est-ce que je vais devenir, *moi ?* »

Assez naturellement, cette exclamation frappa ses

auditeurs de plein fouet. Miss Pickhill lui lança un regard horrifié, puis tira Mr James Kane par la manche en lui chuchotant : « C'est le *choc!* Peut-être une petite goutte de cognac, juste pour l'aider à se ressaisir. Je suis opposée à toute forme de boissons alcoolisées mais dans un cas comme celui-là...

— Oh, non, je ne pense pas, répondit Jim.

— Je ne vous crois pas, dit Cynthia en retirant sa main de celle de Timothy. Vous essayez de me faire marcher, c'est tout. » Il resta silencieux. Elle reprit son souffle, et saisit les revers du veston de son vis-à-vis en essayant de le secouer. « Dites-moi que ça n'est pas vrai ! Vous ne *comprenez* pas. Je serai obligée d'aller vivre à Putney, ou un autre endroit horrible, et je ne pourrais pas *supporter* ça. C'est pour ça que Tante Violet est ici ? Je n'irai pas avec elle. Je ne veux pas ! Je ne veux pas.

— Dieu, c'est trop épouvantable, murmura Beulah.

— Un peu partie, remarqua Jim entre ses dents. Tant mieux. Essayez de la coller au lit le plus vite possible. »

Mais les perspectives d'exécution de ce sage avis semblaient lointaines. Désormais convaincue que sa mère était morte, Cynthia était fort occupée à « monter » une crise d'hystérie alarmante. Un torrent de mots se bousculaient sur ses lèvres, qui médusèrent littéralement pendant quelques instants l'assistance réduite au silence. « Tout ça, c'est parce que j'ai cassé ma glace ! Je *savais* qu'il allait arriver quelque chose d'épouvantable ! Maman disait que c'était de la superstition, et maintenant, vous voyez ! *Tout* va de travers, absolument tout ! D'abord j'ai perdu mon poudrier et Dan a dit qu'il m'en donnerait un autre, mais il ne l'a jamais fait parce qu'il a été tué, et puis tout a été affreux et Maman m'a obligée à porter du noir et elle a été détestable avec Lance, et maintenant, c'est *elle* qui a été tuée et personne ne se soucie de moi ou de ce que je vais devenir ! Je regrette bien de ne pas avoir épousé cet assommant Bill Uffington ! J'aurais dû épouser *n'importe qui*, c'est la faute de Maman si je ne suis même pas fiancée, parce qu'il y a des *douzaines* d'hommes qui m'ont demandée, mais elle répétait sans arrêt que j'étais trop jeune et que je pourrais trouver mieux si j'attendais, et maintenant vous voyez ce qui arrive !

— Cynthia, dit Miss Pickhill, retrouvant enfin la voix. Calme-toi, mon enfant. Tu ne sais pas ce que tu dis.

— Allez-vous-en ! hurla Cynthia en lançant son sac avec plus de passion que de précision dans la direction de sa tante. Je sais bien ce que vous voudriez faire ! Vous voudriez m'emmener dans votre ignoble maison et me couvrir de têtières et m'obliger à aller à l'église. Mais j'aimerais mieux *mourir !* Et rien ne m'empêchera jamais d'être sûre que c'est *vous* qui avez volé mon précieux poudrier ! dit-elle en se tournant soudain vers Beulah. C'est *forcément* vous ou Mapperley, et c'est vous qui avez dit que vous n'en aviez jamais vu d'aussi joli ! Mapperley a dit qu'elle l'aimait moins que celui en or, vous voyez bien ! Oh, qu'est-ce que je vais devenir ? Il ne me reste plus que Tante Violet ! Oh, Maman ! Oh, Dan ! » Elle éclata en sanglots convulsifs, qui se transformèrent en hurlements quand sa tante essaya de s'approcher d'elle. Ni les appels de celle-ci ni l'ordre sévère de Timothy lui enjoignant de la fermer n'eurent le moindre effet et il devait revenir à Mr Kane de mettre fin à une scène dont on pouvait probablement entendre les échos dans Berkeley Square. Il boitilla jusqu'au buffet, remplit un grand gobelet d'eau et le vida brutalement sur le visage de Cynthia. Le choc la tira de son hystérie ; d'abord suffoquée, elle resta un moment sans piper, puis se mit à pleurer pour de bon.

« Fourrez-la au lit ! » déclara impérieusement Mr Kane.

Beulah et Miss Pickhill parvinrent à l'entraîner hors de la pièce et à lui faire monter l'escalier. Hemingway dit alors : « Pauvre jeune fille ! Du genre hypernerveux, à ce qu'on pourrait dire. Si vous voulez bien m'excuser, j'ai un coup de fil à donner. »

Il se retira dans la bibliothèque pour chercher l'adresse personnelle de Mr Eddleston, et les demi-frères restèrent face à face dans la salle à manger.

« Eh bien, Bon Dieu ! s'exclama Mr Kane. Tu en as des fréquentations, Timothy.

— C'est toi qui l'as voulu, riposta furieusement le jeune homme. Je t'avais dit de ne pas venir.

— Oui, mais il faut que j'affronte Mère. Tu sais parfaitement que d'après elle je dois impérativement te tenir la main à chaque étape cruciale de ta carrière, sinon, je suis dans mon tort. Écoute, Timothy, tout ça est ahurissant. Qui a tué cette femme ? Tu as une idée ?

— Seulement ce que j'ai déduit des questions que Hemingway a posées à Beulah. Si tu l'exclus, elle et les domestiques, tous les indices convergent vers Godfrey Poulton. Il est apparemment le dernier à l'avoir vue vivante ; Butterwick — tu ne le connais pas : le petit ami de Seaton-Carew — Guisborough et Poulton sont tous venus la voir aujourd'hui dans cet ordre. Je ne sais ni pourquoi ni ce qui s'est passé. Et je ne vois pas l'ombre d'une raison pour que Butterwick ou Guisborough l'ait tuée. Si, comme je le soupçonnais assez, Mrs Haddington faisait chanter Lady Nest, ça donne un motif à Poulton, mais alors il doit être fou à lier pour agir comme ça juste après le premier crime. Et je veux bien être pendu si je vois pourquoi il aurait tué Seaton-Carew, à moins que celui-ci ait été de mèche avec Mrs Haddington dans l'entreprise de chantage. Et encore ! Bref tout ça est totalement incohérent. Il est de ceux qui auraient *pu* tuer Seaton-Carew, de même que le jeune Butterwick — qui est d'ailleurs, soit dit en passant, précisément le genre de névropathe capable de l'avoir fait dans une crise de jalousie. Guisborough n'a rien à voir avec le premier meurtre et je n'arrive vraiment pas à comprendre pourquoi il se précipiterait tout à coup pour étrangler Mrs Haddington, en imitant parfaitement le premier crime. A ma connaissance, le seul motif qu'il ait, c'est qu'elle ne voyait pas d'un bon œil la cour qu'il faisait à sa fille, et si tu trouves que c'est un bon moyen pour arranger ses affaires, tout ce que je peux te dire, c'est que c'est trop subtil pour moi ! Guisborough est un type mal équilibré, rasoir, ruisselant d'idées politiques mal digérées, mais en aucune façon un fou.

— Eh bien ! Poulton l'est moins encore, à coup sûr, dit Jim. Je ne le connais pas bien, mais dans la City, il a la réputation d'avoir le nez creux et le bras long. Pas excité pour deux sous non plus. Ne m'arrache pas les yeux, je n'ai pas l'intention d'être insultant, mais où se place exactement Beulah dans cet imbroglio ?

— Tu peux me croire si je te dis qu'elle n'y est pour rien. A moins que je me trompe du tout au tout, elle s'est donné un alibi sans en avoir la moindre idée. On est en train de le vérifier en ce moment. Je ne crois pas qu'elle ait bien compris ce que cherchait Hemingway, mais moi, si. En admettant que le flic qu'il a envoyé chez elle y trouve ce qu'elle a dit, et il le trouvera, je crois que le facteur temps l'éliminera. Elle n'a pas pu arriver ici en venant de chez elle une minute plus tôt qu'elle ne l'a dit. Et, je te le demande, Jim, est-ce qu'il est vraisemblable qu'elle ait fait tout le chemin jusqu'à Earl's Court si elle avait l'intention de revenir ici tuer Mrs Haddington ? Comment pouvait-elle savoir, d'ailleurs, dans quelle pièce elle la trouverait ? A cette heure-là, le plus vraisemblable aurait été sa chambre, avec sa camériste pour l'aider à sa toilette. Est-ce que même une folle irait chercher dans toutes les pièces d'une maison bourrée de domestiques ? Ça n'a pas de sens.

— Non, en effet, convint Jim, mais à moins qu'il n'y ait un meurtrier fou en liberté dans les parages, rien de tout ça n'a de sens. Si je ne peux pas admettre que Poulton ait assassiné quelqu'un qui faisait chanter sa femme — c'est-à-dire que je trouve ça difficile, parce que, d'après ce que je sais de lui, il réglerait bien plus probablement le compte du coupable d'une façon tout aussi féroce, mais légale — je peux encore moins admettre qu'il ait assassiné la partenaire du susdit deux jours plus tard. Je ne connais pas ton petit copain Guisborough, mais je suppose que s'il est éperdument amoureux de cette fille affligeante, et si Mrs Haddington représentait un obstacle incontournable au mariage — la gamine n'a que dix-neuf ans après tout — il aurait pu juger malin de la tuer exactement de la même façon que le premier type, en comptant que Hemingway croirait les deux crimes commis par la même personne.

— Sais-tu que c'est excellent, Jim ? dit Timothy pensif. Le seul ennui, c'est qu'il faudrait un type de sang-froid pour inventer un plan pareil et plus encore pour l'exécuter. Or ce n'est pas du tout le genre de Guisborough ; ça serait beaucoup plus celui de Poulton ; seulement, bien sûr, la théorie ne peut pas s'appliquer à lui puisqu'il est déjà soupçonné du premier crime. Guisborough est un impulsif, mais, honnêtement, je ne crois pas qu'il assassinerait une femme juste pour épouser sa fille. Il pourrait commettre un crime dans un moment de passion, mais préméditer un assassinat comme celui-là, non.

— Bon, alors quelle est ta théorie ? »

Timothy fronçait les sourcils. « Je n'en ai pas vraiment. Tout semble tourner autour du premier meurtrier et là, je suis complètement dans le noir. Il y avait cinq personnes qui auraient pu tuer Seaton-Carew : Mrs Haddington, Poulton, Butterwick, Beulah et moi. Tu peux rayer tout de suite Beulah et moi, et puis aussi Mrs Haddington. J'ai cru à un moment donné que les indices convergeaient plutôt vers elle. Pas vraiment de raison bien solide, mais ce que Beulah m'avait dit de ce foutu rouleau de cordon pouvait donner quelques soupçons. Bon, eh bien ! cette théorie-là semble avoir fini dans une impasse assez affreuse. Il nous reste Poulton et Butterwick — et des deux, c'est Butterwick mon favori pour le premier meurtre et Poulton pour le second... Or on peut la prendre comme on veut, cette combinaison-là ne marche pas !

— Attends voir ! Tu ne m'as pas dit que les mouvements du médecin n'avaient pas été entièrement reconstitués ce soir-là ?

— Non, vraiment, il y a des limites ! Tu vois un médecin en vogue étrangler quelqu'un au beau milieu d'un tournoi de bridge ?

— Pourquoi pas ? Si Seaton-Carew était un danger pour lui.

— Chantage, tu veux dire ? Il aurait plutôt glissé quelque chose de malsain dans son verre s'il avait voulu se débarrasser de lui !

— Pas du tout, le poison l'aurait aussitôt rendu suspect.

— Là, tu marques un point, admit Timothy. Maintenant, dis-moi qui a tué Mrs Haddington ?

— Je n'ai pas encore travaillé ce problème-là, reconnut Jim.

— Et pendant que tu le travailles, explique-moi donc comment il a pu entrer dans la maison sans que personne le sache.

— Je ne peux pas.

— Bien sûr que tu ne peux pas. Et ne me demande pas d'envisager le pauvre vieux Roddy Vickerson, parce que ce serait une perte de temps. Il n'hésite pas à faire briller la lumière de sa face sur des rastaquouères de la pire espèce qui lui assurent le style de cantine auquel il est habitué, mais même pour lui il y a des limites. Il trottine par la ville en disant que l'individu ne peut pas être un gentleman parce qu'étrangler est la forme la plus basse du meurtre et qu'aucune personne ayant quelque éducation ne songerait à tuer quelqu'un chez des connaissances. Sacrément vulgaire, mon cher. »

Jim sourit. « Bon, éliminons-le aussi. Alors, à partir de là, qu'est-ce que tu conclus maintenant ?

— Je pense que le premier meurtre était prémédité et que le second ne l'était pas.. Et en partant de là, il semble que les deux aient été commis par la même personne. De toute évidence, la situation était désespérée et il fallait réduire Mrs Haddington au silence. Supposons qu'elle savait qui était l'auteur du premier crime ?

— Alors, pourquoi n'a-t-elle pas dégagé sa responsabilité en le disant à la police ?

— C'est justement ça l'important. Si elle avait

risqué d'écoper, elle aurait certainement averti la police. Mais tu n'as pas eu le privilège de la connaître. C'était l'une des femmes les plus froides et les plus calculatrices que j'aie jamais rencontrées. Ce que je suppose — et j'admets que c'est une simple supposition — c'est qu'elle préparait le plus gros coup de sa carrière dans le chantage.

— Oui, mais minute, Timothy ! Qu'est-ce qui aurait empêché le coupable de payer jusqu'à ce que la poussière soit retombée, après quoi il aurait liquidé la dame à un moment où la police n'était *pas* sur les lieux ?

— Le fait que Mrs Haddington elle-même était suspectée, répondit aussitôt Timothy. Il n'a pas osé courir le risque. Si elle était accusée du meurtre, elle se mettrait à table. Elle y serait obligée.

— Je crois qu'il y a une faille quelque part dans ton raisonnement, dit Jim, mais je dois dire que c'est très ingénieux si on peut sauter le premier obstacle. Tu crois qu'elle aurait vraiment fait argent de la mort d'un vieil ami ?

— Je dirais qu'il n'y avait absolument que Cynthia dont elle n'aurait pas fait argent, répondit Timothy. C'était un être remarquablement antipathique, mais il faut reconnaître qu'elle était dévouée corps et âme à cette fille qui en valait si peu la peine. Loué soit Dieu, voilà enfin ma promise ! Comment ça va-t-il, ma chérie ?

— Cauchemardesque ! répondit Beulah en frissonnant. Nous l'avons mise au lit et Mrs Foston va rester près d'elle jusqu'à ce qu'elle s'endorme. Je crois que ce ne sera pas long. Je plains Miss Pickhill d'avoir à s'occuper d'elle. Je sais qu'elle est un peu grise et que, bien sûr, le choc provoque parfois des réactions bizarres chez certaines personnes, mais quand je suis partie, elle avait l'air de se consoler à l'idée que maintenant elle serait terriblement riche et pourrait faire tout ce qu'elle voudrait. Pour l'amour du ciel, emmenez-moi hors d'ici et donnez-moi quelque chose à manger ! Sans doute parce que je n'ai rien pris depuis le déjeuner qu'une tasse de thé et un biscuit, il me faudrait très peu d'encouragements pour tourner de l'œil.

— Eh bien, vous n'en aurez aucun ni de Jim ni de moi, déclara Timothy en lui prenant le bras pour la soutenir et en l'entraînant vers la porte. Viens, Jim. A table ! »

CHAPITRE XVII

Un peu plus tard, le brigadier Snettisham revint à Charles Street et posa devant son chef les livres de comptes de Mrs Haddington. Il lui expliqua qu'il avait mis assez longtemps pour faire l'aller et retour parce qu'il avait juste manqué une rame chaque fois. Son calcul ajoutait dix minutes à l'estimation de Beulah pour le double trajet et il émit l'opinion que de compter une demi-heure seulement de porte à porte était plus que juste.

« Ça semble l'éliminer, dit Hemingway. D'ailleurs je n'avais jamais songé très sérieusement à elle, je dois dire. » Il jeta un coup d'œil à sa montre, se tourna une fois de plus vers le meuble qui contenait les annuaires téléphoniques et en sortit un des volumes. Tout en le feuilletant, il dit : « Je crois que vous ne pouvez rien faire de plus ce soir. Rentrez donc chez vous.

— Merci, chef. Qu'est-ce qui va se passer pour l'enquête publique, demain ?

— Nous allons demander un ajournement. Je rencontre le notaire de Mrs Haddington ici demain matin.

Vous avez mis les scellés sur ces deux pièces ? Bon, dites à vos gars qu'ils peuvent dégager la piste. »

Lui-même, quand il partit, se fit conduire dans la rue de Chelsea où Lord Guisborough partageait une petite maison avec sa sœur. Il était alors plus de neuf heures et, en descendant de voiture, il constata aussitôt que quelqu'un donnait une réception. Une ou deux petites autos étaient garées dehors et du premier étage parvenait un rugissement étouffé qui rappelait fort la fauverie du zoo mais indiquait en fait aux initiés qu'un certain nombre de personnes rassemblées parlaient toutes à la fois. Le bruit était manifestement trop fort pour que quiconque pût entendre la sonnette de l'entrée, aussi, après avoir laissé son doigt appuyé dessus pendant près d'une minute, Hemingway eut-il recours au heurtoir. Après un troisième assaut, la porte fut ouverte par une jeune femme brune en jupe froissée et chandail orange qui tenait une grande cruche dans une main et une cigarette à moitié fumée entre les lèvres. Elle regarda le policier en clignant des yeux et dit : « Salut ! Qui êtes-vous ? Aucune importance, d'ailleurs. Entrez donc. On manque de gin depuis quelques minutes, mais il y a beaucoup de bière. Prenez-en donc un peu. »

Elle leva la cruche et parut sur le point de verser le breuvage dans un verre inexistant. Hemingway, prévenant, redressa le récipient qui donnait périlleusement de la bande et répondit : « Non, merci, Miss. Est-ce que vous êtes l'Honorable Beatrice Guisborough ?

— Ah, foutre non ! Ne me collez pas ces titres archaïques sur le râble. Je suis Trix Guisborough, ni plus, ni moins. Essayez le truc sur mon frère, il boira ça comme du petit lait. Si on lui en laisse le temps, il va devenir un des piliers du parti conservateur, pauvre petit connard ! Vous êtes un de ses nouveaux copains tout proprets, tout respectables ? A strictement parler, c'est moi qui reçois, mais faites comme chez vous. Vous trouverez Lance dans le tas. » Elle donna un coup de tête en direction de la porte de l'atelier (ouverte) qui révélait des corps agglutinés au milieu d'un épais nuage de fumée.

Hemingway sortit sa carte et la lui montra. Il lui fallut un moment pour accommoder et il se demanda combien de jeunes femmes en état d'ébriété légère il était destiné à rencontrer ce soir-là. Quand elle eut réussi à la déchiffrer, elle rit et s'exclama : « Bon Dieu ! En voilà une fameuse à raconter au dessert ! Un vrai inspecteur principal vivant à une de mes réceptions.

— Je ne suis pas venu à votre réception, Miss, dit Hemingway. Je vous remercie bien, mais ce que je veux, c'est dire quelques mots à votre frère.

— Je ne crois pas qu'ils serviraient à grand-chose. Il est bien parti, répliqua-t-elle. Si vous voulez m'appeler quelque chose, appelez-moi camarade. Qu'est-ce que vous lui voulez, à Lance ?

— Je le lui dirai, si vous avez la bonté d'aller le chercher.

— Mais enfin pourquoi ? Si c'est au sujet du meurtre de l'autre soir, il ne peut rien vous dire. C'est Butterwick qui est votre homme. Si vous ne reconnaissez pas la description, je veux dire une sale petite tapette avec des boucles et des grands cils, l'empaffé type. Un coup d'œil, et vous saurez pourquoi les classes privilégiées sont condamnées. Et pas touche à Lance, hein ! ajouta-t-elle, furieuse. Il s'est laissé embarquer dans un milieu pourri, c'est tout ! Il a un petit quelque chose de bourgeois qui lui fait croire que c'est un truc bandant d'être pair du royaume, mais ça lui passera, faites-moi confiance.

— Écoutez, camarade, dit Hemingway, si vous faisiez votre cirque en Russie, en obligeant la police à perdre son temps au lieu de cavaler au trot, vous vous retrouveriez dans une mine de sel et ça ne serait pas une mauvaise chose. Allez dire à votre bourgeois de frère que je veux lui parler et ne gaspillez pas votre salive avec moi, à éreinter les classes privilégiées, d'abord parce que je n'en suis pas et ensuite parce que je n'aime pas les histoires baluchardes. Celle-là, ma grand-mère la racontait déjà avant la guerre.

— Sacré bourre ! s'écria Miss Guisborough frémissante de rage. Comment osez-vous me parler sur ce ton-là ?

— Ah, je pensais bien qu'on ne serait pas camarades longtemps, répondit Hemingway, peu impressionné. Quand j'étais jeune, beaucoup plus jeune, c'était un de mes boulots de faire circuler des nénettes de votre genre et d'essayer de vous empêcher de gâcher le plaisir de tout le monde en vous jetant devant les chevaux de tête, et des tas d'autres trucs idiots comme ça. Maintenant, la journée a été longue et je ne suis pas d'humeur à écouter ces boniments de foire. Allez chercher votre frère et pendant qu'on est en train de causer, vous pourrez expliquer à ce ramassis, là-dedans, comment les singes font des grimaces. Moi, on m'a montré ça avant que vous soyez née. »

Fort heureusement pour le bon déroulement des réjouissances, un des invités de Miss Guisborough sortit de l'atelier à ce moment-là. Mis à part un visage agréable, il ne se distinguait que par une évidente prédilection pour les tailleurs et coiffeurs de haut niveau. Il prit Miss Guisborough par la taille et la pria de lui dire quelle mouche la piquait.

Ce fut Hemingway qui lui répondit : « C'est tout simplement que je veux dire un mot à Lord Guisborough. Je suis l'inspecteur principal Hemingway de la Police judiciaire et j'espère bien que je ne le retiendrai pas plus de quelques minutes. »

Le nouveau venu le regarda avec curiosité, mais dit : « Bon, entendu. Je vais vous le chercher. Viens, Trixie, tu es partie avec la cruche de bière, cervelle creuse ! »

Il entraîna son hôtesse dans l'atelier et au bout de quelques instants, Lord Guisborough arriva sur le palier, les jambes un peu incertaines, mais les yeux encore brillants et intelligents.

« S-salut, dit-il. Vous voulez me parler, insspecteur ?

— Si vous voulez bien, milord. »

Guisborough ouvrit la porte d'un petit salon.

« Bon, eh bien entrez donc ici. M' sœur n'aime pas que les gens m'appellent milord. Moi, ça me déplaît pas. C'est drôle. J'aimerais assez vivre à Guisborough en fait. Peux pas, bien sûr. Loué à la vieille Letty Guisborough, cousine ou quelque chose. Crève d'argent. Kenelm est l'un de ses chouchous. Ça vous donne une idée. Elle doit lui faire une rente, mais lui donner le titre, pas mèche. Bougrement pissant. » Il s'arrêta, parut faire un effort pour rassembler ses idées quelque peu éparses et demanda : « Qu'est-ce que vous me voulez ?

— Je crois que vous êtes venu voir Mrs Haddington cet après-midi, n'est-ce pas ?

— Exact. Et alors ? demanda le jeune homme d'un ton assez agressif.

— Je voudrais savoir quel était le but de votre visite. » Hemingway vit les yeux de son vis-à-vis, fixés sur son visage, devenir immédiatement méfiants. « Et ce qui s'est passé entre vous ?

— Qu'est-ce que ça peut bien vous foutre ?

— Vous pouvez me croire si je vous dis que cela a beaucoup d'importance pour moi.

— Quel sacré culot ! Mrs Haddington n'était pas contente que j'aie emmené sa fille à un bal hier soir. Vieille chipie !

— Est-ce qu'il y a eu un genre de querelle entre vous ?

— Vous parlez qu'il y en a eu une ! Et si vous voulez savoir si j'ai claqué la porte en sortant de la maison ? Oui, parfaitement. Si c'est un crime, c'est la première fois que je l'entends dire.

— Quelle heure est-ce qu'il était à ce moment-là ? »

L'expression de méfiance s'accentuait. « Aucune idée. Pourquoi ?

— Vous pouvez peut-être me dire quand vous êtes entré dans la maison ? »

Le front de Guisborough se plissa sous un effort de concentration intense. Après un moment de réflexion, il répondit : « Vers six heures moins le quart, je pense.

— Est-ce que d'autres personnes étaient présentes quand vous êtes arrivé ?

— Butterwick. Il m'a croisé dans l'escalier.

— Merci beaucoup. Et à votre avis,vous êtes resté combien de temps avec Mrs Haddington ?

— Vous ne vous imaginez pas que j'ai gardé l'œil sur la pendule non ? Je n'en sais rien.

— Où êtes-vous allé en quittant Charles Street ?

— Chez moi.

— Et quand êtes-vous arrivé chez vous ?

— Dites donc, demanda brutalement Guisborough, ça mène où, tout ça ?

— Si vous répondez à mes questions, je répondrai peut-être aux vôtres.

— Pas de risque. Je vous connais, vous les flics, vous essayez de me piéger. Des larbins du pouvoir aristocratique, voilà ce que vous êtes, toute votre sacrée bande ; une loi pour les riches et une autre...

— Là, vous vous trompez, interrompit sèchement Hemingway. C'était un fontainier, pas un policier, et ça n'était pas non plus le pouvoir *aristocratique*.

— Qu'est-ce que vous racontez ? demanda Guisborough ahuri.

— Dickens. Il se trouve que c'est mon auteur favori, c'est tout.

— Dickens ? s'exclama l'autre d'un ton de dégoût profond. Qu'est-ce que vous voulez qu'il me foute Dickens ?

— Je n'en sais rien, mais ce n'est pas une raison pour le citer de façon inexacte. D'ailleurs, il y a un temps et un lieu pour tout et ce n'est ni l'un ni l'autre pour Dickens ! Ce que je vous ai demandé, c'est à quel moment vous êtes arrivé ici en revenant de Charles Street aujourd'hui ? »

Guisborough le foudroya du regard, mais au bout d'un moment, répondit, maussade : « Dieu seul le sait.

— Je n'en doute pas, milord. Si vous ne pouvez pas vous en souvenir, Miss Guisborough m'aidera peut-être.

— Oh, je crois que je ne suis pas resté plus d'une demi-heure avec Mrs Haddington.

— Merci. Et quand avez-vous quitté la maison ? »

Le jeune homme se passa la main sur le front pour rejeter en arrière une boucle noire tombée sur un œil. « Le moment est bien choisi, pour venir me poser des devinettes ! dit-il, geignard. Vous voulez que je me rappelle le nom de toutes les rues entre ici et Charles Street ? Je vous préviens tout de suite que je ne le sais pas.

— Oh non ! Je n'y tiens pas du tout. Vous avez pris un taxi ou vous aviez votre voiture personnelle ?

— Simplement parce que j'ai un titre, vous croyez sans doute que je suis un riche désœuvré, répondit Guisborough moqueur. Eh bien, vous vous trompez ! Je suis revenu à pied.

— Tout le long du chemin ?

— Oui, tout le long du chemin. Et s'il ne se trouvait pas que j'aime marcher, j'aurais pris un autobus. Si ma — si quelqu'un vous a dit que le titre a changé quoi que ce soit à ma vie, c'est un sacré mensonge ! »

A ce moment la porte s'ouvrit pour laisser entrer Trix Guisborough, qui s'adossa au chambranle pour demander combien de temps encore l'inspecteur avait l'intention d'empêcher son frère de se joindre aux invités.

« Juste le temps nécessaire et pas une minute de plus, Miss... camarade plutôt ! »

Guisborough se leva d'un bond. « Oh, assez, hein ! C'est juste pour m'empoisonner ! »

Devinant très justement que cette apostrophe visait non pas lui mais Miss Guisborough, Hemingway garda un silence discret.

« Avant que tu te laisses dévoyer par des illusions de pouvoir et de rang, ça ne t'empoisonnait pas, rétorqua Miss Guisborough. Tu n'es qu'un renégat pourri, Lance !

— Excusez-moi, coupa Hemingway, mais est-ce que vous pourriez m'aider à fixer le moment où votre frère est rentré ici ce soir ?

— Ce soir ? » Elle le regarda d'un air étonné. « Vers sept heures et demie, à peu près. Pourquoi ? »

Hemingway haussa les sourcils et se tourna vers Guisborough. « Eh bien, milord ?

— Ça se peut bien. Je ne sais pas. Je me suis arrêté pour boire un pot dans un café sur le chemin.

— Lequel exactement ?

— Merde, qu'est-ce que j'en sais ? Quelque part dans King's Road.

— Pas possible ! Qu'est-ce qui t'avait donc déplu au Ritz ? ironisa sa sœur.

— Oh, la ferme ! »

Sentant qu'il ne gagnerait pas grand-chose à prolonger l'entretien, Hemingway referma son carnet, et prit son chapeau. Les yeux noirs fiévreux de Guisborough scrutèrent le visage du policier. « Pourquoi vouliez-vous savoir ? Qu'est-ce qui s'est passé ? » Un bref silence. « Ou est-ce que c'est un mystère policier ?

— Oh, non ! Il n'y a pas de mystère. Vous lirez probablement toute l'histoire demain dans les journaux. Je ne vois aucune objection à vous dire que Mrs Haddington a été assassinée. »

Quelle qu'ait pu être la réponse de Lord Guisborough à cette annonce, elle fut noyée dans l'éclat de rire qui secoua brusquement sa sœur. Elle hoqueta : « Oh, sans blague ? C'est super ! Et qui est-ce qui a eu le cran de dessouder cette vieille goton ? Il a ma voix. »

Lord Guisborough l'empoigna par les épaules et la secoua sans ménagement. « Assez ! ordonna-t-il. Arrête ton cinéma ! Ça n'a rien de drôle. Tu es givrée ! » Elle faillit s'étrangler et son rire cessa net. « Oh là, là, tu n'as pas besoin de faire une tête pareille ! Ça n'est pas toi, hein ?

— Pourquoi diable est-ce que j'aurais fait ça ? »

Elle regarda Hemingway. « C'est pour ça que vous êtes venu ici ? Parce que, Lance — oh, non, c'est trop con ! Vous pourriez tout aussi bien me soupçonner, moi. Qui est-ce qui a fait ça, en réalité ?

— Tu ne vois pas qu'il n'en sait rien ? dit Guisborough, furieux. Sans doute le type qui a tué Seaton-Carew.

— Qu'est-ce qui vous fait dire ça ? demanda Hemingway.

— Je ne sais pas. Association d'idées, je suppose. Deux meurtres dans la même maison.

— Je n'ai pas dit que Mrs Haddington avait été tuée dans la maison », dit doucement Hemingway.

Guisborough le regarda d'un œil courroucé : « Vous ne l'avez peut-être pas dit, mais comme vous m'avez demandé à quel moment j'avais quitté la maison, la déduction n'était pas difficile à faire. Je ne suis pas complètement débile !

— C'est juste, admit Hemingway. Elle a été assassinée chez elle. Dans son boudoir, exactement comme Mr Seaton-Carew.

— Pouah ! s'exclama Miss Guisborough en frissonnant. Quel animal à sang-froid ! J'avais horreur de cette femme et de tout ce qu'elle représentait, mais je ne lui voulais pas tant de mal que ça ! Je regrette d'avoir ri. Et la gamine ? Est-ce qu'elle est seule là-bas, avec juste ces larbins haut-de-gamme ? Dis donc, Lance, il ne faudrait pas qu'on fasse quelque chose ? Si tu veux que je la ramène ici, ou que j'aille près d'elle, je suis d'accord. »

Apparemment, Lord Guisborough n'avait pas grande confiance dans les capacités de sa sœur pour consoler les affligés, car il répondit aussitôt : « Très chouette de ta part, mais je ne crois pas que c'est la chose à faire. Il y a la secrétaire, tu comprends — et Cynthia te connaît à peine. D'ailleurs elle — enfin, je ne crois pas que ça marcherait.

— Tu veux dire qu'elle ne peut pas me blairer ? Ah, bon ! Mais si tu veux aller lui tenir la main, vas-y. Je peux m'occuper du gang, ici.

— Non, dit-il. Non, je n'y vais pas. Pas ce soir, en tout cas. Elle sait sans doute que je me suis emporté avec sa mère cet après-midi et elle ne voudrait peut-être pas me voir.

— Ne vous tourmentez pas, dit Hemingway. Miss Haddington était allée se coucher avant que je parte et elle a sa tante auprès d'elle. »

Guisborough parut soulagé. « Ah, j'en suis bien content ! Elle s'occupera de Cynthia. Il vaudra beaucoup mieux que je passe demain. Je laisserai un message de sympathie même si elle ne se sent pas assez bien pour me recevoir.

— Ce sera bien préférable, en effet ! » approuva Hemingway, qui prit congé.

Quand il arriva à Scotland Yard, il constata que Grant n'était pas encore de retour. Il monta dans son bureau, demanda qu'on lui apporte certaines pièces à conviction et pendant qu'il les attendait, le téléphone sonna.

Il prit l'un des appareils sur son bureau et la voix de son ami et supérieur, le divisionnaire Hinckley, retentit à ses oreilles.

« Inspecteur principal Hemingway ?

— Oui, patron. »

La voix changea. « Ah, Stanley ? Comment ça va ?

— Épatant. Je n'ai encore que deux meurtres sur les bras, mais la journée n'est pas finie. Je suppose qu'il y en aura d'autres d'ici à demain. Qui est-ce qui me succède ?

— Pas encore nommé. Tiens bon ! Entre nous, un Certain Personnage te soutient encore. J'ai pensé que ça te ferait plaisir de le savoir. Il a dit qu'il parierait bien que tu allais décrocher la timbale et que plus on était dans le merdier, moins il avait envie de le refiler à quelqu'un d'autre. C'est tout.

— Merci, Bob. Tu es un vrai pote », dit Hemingway en rougissant légèrement.

Un déclic décisif l'informa que Hinckley avait coupé court aux élans de gratitude. Il sourit et raccrocha. Quand Grant entra dans le bureau quelque vingt minutes plus tard, il le trouva qui contemplait, le front plissé, deux nœuds coulants en corde à tableaux posés côte à côte sur son bureau. Il releva la tête à l'arrivée de son subordonné et celui-ci, voyant l'expression concentrée qui lui plissait les yeux, s'exclama : « Och ! Vous avez trouvé quelque chose ! *Ciod e* ?

— Je n'en suis pas sûr, répondit lentement Hemingway. Et vous ? Vous avez vu le jeune Butterwick ?

— Oui, et je l'ai interrogé, bien qu'à mon avis, ce n'était pas nécessaire, parce que je l'ai trouvé à l'Opéra, et en habit de soirée. Seulement, ça n'est pas de l'opéra, c'est du ballet qu'on y donne, et il a beau jurer qu'il était là depuis le début de la représentation, il m'a peut-être menti. Il était seul.

— Les gens assis à côté de lui devraient pouvoir vous renseigner ?

— *Ma seadh !* Il n'y avait personne à côté de lui. Mrs Butterwick a une loge pour toute la saison et il n'y a pas un membre du personnel qui puisse dire avec certitude à quelle heure il est arrivé ce soir-là. Si c'était avant » — il tira un carnet de sa poche et lut péniblement — « *les Présages* ou *Pétrouchka.* C'est pendant *Pétrouchka* que je suis arrivé à Covent Garden, et ces gens du ballet ont l'air d'en faire grand cas, parce que, quand j'ai demandé à ce qu'on m'amène Mr Butterwick, ils n'arrêtaient pas de dire " au milieu de *Pétrouchka* ? " comme si je leur avais demandé de le faire sortir d'un service au temple — ce que, ajouta-t-il, je n'aurais pas fait. Quel *stramash !* Ils me répétaient qu'il n'y avait plus qu'un quart d'heure avant l'entracte et ils me demandaient si je ne voudrais pas l'attendre. Finalement, j'ai dit *Gle mhath,* et j'ai attendu.

— Ma foi, si c'est ce que vous avez dit, je m'étonne qu'ils n'aient pas appelé les gars du service de sécurité ! rétorqua Hemingway. Ils ont dû vous prendre pour un étranger en situation irrégulière et je ne les blâme pas. Comment saviez-vous que Butterwick était au ballet ?

— Och — ça a été le pire de tout ! répondit l'autre. Quand je vous ai quitté, je suis d'abord allé à cette adresse de Park Lane et, au début, je ne pouvais rien faire parce que je n'avais trouvé que des domestiques — simplement un couple : la femme de ménage ne couche pas là et elle était déjà partie. Ni l'un ni l'autre ne savait où le jeune homme pouvait être, ni s'il s'était trouvé dans l'appartement depuis qu'il y avait pris le thé avec sa mère. Et ça, je crois que c'est vrai, parce que la cuisine et le logement des domestiques sont un peu éloignés des pièces d'habitation de la famille et séparés par une porte et un petit corridor. Inutile de dire que le jeune Butterwick a sa clef et il n'y a pas de valet de chambre. Mais pendant que je parlais avec le domestique, Mrs Butterwick est arrivée. » Il sourit. « Je peux vous dire que je n'ai pas tardé à penser que j'allais vous donner *moran taing* pour ce travail-là ! »

Hemingway se redressa brusquement : « Ah, vraiment ? Alors, maintenant vous allez me dire ce que ça signifie, mon brave, parce que ce n'est pas la première fois que vous me le dites, ce soir et je suis convaincu que...

— Och, ça veut dire simplement “ merci bien ” », répondit Grant, tout aménité.

Son supérieur le lorgna d'un œil lourdement soupçonneux. « Je suis obligé de vous croire sur parole pour le moment, mais à la première occasion, je demanderai au jeune Fraser. Bon, ensuite.

— Est-ce que je vous mentirais, patron ? Je vous assure, j'aimerais mieux affronter une tigresse que cette femme-là. Dès l'instant où elle a su que j'étais officier de police, j'ai craint qu'elle m'arrache les yeux de la tête. Och, elle en a fait un bébé, de ce *truaghan !* Mais elle a peur pour lui, très peur. »

Hemingway sourit largement. « Rencontré l'amour maternel bille en tête, hein ? Pauvre vieux Sandy ! Je connais ça ! De quoi a-t-elle peur ?

— Du premier crime, répondit instantanément Grant. Elle a cru que je venais interroger son fils à ce sujet-là et tout ce qu'elle m'a raconté, c'est autant dire rien, puisqu'elle n'était pas présente. Elle ne sait rien. Tout doucettement, j'en suis arrivé à lui demander où Mr Sydney Butterwick se trouvait pour l'heure et elle m'a dit qu'il y avait un homme dont je ne me rappelle pas le nom qui dansait *Pétrouchka* pour la première fois ce soir-là et que son fils ne manquerait pour rien au monde une occasion comme celle-là. Alors je lui ai demandé le numéro de sa loge et je suis parti. » Il s'arrêta un instant. « On m'a donc amené le jeune Butterwick dans un bureau minuscule où, quand ce *Pétrouchka* a été fini, il est arrivé avec une chemise qui n'était pas plus blanche que sa figure. Vous vous rappelez sa tactique quand vous l'avez interrogé ? A ce moment-là, c'étaient des tas d'inepties sur la psychologie pour vous faire croire qu'il était très à l'aise. Ce soir, c'étaient les *Eurythmiques* de Dalcroze et — attendez que je vérifie bien — la *Méthode et Chorégraphie* de Ceccheti, tant et si bien que j'ai demandé à ce stupide *gille* de mettre la sourdine. »

Hemingway hocha la tête : « Ouais. Et qu'est-ce que vous en pensez de ce garçon ?

— Difficile à dire. A mon avis, il n'y a guère de doute : il croyait que j'étais venu l'interroger au sujet du premier meurtre, parce que c'est de ça qu'il a parlé, jusqu'au moment où je lui ai demandé à quelle heure il était arrivé à l'Opéra. Je dois dire qu'il a eu l'air terrorisé quand je lui ai posé cette question-là et quand, ensuite, je lui ai dit sur quelle affaire je l'interrogeais, il a poussé un *sgiamh* et il s'est évanoui !

— Grand Dieu ! s'exclama Hemingway.

— Vous pouvez le dire ! Quand il est revenu à lui, j'ai cru qu'il allait se mettre à pleurer ! Mais avec un petit remontant, il s'est ressaisi et il m'a juré qu'il était allé à Charles Street uniquement pour demander à Mrs Haddington pourquoi elle nous avait dit des mensonges sur lui. En plus, il se rappelait avoir croisé Lord Guisborough dans l'escalier. Il est sorti en courant de la maison, où il a oublié sa canne. Il m'a donné des tas d'heures différentes, mais la vérité, c'est qu'il ne sait pas à quel moment il a quitté Charles Street. D'après ce qu'il raconte, il est rentré chez lui, il s'est changé pour la soirée, et il a pris un taxi qui l'a déposé à Covent Garden juste à temps pour entrer dans sa loge avant que le rideau se lève sur le premier ballet. Bien difficile de savoir s'il me disait la vérité ou pas. On ne sait pas comment le prendre. Il a tourné de l'œil sous mes yeux, mais dès qu'il a entendu la sonnerie qui marquait la fin de l'entracte, il s'est mis à trépigner pour regagner sa loge tellement il avait peur de manquer le début du dernier ballet.

— Il trépignait peut-être d'envie de vous semer, dit Hemingway. Mais enfin, il ne me semble pas qu'il avait la moindre raison pour tuer Mrs Haddington, donc on lui accordera le bénéfice du doute pour le moment.

— Elle a peut-être été tuée — et je ne dis pas que ce soit par Butterwick, notez bien — parce qu'elle en savait trop sur le premier meurtre, fit remarquer Grant.

— Peut-être, admit Hemingway. C'est toujours une possibilité.

— Mais vous n'y croyez pas ? demanda Grant en le regardant d'un œil pointu.

— Qui a dit ça ? répliqua Hemingway. Ce qu'il faut, c'est se garder des idées préconçues. Maintenant, regardez un peu les pièces un et deux et dites-moi s'il n'y a pas quelque chose qui vous frappe. »

L'inspecteur, sourcils froncés, se pencha sur le bureau. « De la corde à tableaux toutes les deux, dit-il. Mais l'une est plus vieille que l'autre parce qu'elle est passée. Pas d'empreintes digitales sur la deuxième ?

— Aucune. » Hemingway prit un petit morceau de corde et le lui tendit. « Prenez ça, Sandy ! » Il appuya un coude sur la table, l'avant-bras vertical. « Je veux que vous imitiez nos intéressants meurtres, mais autour de mon poignet. Prenez cette règle comme tourniquet et inutile de pousser la chose aux extrêmes. Montrez-moi simplement comment vous vous y prendriez si vous aviez l'intention de repasser quelqu'un comme ça. »

L'air légèrement surpris, mais obéissant, Grant passa la corde autour du poignet de Hemingway, prit les deux extrémités dans la main gauche, glissa de la droite la règle au-dessus de sa prise et la tourna deux fois. Puis il s'arrêta et regarda son chef d'un air interrogateur. Celui-ci hocha la tête : « Ça suffit. Lâchez tout ! Maintenant, recommencez ! »

Grant fronça les sourcils, mais ne dit rien et répéta fidèlement la performance.

« Donc, c'est toujours comme ça que vous faites ? dit Hemingway. Carnforth aussi. Le petit Thirsk, par contre, fait comme moi.

— Comme vous ?

— Nous prenons la main droite pour la prise et la gauche pour le tourniquet. Comme ça, mon gaillard, la torsion s'opère de gauche à droite, et avec vous, de droite à gauche — comme pour l'opérateur numéro un. »

Grant poussa une exclamation et regarda très vite les cordons sur le bureau : « *Mo thruaighe !* Je ne l'avais pas remarqué ! Alors, c'est un gaucher ?

— Non, pas forcément. Aucun de nous quatre ne l'est. C'est affaire de goût. Pour certains, c'est tout naturel de le faire d'une façon, pour d'autres, c'est l'inverse. Essayez de faire comme moi. »

Grant obéit, mais lentement. « Ça ne m'est pas naturel, mais enfin, je peux le faire.

— Mais vous ne le feriez pas. Bon ! Eh bien, je crois qu'en voilà assez pour aujourd'hui — et le bilan n'est pas mauvais. Rentrez chez vous. Demain, pas besoin de vous à l'enquête publique : quand nous en aurons fini avec Sir Roderick Vickerstown et le médecin, je demanderai un ajournement. Vous irez au bureau de Poulton voir ce que vous pourrez y découvrir. Je vous retrouverai ici après l'enquête publique. Je ne rencontre cet Eddleston qu'à midi, Charles Street. »

Grant prit son chapeau et glissa, avec son sourire fugitif : « Vous dites toujours, n'est-ce pas, que quand une affaire devient si embrouillée qu'apparemment rien ne peut la résoudre, il y a quelque chose qui cède ?

— Si je le dis, c'est que c'est parfaitement vrai. Je ne saurai jamais pourquoi je n'ai pas été nommé préfet de police depuis des années ! Ces deux morceaux de cordon, Sandy, montrent comment les plans les mieux préparés des souris et des hommes peuvent *gang agley*.

— *Ma seadh*, dit Grant, la main sur le bouton de la porte. Je me demande bien où vous avez attrapé cet accent des Basses-Terres. » Et sur cette flèche du Parthe, il s'éclipsa prudemment.

CHAPITRE XVIII

Ils se retrouvèrent le lendemain matin. Grant fit un petit geste d'impuissance. « Ça devient de plus en plus impénétrable... A moins que le personnel m'ait menti au bureau de Poulton, ou lui à son personnel, on attend son retour pour cet après-midi. J'ai eu par son chef de service tous les détails sur cette conférence à laquelle il est allé. Je la soupçonnais de ne jamais avoir existé, mais si, elle était bien vraie.

— Ça ne m'étonne pas, répondit Hemingway. Je n'avais jamais jugé vraisemblable qu'un type comme Poulton ait fait la malle. Il a la tête trop dure, et puis l'enjeu est trop gros. Sans compter sa bonne femme. Si, comme on peut le supposer à l'heure actuelle, il a commis le second meurtre, je ne doute pas qu'il ait un alibi en béton.

— Ça, ce n'est pas possible, répondit Grant, toujours plein de raison. Nous savons bien qu'il a été le dernier à voir la pauvre dame vivante.

— C'est le meurtrier qui l'a vue le dernier, mon gaillard, n'oubliez jamais ça. Si c'est Poulton, alors j'aurai affaire à forte partie, parce qu'il ne serait pas arrivé là où il est s'il n'avait pas un sacré sang-froid. Maintenant, cap sur Charles Street. »

Ils arrivèrent cinq minutes à peine avant le jeune Mr Eddleston et furent reçus par Miss Pickhill. Elle les informa que sa nièce était enfermée avec la couturière arrivée le matin, porteuse de la robe noire rectifiée à laquelle elle faisait quelques ultimes retouches. Elle dit comme à regret qu'elle avait été agréablement surprise par Miss Birtley, qui était non seulement arrivée à l'heure, mais avait aidé à rédiger la notice pour le *Times* et à commander les faire-part. Des activités de sa nièce elle ne dit rien, mais la façon dont elle pinçait ses lèvres flétries permettait de conclure qu'elles n'avaient pas recueilli son approbation. La mise sous scellés des deux chambres n'avait toujours pas été digérée non plus et elle déclara avec beaucoup d'aigreur qu'elle exigerait d'être présente quand l'inspecteur principal fouillerait la chambre de sa sœur.

On constata que le jeune Mr Eddleston était un homme d'âge moyen, pourvu de la longue lèvre supérieure si fréquente chez les membres de sa profession. Formé dans un cabinet qui tirait le plus clair de ses ressources des Cessions de Biens, il était opposé à toutes les formes de litige et conseillait invariablement à ses clients de régler leurs différends à l'amiable ; aussi, comme il en informa d'entrée Hemingway, n'avait-il encore jamais été mêlé à des affaires criminelles. Il déclara qu'il connaissait fort peu de choses aux affaires de sa défunte cliente : il avait rédigé le testament de celle-ci, mené les négociations pour la location de la maison, mais rarement été appelé à lui donner des avis pour des questions de plus grande importance.

« Je peux dire, remarqua-t-il lorsque, les scellés brisés, ils pénétrèrent dans le boudoir, que j'ai été extrêmement choqué par l'information que vous avez bien voulu me communiquer au téléphone hier soir, inspecteur. Je n'ai jamais été intime avec Mrs Haddington, loin de là, mais, comme je crois vous l'avoir dit, le hasard a voulu que j'aie une conversation téléphonique avec elle hier justement. Rien d'important, juste de petites réparations à effectuer dans cette maison. Mais nous avons bavardé un bon petit moment et elle semblait très en forme. Tout à fait elle-même ! Je ne me doutais guère qu'avant la nuit, elle serait morte !

— Est-ce qu'elle vous avait parlé du meurtre de Mr Seaton-Carew ? demanda Hemingway en se dirigeant vers le bureau.

— Quelques mots ! Juste quelques mots ! Elle n'était pas femme à faire étalage de ses sentiments et, bien entendu, je me suis abstenu de la questionner.

— Bien entendu, appuya Hemingway. Je suppose qu'elle était assez bouleversée. Un vieil ami, à ce que je crois ?

— Je crois, oui, répondit gravement Mr Eddleston. Elle ne souhaitait pas en parler, mais je n'aurais pas dit qu'elle était vraiment bouleversée. Il était fort déplaisant qu'un événement de ce genre se produisît chez soi !

— C'est tout ce qu'elle ressentait ?

— Sans aucun doute. Elle était désolée d'avoir perdu un ami dans des circonstances aussi tragiques, mais je suis sûr qu'elle n'avait aucune raison d'éprouver — hum — une émotion plus forte. En fait, je peux affirmer en toute certitude qu'elle n'en éprouvait pas. Nous avons eu une conversation parfaitement détendue pendant plusieurs minutes, d'abord sur les travaux qui incombaient à son propriétaire, puis sur l'éventualité d'une dot à prévoir pour Miss Cynthia — pauvre enfant, quel choc écrasant pour elle ! Puis Mrs Haddington m'a prié de lui fournir certains renseignements sur la loi concernant le mariage et la légitimité pour une amie et je crois que c'est tout — non, pas tout à fait ! Elle voulait aussi savoir quelle était sa position sur le plan légal à l'égard du salaire de ses domestiques dont deux, à ce que j'ai compris, avaient menacé de la quitter sans préavis. »

Tout en parlant, il s'assit au bureau, mais avant de l'ouvrir, il jeta un coup d'œil autour de lui et dit, avec un toussotement discret : « C'est, je crois, la pièce où...

— Dans ce fauteuil », répondit Hemingway en le lui montrant.

Mr Eddleston ajusta son pince-nez pour mieux voir le meuble fatal, puis murmura : « Terrible ! Terrible ! » et tourna son attention vers le bureau.

Rien, dans les papiers découverts, qui donnât la moindre indication sur la personne qui aurait pu tuer Mrs Haddington, ni sur la source d'où provenait la plus grande partie de ses revenus. Elle n'avait jamais consulté ses notaires sur la gestion ou la dévolution de ses biens ; Mr Eddleston savait seulement qu'elle disposait de moyens considérables. Pressé de questions, il admit qu'il avait eu, au cours des dernières années, quelque raison de penser que ses investissements avaient été heureux, mais il ne savait pas quelle somme lui avait été léguée par un mari dont, personnellement, il n'avait jamais eu à gérer les affaires. Il révéla à Hemingway que le testament de la dame était extrêmement simple : elle laissait tout ce qu'elle possédait à sa fille. Jusqu'à ce que le document ait été homologué, les exécuteurs testamentaires, dont il faisait partie, ne pouvaient connaître l'importance de ses avoirs.

Le bureau contenait des bricoles comme une pelote de ficelle, une paire de gros ciseaux dans un étui de cuir, des trombones, des cartes de visite et du papier d'emballage. Seuls quelques relevés de compte pouvaient éventuellement présenter un certain intérêt. Mais à première vue, ils indiquaient seulement que les investissements de Mrs Haddington avaient été nombreux et apparemment très judicieux. Le solde du compte était légèrement négatif : de toute évidence, elle avait vécu depuis un certain temps au-dessus de ses moyens, pourtant très importants.

Trop importants, en fait, pour une époque où même la plus grosse fortune ne pouvait rapporter plus de cinq mille livres par an et les rentrées enregistrées n'avaient d'ailleurs aucun rapport avec les sommes versées au fisc. Décalage qui s'expliquait par la fréquence du mot « Espèces » en regard de certaines sommes reçues. En les détaillant, Mr Eddleston prit un air légèrement indigné, mais dit, en frottant les verres de son pince-nez qu'il venait de retirer : « Regrettable, inspecteur, mais inévitable, je le crains, avec notre système d'imposition actuel. De plus en plus, des personnes qui, j'en suis persuadé, n'auraient même pas envisagé de s'abaisser à de tels procédés il y a dix ans, sont obligées d'y recourir.

— C'est peut-être ça, bien sûr, répondit Hemingway en refermant l'enveloppe de cuir contenant les relevés de compte. Je vais avoir besoin de ces documents.

— Certainement, dit Mr Eddleston. Vous avez le droit de garder tout ce que vous voulez.

— Rien d'autre ici, merci. Elle ne semble pas avoir

conservé beaucoup de papiers. Nous en trouverons peut-être davantage dans sa chambre. »

En quittant le boudoir, ils trouvèrent Miss Pickhill qui tourniquait sur le palier devant le salon. Elle les lorgna avec une certaine hostilité et informa le jeune Mr Eddleston de l'étonnement qu'elle éprouvait devant la conduite qu'il avait jugé bon d'adopter. Très imprudemment, il essaya de lui expliquer les difficultés de sa position, mais avant qu'il fût parvenu à la convaincre qu'elle ne pouvait en aucun cas empêcher la police de perquisitionner dans la maison de sa sœur, ou que Eddleston aîné aurait agi autrement, une nouvelle interruption se produisit. Thrimby monta l'escalier, portant un plateau d'argent sur lequel clignotait une grosse émeraude montée en broche avec des agrafes en diamant fixées sur une barrette de platine. Il la présenta à Hemingway en disant : « La broche que Mrs Haddington avait perdue hier après-midi et m'avait demandé de chercher soigneusement. Je crois que le fermoir de sûreté est défectueux, parce que je l'ai trouvée glissée derrière le coussin d'un fauteuil dans le salon. J'ai pensé que le mieux, inspecteur, ajouta-t-il en regardant par-dessus la tête de Miss Pickhill, était de vous la remettre. »

Tandis que Hemingway prenait la broche et examinait le fermoir qui était effectivement usé, Cynthia apparut en haut de l'escalier, suivie par Miss Spennymoor. Sa beauté toujours éthérée était cependant quelque peu gâtée par une moue boudeuse. Apercevant la broche, elle s'écria : « C'est celle de Maman ! Qu'est-ce que vous en faites ? »

Elle descendit les marches en courant et arracha presque le bijou des mains de Hemingway. Miss Pickhill, la voix lourde de réprobation, lui expliqua ce qui s'était passé, à quoi la demoiselle répliqua : « Je sais que le fermoir ne tient plus. Il s'est ouvert au moment du thé et Maman a dit qu'il fallait le faire réparer. » Elle la fixa sur le devant de sa robe : « Est-ce que le pharmacien a fait livrer mon remède, Thrimby ?

— Non, Miss.

— Alors, que Miss Birtley aille le chercher, et un peu vite. A quoi ça peut servir de me donner des remèdes merveilleux si on ne va même pas les chercher pour que je les prenne ?

— Cynthia, je t'en prie ! Ote cette broche immédiatement, dit Miss Pickhill, le rouge aux joues. Ça n'est pas convenable ! D'ailleurs, des émeraudes pour une jeune fille de ton âge... sans compter que tu es en grand deuil.

— Toutes ces histoires-là, c'est ringard à hurler, déclara Cynthia. Je veux bien porter cette loque infâme tout au début, mais je ne resterai pas en deuil pendant un an ! J'aimerais mieux mourir. D'ailleurs, toutes les affaires de Maman sont à *moi,* maintenant, et j'ai parfaitement le droit d'en faire ce que je veux. N'est-ce pas ? » demanda-t-elle en se tournant vers Mr Edleston.

Ce gentleman, qui se sentait plein de sympathie pour Miss Pickhill, toussota et suggéra qu'il vaudrait peut-être mieux que la broche fût déposée avec les autres bijoux de Mrs Haddington jusqu'à l'ouverture du testament. Cynthia manifesta aussitôt l'affligeant désir de discuter, mais sa tante, dont en secret elle avait un peu peur, régla la question en lui arrachant l'objet du litige, qu'elle se déclara décidée à placer de ses propres mains dans l'écrin de sa sœur. Sur ce, Cynthia se plaignit véhémentement que personne ne la comprenait et ajouta que sa maman fermait toujours son écrin à clef, que personne ne savait où était la fameuse clef et que sa tante aurait bien du mal à mettre la broche avec les autres bijoux.

« J'ai les clefs de Mrs Haddington, mademoiselle, coupa Hemingway. Elles étaient dans son sac à main — enfin quelques-unes. Vous pourrez peut-être me dire dans quelles serrures elles vont ?

— Eh bien, je trouve que vous ne manquez pas d'air ! Prendre les clefs de Maman sans même me les demander d'abord ! C'est celle-ci qui ouvre le coffret à bijoux et l'autre le petit bureau dans sa chambre. Et voilà la clef de la porte d'entrée. Si vous allez dans sa chambre maintenant, je veux y aller aussi.

— Inutile, Cynthia, ma petite enfant, dit Miss Pickhill en refrénant chrétiennement une violente envie de frotter les oreilles de sa nièce. C'est *moi* qui accompagnerai ces personnes. Je suis bien sûre que tu ne voudrais pas entrer dans la chambre de ta pauvre Maman aujourd'hui.

— Si, justement, je veux, affirma Cynthia, butée. Bien sûr, ça me *tuera* pratiquement, mais je serai bien obligée de faire face un jour ou l'autre, n'est-ce pas ? Et s'il *faut* que je porte cette robe minable, je ne vois pas pourquoi je ne pourrais pas mettre cette merveilleuse écharpe noir et blanc qui va avec. Elle *aimerait* que je l'aie, j'en suis sûre, je le sais. »

Miss Pickhill trouva ce discours si accablant qu'elle ne put trouver de réponse compatible avec ses propres règles de comportement envers les affligés. Plus grave que jamais, Grant, détournant les yeux du joli visage gâté de l'orpheline, rencontra le regard de Hemingway et gravit l'escalier, la clef de la chambre à la main. A l'exception de Miss Spennymoor et de Thrimby, tous le suivirent.

La pièce était dans l'obscurité, les lourds rideaux de brocart encore tirés devant les fenêtres. Quand ils eurent été ouverts, le groupe des intrus vit que la robe du soir en velours noir avait été étalée sur le lit, un déshabillé opulent sur un fauteuil et une paire de bas arachnéens tout à côté, prête à être enfilée. Miss Pickhill aspira une gorgée d'air avec une sorte de sifflement, et Cynthia éclata en sanglots. Mais quand on lui suggéra de quitter un lieu qui lui rappelait si douloureusement son deuil, elle cessa de pleurer, annonça avec beaucoup de noblesse sa résolution de regarder la réalité en face et alla se remettre de la poudre à la coiffeuse entre les deux fenêtres.

Le mobilier de la pièce comprenait, outre le lit et la coiffeuse, une énorme armoire de style victorien dont la partie centrale était occupée par des rayonnages et des tiroirs, une chaise longue capitonnée, plusieurs fauteuils et un petit bureau en noyer à côté de la cheminée. Le haut ne contenait rien de plus intéressant que deux chéquiers, un agenda, un paquet de lettres noué d'un ruban fané (un coup d'œil suffit à Hemingway pour constater qu'il s'agissait de celles que Cynthia avait écrites à sa mère pendant qu'elle était pensionnaire), ainsi qu'une grande quantité de papier à lettres et d'enveloppes. Sur les trois tiroirs, les deux premiers ne livrèrent que de la cire à cacheter, des timbres et des formules pour les télégrammes ; mais contrairement aux deux autres, le troisième était fermé à clef. Dedans, il y avait un ouvrage au petit point avec l'aiguille encore piquée dedans, un nécessaire de couture et, sous la broderie inachevée, un grand éventail en dentelle noire, montée sur des brins d'ébène. Il fit resurgir avec une extraordinaire acuité dans la mémoire de Hemingway la vision de Mrs Haddington telle qu'il l'avait rencontrée pour la première fois. Elle tenait alors l'éventail entre ses doigts chargés de bagues, un peu crispés comme si l'une des questions qu'il lui avait posées la contrariait, ou peut-être l'alarmait. Le policier le sortit du tiroir, les yeux rivés sur lui. Sur les brins polis, plusieurs griffures profondes étaient marquées et, là où la dentelle les dépassait, il vit qu'elle avait été un peu déchirée. Le dos tourné vers la pièce, il ouvrit soigneusement l'éventail, observant qu'il avait été soumis à une torsion qui avait déformé les brins ; de petits trous déchiraient la dentelle, ici et là, mais toujours en suivant une même diagonale au travers de la feuille. Il le referma, s'aperçut que Grant était contre lui et le lui donna en murmurant : « Prenez ça et bouclez-la !

— Vous ne trouverez rien là-dedans, dit Cynthia par-dessus son épaule. C'est là que Maman range son ouvrage, simplement.

— C'est bien ce que je vois, Miss. » Hemingway referma le tiroir. « Maintenant, si vous voulez bien, je vais jeter un coup d'œil dans l'armoire.

— Je juge inadmissible que les vêtements de ma pauvre sœur soient tripotés par des Hommes, annonça Miss Pickhill, le sourcil en bataille.

— Je dérangerai les choses le moins possible, juste l'indispensable. Oui, je vois, des robes dans les parties latérales ; là, je ne veux rien toucher, merci. Je pourrais voir ce qu'il y a au milieu ? »

Comme il s'y était attendu, des rayonnages surmontant des tiroirs étaient dissimulés par les doubles portes au milieu de l'armoire. Sur l'un d'eux, un gros coffret à bijoux côtoyait une boîte à gants et un sachet ouatiné pour les mouchoirs. L'apercevant, Miss Pickhill pria aussitôt Mr Eddleston de l'ouvrir et d'y mettre la broche qu'elle tenait toujours. « Et pour l'instant, dit-elle, j'estime que ce coffret devrait être mis en lieu sûr. Vous voudrez peut-être bienvous en charger. Ma sœur avait quelques bijoux de grande valeur. »

Cynthia protesta aussitôt, faisant remarquer que sa tante n'avait rien à voir là-dedans, à quoi celle-ci rétorqua qu'étant tutrice de sa nièce, elle avait au contraire *tout* à y voir, ce qui poussa Cynthia à exprimer le désir passionné de mourir aussi. Pendant ce temps, Mr Eddleston évitant soigneusement le regard expressif de l'inspecteur, sortait le coffret de l'armoire et demandait la clef. Hemingway la lui donna et il ouvrit la boîte, découvrant une collection de fantaisies à la mode plutôt que précieuses, pêle-mêle sur un petit plateau de velours.

« Ça n'est pas là que Maman met ses belles affaires, dit Cynthia dédaigneusement. Oh, je pourrais prendre ces clips en strass pour mettre maintenant ? Je ne vois pas pourquoi je ne pourrais pas. C'est du toc, mais ils feraient un effet épatant sur cette robe. Maman les portait toujours avec. Ils *vont* avec.

— On ne porte pas de bijoux quand on est en grand deuil, rétorqua Miss Pickhill. Tu ne peux donc pas penser à autre chose qu'à te parer et te faire valoir, ma pauvre enfant ?

— Je trouve que vous êtes d'une injustice affreuse, dit Cynthia, une fois de plus au bord des larmes. Vous *savez* que je suis complètement *anéantie,* et vous m'avez *suppliée* d'essayer de ne pas y penser et, à la minute où j'arrive à me changer les idées, vous êtes odieuse avec moi. »

Mr Eddleston, qui commençait à avoir l'air épuisé, sortit le plateau du coffret à bijoux et le posa sur le côté. Un certain nombre d'écrins en cuir étaient empilés en dessous.

« Si vous tenez absolument à ranger cette broche comme si vous aviez peur que je la vole, déclara Cynthia, c'est cet écrin bleu qui est le sien. » Tout en parlant, elle le sortit et poussa une exclamation : « Mon poudrier ! »

L'écrin bleu dissimulait un poudrier recouvert de petit point.

Cynthia laissa tomber l'écrin par terre et s'empara avidement du poudrier, les joues soudain empourprées, les yeux étincelants. Elle jeta un coup d'œil rapide à Hemingway et lui dit : « C'est celui que j'avais perdu ! Mon *favori !* Maman a dû le trouver et — le mettre en sûreté là.

— Quelle idée ridicule, ma petite, dit Miss Pickhill. Pourquoi ta mère aurait-elle fait une chose pareille ? Remets-le à sa place, je t'en prie.

— Il est à *moi*, je vous dis, à moi, déclara Cynthia en le pressant sur son cœur. C'est celui que Dan m'a donné ! Personne que moi n'a le *droit* de l'avoir.

— Je peux le voir, Miss ? » demanda Hemingway en tendant la main.

Elle recula, effrayée, le regard fixe : « Non, pourquoi ? Il n'est pas à Maman. Faites venir Miss Birtley. Elle vous dira qu'il est bien à moi.

— Je n'en doute pas, Miss, mais je voudrais le voir. »

Assez inopinément, Miss Pickhill soutint sa nièce : « Inutile de prendre une crise de nerfs, Cynthia, mais je dois dire que je ne vois pas pourquoi vous voudriez examiner un poudrier, inspecteur.

— Non, très probablement pas. Voyons, Miss,

Mr Eddleston vous dira qu'il ne faut pas essayer de me gêner dans l'exercice de mes fonctions.

— Mais ça n'a rien à voir avec vous. Tenez, je vais le remettre dans le coffre et Mr Eddleston le gardera. Ça, je veux bien le faire.

— Miss Haddington, dit le policier, je ne voudrais pas rendre les choses plus pénibles pour vous qu'elles ne le sont déjà, mais j'y serai obligé si vous ne me donnez pas ce poudrier. Je vais l'examiner, que vous le vouliez ou non, et il vaudrait beaucoup mieux pour vous que vous me le donniez sans continuer à faire des histoires. »

Elle se remit à pleurer, mais quand Hemingway lui détacha les doigts de la petite boîte, elle ne résista que faiblement.

L'inspecteur Grant dit alors : « Voulez-vous me le donner, patron ? »

Il prit l'objet, s'approcha de la fenêtre et resta là, le dos tourné vers la pièce, la tête un peu penchée. Au bout d'un moment, il regarda par-dessus son épaule et Hemingway le rejoignit, cependant que Miss Pickhill et Mr Eddleston le regardaient, médusés. Cynthia s'était écroulée sur la méridienne et sanglotait dans l'un de ses opulents coussins. Sans dire un mot, Grant montra à Hemingway le poudrier sur la paume de sa main. Il l'avait ouvert, mais dedans, ni houppette ni glace, seulement une très petite quantité de poudre blanche. Hemingway regarda son subordonné d'un air interrogateur et l'autre acquiesça de la tête, ferma le poudrier, puis le rouvrit, découvrant cette fois glace, houppette et tamis sur la poudre. Hemingway se retourna vers la pièce.

« Miss Haddington, dit-il, je veux avoir un petit entretien avec vous. Je crois qu'il serait préférable que je vous voie en privé, mais si vous le souhaitez, vous pouvez avoir votre tante ou Mr Eddleston avec vous. »

Elle releva la tête, les regardant avec des yeux terrifiés, noyés de larmes : « Qu'est-ce que vous allez me faire ?

— Je vais vous poser une ou deux questions, Miss, et vous pouvez m'en croire, si vous me répondez sincèrement, vous n'aurez rien à craindre de moi. »

Elle semblait indécise. Miss Pickhill s'exclama. « J'exige de savoir ce que signifie tout cela !

— Non, non, ne dites rien ! hurla Cynthia. Je vous en supplie, ne dites rien !

— Je n'en ai pas du tout l'intention, Miss. Voulez-vous que nous descendions au salon ?

— Juste vous, moi et l'inspecteur Grant ?

— Je crois, dit Mr Eddleston après s'être éclairci la voix, que je devrais être présent, si vous voulez interroger Miss Haddington sur quelque affaire sérieuse.

— Aucune objection.

— Non, non, je ne le veux pas ! dit Cynthia. J'irai avec vous si vous *jurez* que vous ne me ferez rien.

— Non, je ne vous ferai absolument rien, c'est sûr.

— Eh bien ! déclara Miss Pickhill. Je ne sais pas où va le monde. Je considère que toute cette affaire est des plus extraordinaires. »

Personne ne prêta la moindre attention à ces propos, Hemingway ouvrit la porte pour laisser passer Cynthia, et Mr Eddleston, qui semblait ne pas savoir où aller, resta sur place.

Un feu brûlait dans la cheminée du salon et Hemingway suggéra à la jeune fille de s'asseoir dans un fauteuil proche. Elle parut soulagée par cette marque d'humanité, mais se posa sur l'extrême bord d'un des fauteuils profonds et, pour une fois dans sa vie, raide comme un piquet. Elle regardait les deux enquêteurs avec méfiance, sur ses gardes comme une enfant prise en train de faire une sottise. Hemingway attaqua aussitôt.

« Voyons, Miss, allons droit au but. Je sais très exactement ce que vous avez fait et c'était très mal, et je suis sûr que vous le savez déjà, parce que je crois que Mr Seaton-Carew vous avait prévenue que vous auriez de gros ennuis si l'on vous trouvait avec de la cocaïne en votre possession, n'est-ce pas ? »

Elle répondit par un hochement de tête affolé et un sanglot convulsif.

« Quand est-ce qu'il a commencé à vous en donner ?

— Je ne sais pas. Je l'avais essayée, j-juste pour m'amuser, au début. Seulement, je me sentais si merveilleusement bien ensuite. Ce sont mes *nerfs.*

— Ils ne tarderaient pas à vous jouer des tours en effet, si vous continuiez ce petit jeu-là, répondit sèchement Hemingway. Comment se fait-il que Mr Seaton-Carew vous en ait donné ?

— Oh, je ne sais pas. C'était le soir du Bal des Pierreries. Je me sentais mal fichue comme c'est pas permis, j'avais une tête impossible, une migraine à ne pas voir clair et Dan a été superchic avec moi. Avant, il me rasait plutôt, je dois dire — *totalement* pompant et glauque — et puis, en plus, le petit ami de Maman, ce qui faisait que je l'envoyais bouler sec — c'est tellement *trop* d'en pincer pour le mec-à-Maman. Bien sûr, à ce moment-là, je ne le *connaissais* pas vraiment ; en fait, j'étais toujours à plat et il était *génial !* » Ses yeux se remplirent de larmes. « C'est affreux, maintenant qu'il est mort. Je ne peux pas m'en remettre. Maman n'a jamais rien compris, mais Dan, si.

— Quand est-ce qu'il vous a donné ce poudrier ?

— Oh, c'était un cadeau de Noël. Il m'avait fait promettre de ne pas l'utiliser à moins de me sentir absolument *à bout* et juré qu'il ne le remplirait pas avant Pâques, mais je pense bien qu'il l'aurait fait si j'avais été gentille avec lui, parce que, si vous voulez le savoir, il était toqué de moi intégral !

— Je n'en doute pas, dit Hemingway, de plus en plus sec. Et quand votre mère s'est-elle aperçue que vous vous droguiez ?

— Maman n'en a jamais rien su ! s'exclama-t-elle. Elle ne *pouvait* pas savoir. »

Il la jaugea du regard : « Non ? Eh bien, quand avez-vous perdu votre poudrier ?

— Le jour de cet horrible tournoi de bridge. Je ne sais pas quand Maman l'a trouvé, parce qu'elle n'avait pas l'*ombre* d'une idée — vraiment pas. Je ne peux pas comprendre pourquoi elle l'avait mis sous clef dans son coffret à bijoux. A moins qu'elle n'ait voulu me punir parce que j'étais sortie avec Lance Guisborough, alors qu'elle avait dit qu'elle ne voulait pas ; bien probable, d'ailleurs, parce qu'elle l'*abominait*, Dieu sait pourquoi.

— Je vois. Maintenant, je comprends pourquoi le Dr Westruther est venu ici hier au moment du déjeuner. Vous l'avez vu ?

— Oui. Il m'a prescrit quelque chose pour les nerfs.

— Ça n'était pas quelque chose pour une personne qui avait pris des drogues dangereuses ? »

Elle eut l'air saisie : « Non !

— Vous en êtes bien sûre ? Il ne vous a pas posé certaines questions, demandé depuis combien de temps...

— Non, non, non. Je vous jure que non. Il m'a

simplement examinée, comme le font les autres docs, et il a dit que j'en faisais trop et qu'il allait me donner un truc quelconque, et qu'après je me sentirais tout à fait différente ; et Maman a dit que nous irions dans un endroit génial qu'il connaissait, où je pourrais faire du cheval et me mettre en forme avant la Saison — et il n'a pas dit un seul mot... sur *ça.* Je vous *promets* que non.

— Très bien, mademoiselle. Ne vous emballez pas. Vous allez prendre le remède du médecin, et je parie bien qu'au bout d'un petit moment vous ne penserez plus du tout à cette sale drogue. Je ne sais pas si Mr Seaton-Carew vous l'a dit, mais au cas où il ne l'aurait pas fait, moi, je vais vous avertir : c'est un délit puni par la loi de détenir ce genre de drogue. Vous pourriez avoir de graves ennuis, sans compter le risque de finir irrémédiablement accro. Et si jamais vous voyiez quelqu'un dans cet état-là, croyez-moi, vous feriez bien attention à ne jamais laisser une habitude pareille prendre le dessus. Je ne vais pas intervenir, parce que je vois que vous êtes une gamine, que vous ne vous rendiez pas compte de ce que vous faisiez, et j'ai idée que, Mr Seaton-Carew disparu, vous ne savez pas où vous procurer la drogue. Mais ce que je vais faire — et je sais que ça ne vous plaira pas — c'est prévenir votre tante. » Cynthia poussa un hurlement de désespoir. « Non, ne commencez pas votre petit cinéma, Miss. Je suis persuadé que Miss Pickhill vous aime bien. Je parierais volontiers qu'elle fera tout son possible pour vous aider — c'est ça ou pire. Vous ne voudriez pas être traduite en justice, n'est-ce pas ?

— Vous m'aviez promis ! haleta Cynthia.

— Oui, je sais, et je tiendrai ma promesse si je peux. Mais il faut vous ressaisir et au début ça ne sera peut-être pas facile — alors, à ce moment-là, ça ne dépendrait plus de moi, vous vous réveilleriez dans un hôpital en train de subir un genre de traitement qui ne vous plairait pas du tout, avec un procès qui vous attendrait en plus de tout ça. »

Cet avertissement terrifia Cynthia au point qu'elle se tapit dans son fauteuil sans pouvoir dire un mot. Hemingway la laissa alors et, rencontrant Miss Pickhill sur le palier, l'emmena dans le boudoir, où il dut subir une demi-heure extrêmement éprouvante avec elle. Mais enfin, après être passée par toute la gamme des émotions, du choc à l'horreur et de la répulsion à la condamnation, la bonne dame fondit en larmes, disant dans un immense mouchoir de baptiste : « Je blâme ma sœur. N'importe qui pouvait voir que cette enfant n'était pas robuste ; or elle la traînait de soirée en soirée. Je lui ai dit cent fois que ça finirait mal et nous voyons maintenant comme j'avais raison. Même si je dois y consacrer le reste de ma vie, je la guérirai. Aucun principe, bien sûr ! Élevée sans Dieu ! Je ne peux même pas y penser.

— Je plains la petite, dit Grant, au moment où ils sortaient de la maison.

— Eh bien, pas moi, rétorqua Hemingway. Une petite propre à rien, voilà ce que c'est, et elle s'en tire à bon compte. Sandy, ce que nous avons découvert ce matin n'est pas piqué des hannetons. C'est moi qui vous le dis. Je ne vous ai pas rabâché cent fois que c'est au moment où une affaire a l'air complètement bloquée que quelque chose craque ?

— Oui, c'est vrai, répondit gravement Grant. Au fait, je n'ai pas encore eu le temps d'examiner cet éventail que vous m'avez donné. Qu'est-ce que vous avez dans l'idée ?

— Vous verrez. Nous allons faire une petite expérience avec lui et avec un morceau de cordon, mon gaillard.

— Ah, dit l'autre. Je pensais qu'il devait s'agir de ça, peut-être. » Il ajouta avec un demi-sourire : « Vous avez toujours cru que c'était Mrs Haddington qui avait tué Seaton-Carew, n'est-ce pas ?

— Je ne crois jamais rien avant d'avoir des preuves, répliqua Hemingway. Mais j'ai du *flair.*

— Je vous ai déjà entendu le dire », répondit benoîtement son subordonné.

L'expérience menée dans le bureau de l'inspecteur principal avec un morceau de cordon à tableaux et l'éventail de Mrs Haddington poussa le prudent Gael à s'exclamer : « *Gle mhath !* Je ne doute pas que c'est l'éventail qu'elle a utilisé comme tourniquet. *Ça* » — il montra du doigt le poudrier de Cynthia — « nous donne le motif que nous n'avions encore jamais trouvé. Mais qu'est-ce qui a pris à cet homme de fournir de la neige à une petite jeune fille comme ça ? »

Hemingway haussa les épaules : « Nous ne le saurons sans doute jamais. Mon hypothèse, c'est qu'il est tombé amoureux fou d'elle, alors qu'elle ne voulait rien savoir. Il ne lui en a pas donné beaucoup — juste pour créer une dépendance vis-à-vis de lui. Il avait peut-être l'intention de la sevrer quand il en aurait fait ce qu'il voulait, ou peut-être ne s'en souciait-il pas, du moment qu'il l'avait. Vous devez bien savoir quel effet aurait eu la drogue ! Seulement, il avait compté sans la mère. Maintenant, vous pensez peut-être que Miss Pickhill n'est rien d'autre qu'une emmerdeuse née, mais ça, c'est parce que vous n'avez pas de *flair.* J'en ai tiré des tas de renseignements précieux dont le plus important était que la défunte adorait sa fille. Bon. Personne mieux qu'elle, à mon avis, ne savait ce qu'il advient des gens qui deviennent accro. Ne vous imaginez surtout pas que c'était une petite sainte dans sa niche ! Elle en était loin. Elle savait très bien le genre de racket que pratiquait Seaton-Carew *et* elle en tirait profit. Elle connaissait parfaitement les symptômes, et je parierais un mois de salaire qu'elle les avait repérés chez la belle Cynthia. Je ne serais pas étonné si j'avais la preuve — ce qui, vu les circonstances, ne risque pas de m'arriver — qu'elle avait décidé d'éliminer son cher et tendre longtemps avant le fameux tournoi de bridge. » Il s'arrêta. « Non, là, je me trompe. Cette petite dinde a dit qu'elle avait perdu son poudrier ce jour-là, n'est-ce pas ? Tout de même, la mère a pu avoir des soupçons avant ça. Autrement, pourquoi aurait-elle calotté le poudrier ? Parce que c'est sûrement ce qui s'est passé. Elle a trouvé ce qu'elle cherchait et su qu'il n'y avait qu'une chose à faire : zigouiller Seaton-Carew. Et elle avait le nez assez creux pour voir qu'elle ne pouvait pas trouver une meilleure occasion qu'à sa propre soirée de bridge. Elle a dû avoir l'idée au moment même où il lui a dit qu'il attendait un coup de fil. Je suis persuadé qu'elle aurait été bien capable de le manigancer, mais elle n'en a peut-être pas eu besoin. Elle avait des tas d'autres moyens de l'éloigner du reste des invités. Quant au cordon à tableaux, j'ai toujours pensé que c'était elle qui avait dû l'emporter dans les toilettes. L'a-t-elle fait simplement pour mettre la pièce en ordre, ce qui est le plus probable, ou en pensant à l'assassinat, c'est encore une des choses que nous ne saurons jamais. Un peu des deux, peut-être.

— C'est possible, admit Grant. Mais si c'est elle qui a tué Seaton-Carew, alors *qui l'a tuée, elle,* et pourquoi ? »

CHAPITRE XIX

« Là, dit franchement l'inspecteur principal, vous me posez une sacrée colle. Jolie mise en scène, hein ? D'abord Mrs Haddington, qui met au point un beau petit assassinat, irréprochable ; et puis un inconnu qui note soigneusement les méthodes de la dame et qui s'en sert pour la liquider. En comptant bien que nous attribuerions les deux meurtres à la même personne, ce que nous aurions peut-être fait, d'ailleurs, si je n'avais pas retrouvé cet éventail et si vous n'aviez pas connu le truc du poudrier. Le mobile et les moyens d'un seul coup — une vraie guigne pour l'assassin numéro deux. Dans ces conditions, on est tenté de penser que ce zèbre avait un alibi en béton pour le premier crime.

— Ce qui exclurait Poulton.

— Bien sûr, et nous n'en sommes pas encore arrivés là. Nous en sommes même bien loin. Ce qu'il nous faut découvrir, c'est la raison qu'il aurait pu avoir pour éliminer Mrs Haddington, vite et bien. S'il croyait que c'était elle qui donnait de la cocaïne à sa femme, je suppose qu'il aurait pu le faire. Mais on pourrait aussi penser qu'un type aussi froid et pondéré aurait voulu avoir une preuve solide avant de commettre un meurtre assez abominable, sans compter les risques insensés pris à ce moment-là.

— On dit dans la City que c'est un malin. Il a peut-être compté que nous le croirions trop habile pour l'avoir fait.

— Oui, j'ai toujours entendu dire qu'on était très imaginatif dans les Hautes Terres, remarqua Hemingway. Je dois dire que je n'en avais jamais décelé le moindre symptôme chez vous jusqu'à présent et si ça c'est un échantillon, j'espère que ce sera le seul ! Si Poulton a commis le deuxième meurtre, il ne comptait pas que je me ferais des idées complètement farfelues, vous pouvez en être sûr. Et en plus, il devait avoir une bougrement bonne raison pour passer à l'acte. Peut-être celle que j'ai déjà envisagée, et plus j'y pense, moins elle me plaît. Ou alors, Mrs Haddington connaissait les petites habitudes de Lady Nest — j'en suis bien persuadé — et menaçait de la dénoncer. Si oui, pourquoi ?

— Chantage !

— Oui, c'est une possibilité. Il est très riche, elle a pu aller trop loin. Je ne pense pas qu'il aurait volontiers craché une somme importante. D'un autre côté, supposons qu'elle ait exigé une petite fortune et qu'il soit venu nous trouver. Qu'est-ce que nous aurions fait ?

— Nous nous serions arrangés, dans toute la mesure du possible, pour que son nom n'apparaisse pas, mais il y a parfois des fuites dans ce genre d'affaire et vous le savez bien. »

Hemingway hocha la tête, mais pinça les lèvres, l'air peu convaincu. « Vous avez peut-être raison. Tout de même... Enfin, nous verrons. En attendant, dès que nous aurons mangé un morceau, nous retournerons chez le docteur Westruther. Il a quelques explications à nous fournir. Il n'avait pas l'air très à l'aise ce matin à l'enquête publique, et je dois dire que ça ne m'étonne pas. Il est sur la corde raide, cet éminent médecin chic. »

Quand ils se retrouvèrent, il était près de trois heures et Grant put signaler qu'à la suite de ses investigations, il avait appris la présence de Mr Poulton sur la liste des passagers de l'avion attendu à Northolt vers quatre heures.

« Bon. Cette fois, j'obtiendrai peut-être qu'il soit un peu plus causant que la dernière fois.

— Vous avez vu le médecin, patron ?

— Oui, et d'après la tête qu'il a faite, je dirais qu'il aurait autant aimé voir entrer un chat sauvage dans son cabinet qu'un bon policier à la figure ouverte et intelligente. Heureusement je n'ai jamais accordé beaucoup d'importance à la popularité, autrement j'aurais pu être sérieusement peiné. En fait, j'étais plutôt content de voir que je n'étais pas le bienvenu. Ça m'a aidé à me libérer un peu des conventions. Il est loin d'être franc du collier, mais cette affaire-là l'empoisonne. Il m'a balancé les boniments habituels sur ses devoirs envers ses malades, mais quand je lui ai dit qu'après deux assassinats, il ne fallait pas lancer le bouchon trop loin, il a pris une très vilaine couleur. Ce qu'il dit — et je suis sûr qu'il le jurerait au besoin — c'est qu'il n'a jamais établi le moindre lien entre la mort de Seaton-Carew et le trafic de drogue. Il dit aussi qu'il ne sait pas si ce gentleman donnait de la neige à la petite Haddington. C'est en effet probable, mais je crois qu'il a bien su tirer ses petites conclusions. La mort de Mrs Haddington, en revanche, l'a secoué. C'est dans la presse à sensations, mais il dit qu'il ne lit que le *Times*.

Il est resté là, à me regarder avec des yeux de merlan frit. Il ne se doutait de rien, j'en suis sûr. Elle l'a effectivement appelé pour qu'il donne quelque chose à la fille et elle lui a dit la vérité. Vous serez sans doute content de savoir qu'à son avis il n'y a pas encore eu de dommage irrémédiable. Pour ce qui est de Lady Nest, il a été beaucoup moins loquace, mais je ne l'ai pas poussé à fond. Si Poulton continue à faire de l'obstruction, j'ai assez de preuves maintenant pour l'obliger à nous donner l'adresse de la clinique où il a collé sa femme. Je vous ai dit que j'avais rencontré Heathcote ? Avec Cathercott, ils suivent leur piste ventre à terre, tout fiérots de leurs prouesses. Heatcote a même pris le temps de me passer un peu de pommade, mais il faudrait courir vite et longtemps pour trouver deux gaillards moins intéressés par une paire d'assassins ! Je vais voir Hinckley, maintenant. Vous, faites un saut à Northolt et épinglez Poulton dès qu'il sort de l'avion. Amenez-le ici — poliment et tout. Dites-lui qu'il y a eu des développements qui m'obligent à lui poser encore quelques questions et voyez un peu ses réactions. Il n'y en aura pas, ça ne vous prendra pas beaucoup de temps. »

Il était près de cinq heures quand Grant fit entrer dans le bureau de l'inspecteur principal un Godfrey Poulton apparemment très serein, qui se contenta de dire : « Bonjour ! Je crois que vous voulez me poser encore d'autres questions ? Je n'ai, bien entendu, nulle envie d'entraver le cours de la justice, mais je serais heureux que vous en veniez le plus rapidement possible au fait. Je suis attendu à mon bureau.

— Bonjour. Je ne vous garderai que le temps qui m'est nécessaire. Cela dépend de vous, en fait, dit Hemingway. Voulez-vous vous asseoir ? »

Mr Poulton s'assit sans hésiter dans un profond fauteuil de cuir, nullement gêné, semblait-il, par la nécessité de lever la tête pour regarder le policier en face. Il jeta un coup d'œil à sa montre et demanda : « Eh bien ! De quoi s'agit-il ?

— Je crois que vous avez rendu visite à Mrs Haddington hier après-midi ?

— En effet, oui.

— Un peu moins d'une demi-heure après votre départ, dit Hemingway sur son ton le plus calme, Mrs Haddington a été découverte dans son boudoir. Étranglée avec un morceau de cordon à tableaux.

— *Quoi ?* s'exclama Poulton, se raidissant soudain avec un naturel qui incita Grant à penser qu'il était sincèrement frappé, mais son supérieur, pilier d'une société d'amateurs d'art dramatique, estima que l'interjection avait été bien mise au point.

— Oui, monsieur, dit-il avec flegme.

— Mon Dieu ! » Poulton marqua une pause, les yeux levés vers le visage de l'inspecteur principal. « Je vois. Je ne peux vous dire que ceci : quand j'ai quitté Mrs Haddington, elle était en vie, debout devant le radiateur électrique de son boudoir. Elle venait de sonner pour que le maître d'hôtel me raccompagne jusqu'à la porte.

— Avez-vous attendu ?

— Non. J'ai pris congé de Mrs Haddington et j'ai quitté la pièce. Le maître d'hôtel arrivait dans le hall au moment où je descendais le demi-étage entre le boudoir et le rez-de-chaussée.

— Et quelle était la raison qui avait motivé votre visite ? »

Silence. Poulton examinait ses ongles, les sourcils froncés. Au bout d'un instant, il releva de nouveau la tête. « Oui, bien sûr. Vous étiez forcé de me demander ça. Je ne vous cacherai pas que la rencontre n'avait pas un caractère amical. Mrs Haddington avait téléphoné chez moi pour demander des nouvelles de ma femme. Je suis allé Charles Street pour l'informer qu'elle était souffrante et que j'étais absolument décidé à mettre fin à l'intimité qui s'était créée entre elles.

— Oui. Et pourquoi y étiez-vous absolument décidé ?

— Je n'approuvais pas ces relations.

— Je ne peux vraiment pas me contenter de cette réponse. »

Poulton sourit faiblement. « Sans doute pas. Très bien, inspecteur. Je me vois contraint de me fier à votre discrétion. Avant qu'elle ne m'épouse, ma femme était l'un des membres les plus en vue d'un clan qui affichait un mépris total pour toutes les conventions admises. Je n'ai pas l'intention de divulguer ses faux pas, mais je vous dirai, entre ces quatre murs, qu'il y en a eu. Par des moyens que je ne connais pas, Mrs Haddington avait été mise en possession des détails de celui qui était peut-être le plus grave. Le prix de son silence avait été non pas de l'argent, mais l'introduction dans cette classe de la société dont ma femme possède la clef.

— Et quand avez-vous découvert cela ?

— Malheureusement pas à l'époque.

— Non ? En fait, seulement après le meurtre de Seaton-Carew ?

— Récemment, corrigea Poulton.

— Mr Poulton, j'espère que vous n'avez pas l'intention de continuer à jouer au plus malin avec moi. Je sais beaucoup plus de choses qu'il y a deux jours et vous pouvez me croire si je vous dis que je sais, de source sûre, que Lady Nest est à l'heure actuelle dans une clinique où elle suit une cure de désintoxication. Je sais aussi que c'est Seaton-Carew qui lui fournissait la cocaïne. »

Il rencontra un regard aussi tranchant qu'un scalpel. « En avez-vous la preuve ?

— J'ai la preuve qu'on a trouvé de la cocaïne dans l'appartement de Seaton-Carew, et j'ai la preuve que Lady Nest n'était pas sa seule victime.

— Je vois. » Poulton resta un instant silencieux. « Moi-même, je n'en ai jamais été sûr. Je le soupçonnais, mais sans plus. »

Hemingway attendit. Au bout d'un moment, il dit : « Est-ce que c'est à cause de cela que Mrs Haddington avait prise sur votre femme ?

— Non.

— Quand avez-vous découvert que Lady Nest était ac... prenait cette drogue ?

— Après le meurtre de Seaton-Carew et votre visite chez moi. Dans ce que je vous dis, qu'est-ce que vous avez l'intention de divulguer au public ?

— Tout dépendra des circonstances. »

Poulton sourit faiblement. « Je vous comprends. Je n'ai pas tué Mrs Haddington, j'espère donc que les “ circonstances ” ne se produiront pas. La mort de Seaton-Carew a été un choc épouvantable pour ma femme. Sous l'empire d'une émotion violente, elle a été amenée à se confier à moi. Je dois ajouter qu'elle n'a jamais eu les nerfs solides et que je ne me suis douté de ce que vous avez découvert que le jour où l'un de mes vieux amis, médecin éminent, l'a rencontrée chez moi et m'a fait part de ses soupçons. Quand la source de son approvisionnement a disparu et qu'il a paru probable que vous alliez trouver quelle était cette source, j'ai pu la persuader d'entrer en clinique.

— Vous saviez que c'était Seaton-Carew ?

— Pas avant le mardi soir, après sa mort.

— Est-ce que Lady Nest vous a également révélé que Mrs Haddington la faisait chanter ?

— Oui. » Poulton regarda Hemingway bien en face. « Je suis allé voir Mrs Haddington hier pour l'informer que j'étais en possession de tous les éléments de ce vieux scandale et que je n'aurais aucune hésitation, dans certaines circonstances, à remettre l'affaire entre les mains de la police. Il n'y avait aucune raison concevable pour que je l'assassine et je ne l'ai pas fait. Je n'ai rien de plus à dire.

— A quelle heure avez-vous quitté Charles Street ?

— Sept heures moins le quart. Je surveillais l'heure, parce que j'avais un avion à prendre.

— A votre connaissance, il n'y avait pas d'autre visiteur dans la maison ?

— Je n'ai vu personne. Mrs Haddington m'a emmené dans la pièce qu'elle appelle son boudoir. Nous étions seuls tous les deux.

— Merci. Je ne vous retiendrai pas plus longtemps », dit Hemingway.

Grant, après avoir accompagné Poulton jusqu'à la porte, dit : « Och, vous l'avez laissé partir, mais c'est un rusé.

— Je pourrai mettre la main dessus quand je voudrai, répliqua Hemingway. Je veux ces deux morceaux de cordon, Sandy. Faites-les apporter. »

Mais quand il les eut, celui qui avait été tordu autour du cou de Seaton-Carew ne retint son attention qu'une minute. L'autre, au contraire, le plus long, il l'examina de très près pendant assez longtemps, la lampe braquée sur les extrémités. Puis il dit soudain : « Venez voir,

Sandy ! Est-ce que vous diriez que ça a été utilisé pour accrocher un tableau ? »

Grant l'étudia avec une intense concentration.

« Vous avez raison. Les extrémités ont été redressées, mais on voit où était le nœud parce que les brins sont détordus à cet endroit-là. Qu'est-ce que ça peut signifier ? »

Hemingway se rejeta en arrière dans son fauteuil, les yeux plissés. « C'est ce que je me demande. Que ce cordon ait été détaché d'un tableau, c'est certain. Mais où était le tableau ?

— *Mo chreach !* Il pouvait être n'importe où !

— Oui, si le second meurtre était prémédité. Sinon, je dirais qu'il était selon toute probabilité pendu dans la maison de Mrs Haddington. » Il s'arrêta. « Et, si on réfléchit, très probablement dans son boudoir. On peut toujours essayer. Appelez-moi Bromley, je vais avoir besoin de lui. »

Quand les deux voitures de police arrivèrent Charles Street, les chauffeurs ne purent se garer devant la maison de Mrs Haddington, car un bolide de sport rutilant occupait déjà le plus clair de la place. « Le Terrible Timothy », lança Hemingway.

Ils furent introduits non par Timothy mais par une femme de chambre qui ne manifesta aucune envie de demeurer dans leur voisinage. Informée par Hemingway qu'il voulait seulement monter au boudoir, elle frissonna ostensiblement et annonça qu'on pourrait dire ce qu'on voudrait, mais qu'elle n'y entrerait pas pour tout l'or du monde. Elle ajouta qu'elle était d'une extrême sensibilité depuis sa plus tendre enfance, rapportant, pour étayer cette déclaration, la remarque maternelle — sans doute maintes fois utilisée — qu'elle ne vivrait pas parce qu'elle avait des nerfs trop fragiles. Sur quoi elle se retira dans les régions inférieures pour régaler ses pairs d'une description haute en couleur de ses symptômes quand elle avait ouvert la porte à la police.

L'inspecteur principal, suivi de ses divers assistants, s'engagea dans l'escalier. Il avait aperçu une ombre fugitive sur le palier du demi-étage et, quand il arriva en haut des marches, il trouva Miss Spennymoor aplatie contre le mur, tout affolée, qui tenait d'une main un vêtement noir et de l'autre un bouquet de violettes fort incongru. Il s'arrêta, se rappelant l'avoir déjà vue dans la journée, et la dame, préfaçant son discours par une profonde inspiration se lança aussitôt : « J'espère que vous m'excuserez. Vraiment — je ne savais pas comment faire parce que j'allais descendre, mais, bien sûr, quand je vous ai vus dans le hall, je me suis retirée, parce qu'on ne veut pas se montrer indiscret dans des moments pareils, n'est-ce pas ? Mais je serais très contrariée si vous pensiez que je traînais par là sans raison. Non, je descendais pour demander à Miss Birtley ce que je pourrais entreprendre comme travail, parce que Miss Pickhill m'a demandé si je voudrais bien lui faire très vite quelque chose pour porter tout de suite, et elle a acheté le tissu et tout et, bien sûr, j'ai dit que ce serait avec plaisir, mais il faut que je l'essaie et, vraiment, je ne veux pas faire un point de plus avant d'être *sûre*. Une dame si gentille — vrai, pas possible d'avoir plus de considération, et je voudrais qu'elle ait une robe de deuil tout à fait bien. J'ai été si confuse, quand elle a dit que je pouvais apporter mon travail dans la salle à manger où il y a un bon feu et qu'une femme de chambre allait m'apporter une tasse de thé. Vraiment, n'importe qui apprécierait des attentions comme ça, n'est-ce pas ? Alors, je voulais juste faire un petit saut pour l'essayage et j'ai dit à la femme de chambre que je monterais les fleurs pour Miss Cynthia, sans savoir que Miss Pickhill l'avait emmenée chez le dentiste vingt minutes plus tôt. On dit qu'un malheur n'arrive jamais seul, n'est-ce pas ? Ça lui a pris juste après le déjeuner et l'essence de girofle ne lui a rien fait du tout, ni autre chose d'ailleurs, pauvre jeune fille. On ne peut pas trop s'étonner en somme, parce qu'avec tous ces bouleversements, et la police dans la maison par-dessus le marché — non pas que je critique, pas du tout, mais c'est comme ça. Enfin, ça va faire causer, n'est-ce pas ? Obligé. Et puis le maître d'hôtel qui sort sans même demander la permission. Il y a bien de quoi donner une rage de dents à n'importe qui, comme j'ai dit à Mrs Foston, parce que vraiment on se demande où on va, avec les domestiques qui font des scènes et ce Français qui prend ses cliques et ses claques sans seulement une minute de préavis. »

Hemingway parvint à interrompre ce flot d'éloquence en disant : « Empoisonnant, hein ? Je crois que je vous ai vue ce matin, Miss...

— Spennymoor », révéla la demoiselle en rosissant pour enchaîner aussitôt : « Vous regardez ce beau bouquet de violettes. Elles ne sont pas pour moi, bien sûr. Oh mon Dieu, non ! Elles sont pour la pauvre Miss Cynthia. Lord Guisborough me les a remises, de ses mains, ça devait être juste après qu'elle est partie pour aller chez le dentiste, mais je ne l'ai pas entendue sortir, la porte était fermée. J'étais sur le point de monter pour trouver Miss Pickhill quand il a appelé et, naturellement, dès que j'ai entendu sa voix, je me suis de nouveau vite glissée dans la salle à manger, parce que, bien que je ne suppose pas un instant qu'il m'aurait reconnue, après tant d'années, on n'est jamais trop prudent. Je n'avais pas l'intention de dire quoi que ce soit, mais enfin j'ai peut-être été un tout petit peu imprudente, l'autre jour en parlant avec Mrs Haddington. Que voulez-vous, je connaissais sa pauvre mère, à ce jeune homme. Ah ça, oui, pour la connaître je la connaissais ! Et quand je me suis mise à me rappeler le passé — ma foi, dans des cas comme ça, on a souvent la langue trop longue, n'est-ce pas ?

— Je pense bien ! approuva Hemingway sur son ton le plus aimable. Et qu'est-ce que vous disiez à Mrs Haddington au sujet de Lord Guisborough ?

— Oh, *rien* de désobligeant ! lui assura Miss Spennymoor. Seulement, connaissant Maisie comme je la connaissais — c'était sa maman, vous comprenez, et un de ces numéros ! —, j'étais bien forcée d'être au courant des tenants et des aboutissants. Parce que j'étais l'habilleuse de toutes les filles quand elle s'est mise avec Hilary Guisborough, et je ne sais pas comment ça se fait, mais j'avais toujours eu un faible pour Maisie et elle pour moi, et j'allais souvent la voir.

— Après le mariage ? demanda Hemingway.

— Oh, oui, et avant, avant. Ils habitaient un petit appartement, vers Pimlico, parce qu'à l'époque il avait un travail quelconque. Il l'a perdu par la suite, bien sûr, mais ça, c'était Hilary tout craché ! Comme disaient les filles, qu'est-ce qu'on peut attendre d'un homme qui a un prénom aussi ringard. Quoique je n'aie jamais entendu Maisie se plaindre, pas une fois, et d'ailleurs, il faut reconnaître qu'il l'a épousée dans le mois qui a suivi la naissance des jumeaux, ce qui arrangeait tout ; seulement, bien sûr, personne ne tient à parler d'une chose comme ça. Vous êtes bien de cet avis, n'est-ce pas ? Maisie en souffrait beaucoup, parce que, on peut dire ce qu'on veut, mais être légitimé, ça n'est pas du tout la même chose que naître pendant le mariage ; Maisie me disait toujours que s'il y avait quelque chose qu'elle ne pouvait pas supporter, c'était de voir la famille de Hilary, rien que des gens de la haute, mépriser ses jumeaux. C'est pourquoi je regrette bien d'en avoir parlé : aucun d'eux ne savait un mot de l'histoire jusqu'au jour où Hilary leur a écrit pour leur dire qu'il était marié depuis des années et qu'il avait deux enfants. Là, ils ont été très bien, ils ont invité Maisie avec les jumeaux, et tout. Mais ça a quand même été un gros effort, et elle m'a dit qu'elle n'y retournerait pas pour un empire. D'ailleurs, elle n'a pas eu à refuser, parce qu'elle est morte avant qu'ils l'aient invitée de nouveau. Enfin, comme on dit, d'un mal sort toujours un bien, n'est-ce pas ? Mais je n'aurais jamais dû en parler à personne et j'espère que vous ne le répéterez pas ; ce ne serait pas bien agréable pour Lance, maintenant qu'il est lord et tout, d'entendre les gens dire qu'il a été légitimé. »

Cette anecdote, bien qu'intéressante sur le plan humain, ne parut pas apporter d'élément important à la solution du problème auquel l'inspecteur principal était confronté. « Quoique, confia le policier à son assistant en entrant dans le boudoir après avoir pris congé de Miss Spennymoor, j'ai toujours trouvé un peu injuste qu'on colle simplement " Légitimé " sur l'acte de naissance. C'est faire les choses à moitié, pour moi. Je suppose que Lord Guisborough n'en est pas ravi, mais j'ai beau essayer, je n'arrive pas à croire que c'est une raison suffisante pour tuer Mrs Haddington. Bien plus, d'après ce que j'ai vu de sa fameuse sœur, elle serait enchantée d'être née en dehors du mariage et il m'a semblé que c'était elle qui menait ce petit groupe. » Il jeta un coup d'œil aux murs du boudoir constellés d'aquarelles discutables dans des cadres dorés. Aucune n'était assez lourde pour qu'il eût été nécessaire de la pendre à des crochets sur la moulure. Hemingway enfila une paire de gants de suède et commença un examen systématique en soulevant chaque tableau du mur pour voir comment il était accroché. Au troisième chef-d'œuvre — *les Iles Hébrides,* dont Grant avait détourné les yeux, écœuré — il s'arrêta net, lança un coup d'œil triomphant à son assistant et descendit le cadre, dos tourné vers l'assemblée : un morceau de ficelle avait été noué aux pitons vissés dans le bois, de la ficelle neuve, comme chacun pouvait voir, sans un grain de poussière.

« Un *chruitheir !* murmura Grant.

— Très probablement ! répondit Hemingway. Occupe-toi de ça, Tom, tu veux. » Il se pencha pour examiner sa trouvaille et releva soudain la tête : « De la ficelle ! » Il se retourna et frappa le bureau du plat de la main. « Premier tiroir de droite, Sandy ! Et une grosse paire de ciseaux dans un étui de cuir.

— Je me rappelle ! » Grant ouvrit le tiroir en question, tendit la pelote de ficelle à son supérieur et avec plus de précautions, en utilisant son mouchoir, prit les ciseaux dans leur étui et attendit que le brigadier Bromley s'en saisisse.

« Même ficelle — ce qui ne signifie strictement rien, dit Hemingway en comparant la pelote avec la ficelle attachée au tableaux. Tout ce qu'il y a d'ordinaire. Pour les paquets. » Il sortit de sa poche un morceau de cordon à tableaux fané, le déroula, en glissa les extrémités dans les pitons au dos du tableau, les tordit légèrement là où les brins étaient déjà un peu écartés et observa le résultat d'un œil critique. « Même longueur que la ficelle ou presque. Différence négligeable. Bon, eh bien, voilà qui semble régler la question ! Trouvé quelque chose, Tom ?

— Oui, mais je ne peux pas dire encore si les empreintes sont les mêmes que celles qu'on a prises mardi, patron. Il faut que je les emporte au labo. »

Hemingway hocha la tête : « Entendu. Mais vite, hein ? » Il raccrocha le tableau et se retourna en tendant une main gantée vers les ciseaux que Grant lui donna. Il les sortit doucement de l'étui.

« Évidemment, on ne peut pas dire avec certitude comment une paire de gros ciseaux en arrive à être rayée », remarqua-t-il. Il la tendit à Bromley. « Regarde ça de près, Tom.

— Bien sûr, patron, répondit l'autre en les prenant tendrement. Mais si vous y voyez clair dans cette affaire-là, chapeau ! »

L'inspecteur principal, dont le regard faisait lentement le tour de la pièce, ne daigna pas répondre. De toute évidence, il avait l'esprit ailleurs, et un bon moment s'était écoulé depuis le départ de l'équipe Bromley quand Grant s'enhardit à lui adresser la parole.

« Si le crime a été accompli avec le cordon de ce tableau, alors ça n'est pas Poulton. »

Hemingway tourna les yeux vers lui : « Ah, non ? Et pourquoi ?

— Och, est-ce qu'il aurait décroché le tableau et ôté son cordon sous les yeux de la pauvre dame ?

— Sûrement pas. Qu'est-ce qui vous fait croire qu'elle a été dans la pièce pendant tout le temps où lui y était ? »

Grant le regarda, l'œil rond : « Mais... » — Il s'arrêta, le front soudain plissé.

« Vous allez un peu trop vite. Tout ce que nous savons, c'est ce que Thrimby et Poulton lui-même nous ont dit. Selon Thrimby, il est arrivé ici vers six heures vingt-cinq et, selon l'un comme l'autre, il est parti à sept heures moins le quart. Ça lui donnait vingt minutes pendant lesquelles seuls lui et Mrs Haddington savent ce qui s'est passé. Il nous dit qu'ils sont restés ensemble tout le temps dans le boudoir, mais rien ne le prouve. Il est assez peu vraisemblable qu'elle ait quitté la pièce, je veux bien l'admettre, mais enfin ce n'est pas impossible. Nous ne savons pas.

— En supposant qu'elle l'ait quittée pour aller chercher quelque chose, dit lentement Grant, ça ne lui aurait pas donné beaucoup de temps, n'est-ce pas ?

— Non, et on pourrait bien penser qu'il lui aurait fallu un moment pour trouver cette ficelle — si ce sont cette ficelle-là et ces ciseaux-là qui ont été utilisés. Je ne dis pas que je crois à la culpabilité de Poulton, mais je dis que c'est toujours une possibilité, et qu'il ne faut pas la perdre de vue. Si nous le mettons de côté pour le moment, il nous reste qui ? Miss Birtley ? Je ne crois pas. J'ai bien étudié son cas et je ne vois pas comment elle aurait pu aller à Earl's Court et en revenir dans le temps dont elle disposait. Il y a le jeune Butterwick qui a giclé à toute allure en oubliant sa canne, et il y a Lord Guisborough qui, lui aussi, est parti furieux en claquant la porte. Ni l'un ni l'autre n'a été vu sortant de la maison ; l'un et l'autre auraient pu, je suppose, se cacher quelque part — dans les toilettes, disons — jusqu'à ce que le champ soit libre, puis se glisser dans cette pièce et attendre Mrs Haddington. Maintenant, trouvez-moi quelle raison ces deux-là auraient pu avoir pour tuer Mrs Haddington et ce sera la joie pour vous comme pour moi. Et ne me dites pas que Guisborough l'a fait parce qu'elle lui avait lancé sa naissance à la tête et qu'il est susceptible : je n'aime pas les galéjades.

— Ça n'aurait pas pu être le médecin ? demanda Grant.

— C'est une idée fixe !

— Tout de même, on le retrouve un peu partout.

— Si vous voulez dire qu'il est venu ici hier dans le milieu de la journée, pas de discussion, il l'a admis. Est-ce que vous voudriez que je croie qu'il a rôdé dans la maison jusqu'à sept heures du soir ? Ça n'a pas le sens commun. Je l'ai vu moi-même cet après-midi.

— Och, je ne pensais pas que c'était lui. Je me suis demandé si Butterwick aussi était mêlé à ce trafic de drogue, et pourtant je ne crois pas. Il est peut-être accro lui-même, mais je n'ai relevé aucun symptôme. De plus, il était en habit de soirée quand je l'ai trouvé et il n'aurait pas eu le temps de rentrer chez lui, ni à plus forte raison de se changer — s'il était bien à l'Opéra pour le premier ballet.

— Et il devait y être, à moins qu'il soit bien meilleur acteur que je ne le crois. Je connais le genre ! Nous restons donc avec Lord Guisborough, qui a tué Mrs Haddington soit parce qu'elle ne voulait pas qu'il épouse sa fille — bizarre, j'aurais cru qu'un type avec un titre était précisément ce qu'elle recherchait — soit parce que la Circé du Surjet lui avait dit que le mariage des parents du susdit avait pris un peu de retard. »

Grant secoua la tête : « Ça ne colle pas. Il est foufou et peut-être violent, mais il ne tuerait pas quelqu'un pour des raisons aussi bêtes. D'ailleurs, on savait qu'il venait voir Mrs Haddington. Est-ce que vous allez me dire qu'il est arrivé avec l'intention de la tuer ?

— Pour le moment, je ne vous dis rien du tout. Au reste, il n'avait pas besoin d'avoir l'idée en tête. Nous savons qu'ils se sont querellés puisqu'elle a dit à Thrimby de ne plus le laisser entrer dans la maison. S'il l'a fait, c'est qu'il s'est produit au cours de l'entretien quelque chose qui l'a décidé à la bousiller. Auquel cas, il s'est précipité en bas, il a empoigné son pardessus, claqué la porte, remonté quatre à quatre au boudoir qu'il savait vide et...

— Il n'aurait pas eu le temps ! s'exclama Grant. Mrs Haddington avait sonné pour que le maître d'hôtel le conduise jusqu'à la porte et elle se tenait en haut de l'escalier.

— Si, parce que Sa Haute et Puissante Majesté a mis un temps fou pour répondre à la sonnette. Un temps suffisant pour quelqu'un qui connaissait la maison. Ensuite, elle est montée dans la chambre de la gamine. Thrimby est descendu au sous-sol et pendant qu'ils avaient tous les deux gentiment débarrassé le plancher, le noble lord s'est activé sur le tableau. Il n'y a qu'un défaut à cette reconstitution : le manque de mobile. Dommage ! Plus j'y pense et plus elle me plaît. Une solution élégante, non ? Nous étions forcés de penser que les deux meurtres avaient été commis par le même homme et, comme il avait des alibis jusqu'aux yeux pour le premier, on ne le soupçonnait pas un instant. Évidemment, ce qui me gêne, c'est que je ne sais pas ce qu'ils pratiquent comme saines distractions dans sa chère Russie. Si jamais je devais découvrir que c'est la mode de zigouiller sa belle-mère avant même les fiançailles...

— *Nach ist thu !* interrompit sévèrement Grant. Voulez-vous bien vous taire ! Vous n'avez que la parole du maître d'hôtel qui vous a dit qu'elle ne voyait pas le jeune lord d'un bon œil.

— Pas du tout ! La Bombinette Blonde me l'a dit

aujourd'hui, et il y a eu l'engueulade avec Mrs Haddington et l'interdiction faite à Thrimby de l'introduire dorénavant.

— C'est vrai, admit Grant. Je ne l'aurais pas cru de la *cailleach !* C'est un duc qu'elle voulait pour sa fille ?

— D'après ce que j'ai pu recueillir comme renseignements, c'est sur le Terrible Timothy qu'elle avait jeté son dévolu, au cas où votre appellation, qui n'a pas l'air contrôlée, désigne comme je le suppose, Mrs Haddington. Ça me donne une idée un peu plus précise de la dame, mais je suis de votre avis, ça n'est pas ce qu'on aurait attendu de sa part. Ce que je n'arrive pas à comprendre, c'est pourquoi elle continuait d'inviter Lord Guisborough chez elle si elle n'aimait pas ses opinions politiques. On ne peut pas supposer qu'il en ait jamais fait mystère. Elle s'est peut-être aperçue tout d'un coup qu'il n'avait presque pas d'argent, ou... » Il s'arrêta soudain, rappelant irrésistiblement à son subordonné un fox-terrier qui sent un rat : « Grand Dieu, Sandy ! s'exclama-t-il. Ne me dites pas que j'ai loupé quelque chose.

— Je m'en garderai bien, répondit Grant, apaisant.

— Tenez-vous tranquille et surtout ne m'assommez plus avec votre gaélique ! Ça me déconcentre. Qu'est-ce qu'il a dit, le notaire ? Elle lui a téléphoné au sujet de réparations et puis ils ont eu une petite conversation sur les lois concernant le mariage et la légitimité. Là-dessus, elle dit à Lord Guisborough qu'elle voudrait le voir, il vient et... bon ! Eh bien, l'homme qu'il me faut, c'est le Terrible Timothy.

— Och, pourquoi donc ? protesta Grant.

— Parce que c'est l'homme de loi le plus près du pouce ! »

On découvrit dans la bibliothèque Mr Harte qui

discutait avec sa promise sur l'opportunité d'accepter l'invitation urgente de Lady Harte, qui voulait offrir à celle-ci l'asile de sa propriété dans le Berkshire. Beulah avait été fortement émue en apprenant que la noble dame, mise au courant de toute l'histoire, s'était sentie prise d'une ferveur de croisé et décidait non seulement d'étendre le manteau de son approbation sur elle mais d'échafauder des plans rigoureux et assez inquiétants pour que Mrs Haddington fût enfin obligée de réparer ses outrages ; mais elle soutenait que le devoir la rivait Charles Street tant que Miss Pickhill n'aurait pas contraint ou persuadé sa nièce de se retirer avec elle à Putney.

« Tiens, voilà Hemingway ! dit Timothy au moment où l'inspecteur principal entrait dans la pièce. On va lui demander son avis ? »

Interpellé par les deux parties, celui-ci refusa fermement de s'engager.

« Très lâche, très lâche ! décréta Timothy. Bon, eh bien, ma petite vous allez voir ma chère Maman opérer une descente, c'est tout. Qu'est-ce qui vous amène encore, Hemingway ?

— Ne vous inquiétez pas de ce qui m'amène. Dites-moi simplement ce que vous savez de la loi sur la légitimation.

— Ces questions qu'elle vous pose, la police ! » dit Timothy, émerveillé. Mais, derrière l'amusement, son regard était pénétrant et réfléchi. Sans quitter Hemingway des yeux, il lui dit : « C'est une loi de 1926 qui légalise la position des enfants nés hors mariage dont les parents se sont mariés ensuite.

— C'est ce que je pensais, dit Hemingway. Autrement dit, du moment que vous vous mariez, vos enfants sont légitimes, n'est-ce pas ?

— Oui, dans certaines limites, répondit Timothy.

— Lesquelles ?

— Eh bien, il faut qu'aucun des deux parents n'ait été marié à quelqu'un d'autre au moment de la naissance, par exemple ; et les descendants légitimés ne peuvent hériter ni des titres ni des biens qui vont avec. Sinon... » Il s'arrêta. « J'ai l'air d'avoir dit quelque chose d'important ?

— Oui, affirma énergiquement Hemingway. Et plus que ça, encore ! »

CHAPITRE XX

« Enfin, dit Mrs Kane en remplissant la tasse de son mari, je suis bien contente que tu sois revenu. »

Mr James Kane, voluptueusement enfoncé dans un fauteuil moelleux devant sa cheminée, mordit dans une troisième crêpe et dit, assez indistinctement : « Bécasse !

— Non pas, enchaîna Mrs Kane avec beaucoup de dignité, que j'éprouvais la moindre inquiétude pour toi, mais je me disais que si ça continuait, je serais obligée d'aller moi-même à Londres, ou je deviendrais folle.

— Je te téléphonais tous les soirs ! dit Mr Kane, indigné.

— Oui, mon chéri et chaque fois que je te posais une question, tu me répondais que tu ne pouvais rien dire au téléphone, répliqua sa tendre épouse, un peu ulcérée.

— Eh bien, oui ! En effet, je ne pouvais pas. Mais je te disais que tu n'avais aucune raison de t'inquiéter.

— C'est le jour où j'ai cherché les heures des trains pour Londres. Et si la cuisinière n'était pas partie pour soigner sa mère, tu m'aurais vue arriver, je peux te le dire.

— Seigneur ! La cuisinière est partie ?

— Elle va revenir. Du moins, c'est ce qu'elle dit. Je peux m'arranger avec Nanny. Aucune importance. Qu'est-ce qui est arrivé ? Raconte-moi tout. Je veux savoir.

— Je ne crois pas qu'il y ait grand-chose à raconter, en fait, répondit l'Homme avec une exaspérante lenteur. Il était facile de voir que Hemingway n'avait jamais soupçonné Timothy une seconde, ce qui pour nous était l'essentiel. Je ne suis resté qu'à cause de Beulah. A un moment donné, on aurait pu croire qu'elle avait trempé dans l'affaire et je pensais que dans ce cas-là, Timothy aurait besoin d'un soutien.

— Oui, mon chéri, dit Mrs Kane, entraînée à la patience par treize ans de mariage.

— Évidemment, il n'avait rien, il ne pouvait rien avoir de commun avec l'assassinat de Mrs Haddington, poursuivit Mr Kane en se léchant des doigts grassement beurrés avec une regrettable vulgarité. En fait, Hemingway s'est très bien débrouillé. Du joli travail, à tous points de vue. Pour ma part, je crois que Guisborough doit être un peu dérangé. D'après ce que Timothy me racontait de la façon dont il baratinait sur l'Égalité, on aurait pu croire qu'il se fichait éperdument d'avoir un titre ou pas. De plus, s'il avait réfléchi trente secondes, il se serait rendu compte que le pot aux roses risquait d'être découvert d'un moment à l'autre. On ne sait jamais quand on sera obligé de fournir un certificat de naissance, n'est-ce pas ? Il aurait pu avoir besoin d'un passeport ou quelque chose — bien qu'en réalité, ça n'aurait peut-être pas eu beaucoup d'importance et les autorités ne se seraient pas inquiétées de savoir s'il était légitime ou seulement légitimé. Enfin... C'est Timothy qui a mis Hemingway sur la voie, sans du tout s'en douter. Hemingway a pris les empreintes de Guisborough dès qu'il a su que celles du cadre n'appartenaient à aucun des suspects pour le premier meurtre et après ça, c'était du billard. Ce jeune crétin s'est effondré quand il a été arrêté, paraît-il. Vilaine affaire, à tous les points de vue ! Ressort principal des deux crimes : une blonde sous-développée.

— Qu'est-ce qui lui est arrivé ?

— Enlevée par une redoutable tante. Elle épousera sans doute dans l'année un riche agent de change, s'il y en a encore. »

Mrs Kane frissonna : « Elle a beau être sous-développée, c'est assez atroce pour elle de savoir que sa mère était une criminelle.

— Elle ne le saura pas, déclara Mr Kane en bourrant sa pipe. Hemingway fera son rapport, et il ne sera question que de Personnes Inconnues.

— Il te l'a dit ?

— Plus ou moins. Après l'arrestation de Guisborough, Timothy a pu l'attraper et l'a amené chez lui pour prendre un verre et parler du bon vieux temps. Seigneur, tu te rends compte du nombre d'années depuis...

— Oui, coupa Mrs Kane. Je pense que vous avez passé une soirée charmante, mais je ne tiens pas à me rappeler ce bon vieux temps, merci bien. Est-ce que la fille ne va pas se poser des questions et peut-être deviner la vérité ?

— Je ne crois pas. D'après ce que j'ai pu constater, elle n'est portée ni à la spéculation ni aux processus de la pensée raisonnée. De plus, on voyait à vingt pas qu'elle se fichait éperdument de sa mère. Selon les confidences de la tante déversées dans mes chastes oreilles hier, la sollicitude de Mrs Haddington pour elle prenait la forme de pensionnats coûteux et de vacances haut de gamme. Elle dépensait beaucoup d'argent, mais la prenait rarement avec elle, jusqu'à ce qu'elle la présente dans le monde.

— Mais pourquoi ?

— On n'en sait rien. Timothy croit qu'elle et Seaton-Carew s'entendaient comme larrons en foire dans diverses affaires louches. Il paraît peu douteux qu'ils vivaient ensemble ; c'est pourquoi, je pense, Cynthia était éloignée.

— Tout ça est horrible, dit Mrs Kane. Et Lord Guisborough, qu'est-ce qu'il va devenir ?

— Il sera jugé, bien sûr. Je suppose qu'il fera venir quelques psys assortis pour témoigner et jurer à la cour qu'il a une fixation, ou un truc de ce genre-là parce qu'à cinq ans il a vu sa mère retirer ses fausses dents, ce qui explique et justifie parfaitement son goût pour l'élimination des gens qui le gênent. En fait, ajouta Mr Kane, lugubre, ça ne m'étonnerait pas du tout qu'on soit obligé de participer à son entretien à Broadmoor ! Mais enfin, ajouta-t-il sur un ton plus optimiste, Timothy me dit que les jurés sont beaucoup plus sensés qu'on ne pourrait croire, à les voir. »

Ayant bourré sa pipe de façon satisfaisante, il craqua une allumette et s'enveloppa d'un nuage de fumée. C'est alors que Mrs Kane entra enfin dans le vif du sujet. « Et l'aventurière ? La communication était si mauvaise hier soir que je n'ai pas bien compris. Il m'a semblé que tu disais qu'elle allait à Chamfreys ? »

Mr Kane sourit largement : « Voui ! Et tout ça grâce à mon tact et à ma diplomatie bien connus ! J'ai rapporté à Mère tout ce que Timothy m'avait dit, donc assez peu de choses, mais ça lui a suffi. Je ne sais pas bien le fond de l'affaire, mais il semble que Beulah ait été victime d'un sale type chez qui elle travaillait dans la City. Selon Timothy elle avait été traitée d'une façon indigne, ce que j'ai fidèlement retransmis. Tu connais Mère ! Debout toutes griffes dehors pour défendre son sexe avant qu'on ait eu le temps de se retourner. En fait, je crois qu'elles s'entendront bien, elle et Beulah. Elle ne me plaisait pas beaucoup au début, mais quand on la connaît, c'est une assez chic fille. Follement amoureuse de Timothy.

— Ah, oui ? dit très vite Mrs Kane.

— Oh ! pour elle, c'est le Grand Manitou !

— Alors, ta mère l'adoptera. Ils sont fiancés ?

— Oui, mais personne ne le sait encore. »

La porte s'ouvrit pour laisser entrer Miss Susan Kane et Master William Kane, lavés, brossés et escortés par leur aimable tyran. « Est-ce que Petite Maman et Petit Papa peuvent nous recevoir ? demanda la demoiselle, toute séduction. Nous pouvons jouer ici pendant que Nanny met vite-vite le plat au four ? Nous sommes si heureux de retrouver Petit Papa à la maison et pressés-pressés de tout savoir sur la nouvelle Tatie que nous allons avoir, n'est-ce pas, mes poulets ? »

Ce disant, elle remit Master William Kane à sa maman, sourit avec bonté à Mr Kane et se retira en emportant le plateau du thé.

« Pat, dit Mr Kane d'une voix de tonnerre. C'est la Fin de Tout. Ou tu te débarrasses...

— Oui, mon chéri, mais *pas* devant les enfants ! » dit précipitamment Mrs Kane.

DANS LA MÊME SÉRIE

Christianna BRAND

Mort dans le brouillard (London Particular).
La Mort de Jézabel (Death of Jezebel).

B. M. GILL

Le Douzième Juré (The Twelfth Juror).
Une mort sans tache (Victims).

Georgette HEYER

Meurtre d'anniversaire (They Found Him Dead).
Un rayon de lune sur le pilori (Death in the Stocks).
La mort donne le la *(The Unfinished Clue).*
Tiens, voilà du poison ! (Behold, Here's Poison).

P. D. JAMES

A visage couvert (Covert Her Face).
Une folie meurtrière (A Mind to Murder).
Sans les mains (Unnatural Causes).
Meurtres en blouse blanche (Shroud for a Nightingale).
La Proie pour l'ombre (An Unsuitable Job for a Woman).
Meurtre dans un fauteuil (The Black Tower).
Mort d'un expert (Death of an Expert Witness).
La Meurtrière (Innocent Blood).
L'Île des morts (The Skull Beneath the Skin).
Un certain goût pour la mort (A Taste fort Death).
Par action et par omission (Devices and Desires).

H. R. F. KEATING

Un cadavre dans la salle de billard (The Body in the Billiard Room).
L'Inspecteur Ghote en Californie (Go West, Inspector Ghote).
Le Meurtre du Maharaja (The Murder of the Maharaja).

Cet ouvrage a été composé
par l'Imprimerie BUSSIÈRE
et imprimé sur presse CAMERON
dans les ateliers de B.C.A.
à Saint-Amand-Montrond (Cher)
en mars 1992
pour le compte de la Librairie Arthème Fayard
75, rue des Saints-Pères - 75006 Paris

35-17-8386-01

ISBN 2-213-02614-9

N° d'édition : 6597. N° d'impression : 3611-91/101
Dépôt légal : avril 1992
Imprimé en France

35-8386-1